KB234564

국어 규범과
문장 연습

국어 규범과 문장 연습

■ 지현배 지음

이담
Books

　이 책은 국어 규범을 익히기 위한 교재로 개발되었다. '①한글맞춤법 규정, ②표준어 규정, ③외래어 표기법, ④국어의 로마자 표기법' 등 국어의 4대 규정과 바르고 격식에 맞는 문장 쓰기를 익힐 수 있도록 구성되어 있다. 그래서 '국어생활의 규범' 강좌의 수강생이나 국어의 규범과 바른 문장 쓰기를 익히려는 사람에게 도움이 될 것이다.

　교재 집필 과정에서 '①규범의 원리를 이해할 수 있게 배려한다. ②실생활에서의 사용의 예를 중심으로 구성한다. ③문제를 통해 피드백 기회를 제공한다.'는 원칙과 함께 4대 규정 원문과의 연계성을 고려하였다. '원리, 실례, 피드백, 연계'를 코드로 설계하면서 규정을 책에 싣는 것은 지면사정으로 어려웠다. 따라서 이 책으로 부족한 부분은 규정의 원문을 참조할 필요가 있다.

　바른 문장을 쓰는 것은 언어생활의 기본이다. 바른 문장은 ①표기법에 맞게 쓰는 것과 ②통사 규칙에 맞게 쓰는 것을 포함한다. 정확하고 바른 문장을 쓰는 것은 글쓰기의 출발점이자 종착지다. 바른 문장 쓰기 연습에서 예를 든 문장들은 일상에서 자주 쓰이는 글에서 가져왔다. 일부는 학생들이 글쓰기 과정에서 실수하기 쉬운 예를 중심으로 구성하였다.

　격식을 갖춰야 하는 글에서 격식은 형식의 굴레라기보다 언어 주체 간에 예를 갖추는 일이다. 글 쓰는 이와 쓰인 글이 갖는 품격의 문제이기도 하다. 품위를 갖추는 것은 '나'의 자존심을 지키는 일이고, 예를 다하는 것은 '상대'를 존중하는 일이다. 바른 표현은 '소통'이라는 언어생활의 기본 요건일 뿐만 아니라 한국어 공동체의 문화적 역량을 강화하는 길이기도 하다.

2009. 6.
지은이 씀.

1부

국어 **규범**의 이해

국어의 4대 규정은
① 한글맞춤법 규정, ② 표준어 규정, ③ 외래어 표기법, ④ 국어의 로마자 표기법
이다. 국립국어원 사이트(http://www.korean.go.kr)에 이들의 원문이 수록
되어 있다. 각 규정의 총칙이나 기본 원칙은 다음과 같다.

맞춤법: 표준어를 소리대로 적되, 어법에 맞도록 함을 원칙으로 한다.
표준어: 교양 있는 사람들이 두루 쓰는 현대 서울말을 원칙으로 한다.
외래어: 국어의 24자모만으로 적되, 1음운은 1기호를 원칙으로 한다.
로마차: 국어 표준 발음법에 따라 로마자로 적는 것을 원칙으로 한다.

1부

각 장의 구성은 다음과 같다.

0. 진단 평가: 단원의 내용과 관련된 질문으로 구성. 단원에서 공부할 내용을 예측하고 흥미가 유발되도록 하되, 난이도는 '하2(기본원칙)－중1－상1(예외규정)'의 총 4문항.

1. 예문 제시: 단원의 주제와 관련된 어휘를 사용한 예문으로 오류 포함. 내용도 가능한 단원의 주제와 관련된 것이되, 형식은 설명, 대본, 서간, 기사 등으로 구성.

2. 원리 정리: 예문에 등장하는 어휘 중심으로 그 원리를 유형별로 정리. 문장 이상의 단위를 대상으로 하는 단원은 그 문장 구성을 기초로 기술하되, 규정 원문 참조.

3. 어휘 확장: 다양한 상황을 반영하는 실례를 통해 각 단원의 학습 내용을 숙달하기 위한 반복 연습. 가능한 실생활에서의 예시를 중심으로 유형별로 정리하여 제시.

4. 예문 교정: 단원 머리에 제시되었던 예문의 오류를 교정한 문장. 교정한 부분에 각주를 통해 규정의 내용이나 원리, 유의점이나 참고 사항 등에 대해서 부연 설명.

5. 연습 문제: 난이도 '하2－중2－상2'로 구성된 6개의 문항으로 작성. 하(1개의 단순 정보), 중(2개 정도의 연관성), 상(3개 이상의 고려점)으로 각각의 난이도 설계.

O1. 두음법칙*

    두음 법칙은 한자어에 적용되는데, 이에 따른 표기 규칙은 크게 세 가지로 정리할 수 있다. 그 내용은 어두에 'ㄹ'이나 'ㄴ'이 오는 것을 꺼려서 이를 피하기 위하여 'ㄹ'은 'ㄴ' 또는 'ㅇ'으로, 'ㄴ'은 'ㅇ'으로 바뀌는 것이다. 이러한 발음 기피 현상과 관련된 것들은 모두 한자어에 국한되고 고유어나 외래어의 경우에는 적용되지 않는다.

1.1 진단 평가

1. 다음 중 표기가 올바르지 않은 것은?[1]

① 선녀   ② 당뇨

③ 뇨소   ④ 유대

2. 다음 중 표기가 올바른 것은?[2]

① 공념불   공염불② 양심

③ 상렴   ④ 혼예

3. 다음 중 표기가 올바르지 않은 것은?[3]

① 선율   ② 연말년시

③ 이혼율   ④ 자살률

---

* 자료 조사: 김민유, 김유진, 박향, 이경수.

1) ③. 한자음 [뇨]가 첫머리에 왔으므로 두음법칙을 적극하여 '요소'라고 표기.

2) ②. 두음법칙 적용 시 접두사는 고려의 대상이 아니므로, '공염불'.

3) ②.

4. 다음 중 표기가 올바른 것은?4)

① 년놈　　　　　　　② 희희낙낙

③ 백분률　　　　　　④ 누누이

1.2 예문 제시

[mbc 뉴스 투데이]5)

앵커: 그동안 한자성씨 중에서 류씨나 라씨, 리씨는 공적인 서류에서는
　　　유씨나 나씨, 이씨로 써야 했죠. 그런데 모레부터는 본래 소리 나는
　　　대로 류, 라, 리 등으로 쓸 수 있게 됩니다.

리학수 기자입니다.

기자: 1996년에 한글맞춤법 두음법칙에 근거한 호적 성 한글표기 례규를
　　　만든 대법원은 10연이 넘게 12개 성씨 1, 100만 명의 성을 두음법
　　　칙으로 강요하였습니다. 20살 류수민 씨는 그동안 유수민이라는 이
　　　름을 써 왔습니다. 집안에서 대를 이어 써 온 것처럼 류씨 성을 쓰
　　　고 싶었지만 호적에 류라는 이름을 말머리에 쓸 수 없도록 되어 있
　　　었기 때문입니다.

인터뷰: 류라는 성은 조상님께서 물려주신 일종의 재산이고, 저 개인을
　　　상징하는 일종의 고유명사입니다. 그런데 그걸 제도라는 이름하
　　　에 마음대로 바꾸었기 때문에 개인적으로 굉장히 불만이 많았습
　　　니다.

기자: 대법원은 호적에 한자로 된 성을 한글로 쓸 때 한글맞춤법의 두음
　　　법칙에 따라 리을 발음을 쓰지 못하도록 한 이래 례외를 인정하기
　　　로 했습니다.

---

4) ④, '녀석'에서 보듯 토박이말은 두음법칙 적용 대상이 아닌데, '연놈'이 유일한 예외.

5) http://news.naver.com/news/read.php?mode=LSD&office_id=214&article_id=0000045200§ion_id
　　=102&menu_id=102=0000067466/20081019　20:00

1.3 원리 정리

(1) 한자어에서 입천장소리인 [ㄴ]이 단어의 첫머리에 오는 경우
한자음 [녀, 뇨, 뉴, 니]는 [여, 요, 유, 이]로 적는다.
   남녀(男女) - 여자(女子)
   결뉴(結紐) - 유대(紐帶)
   당뇨(糖尿) - 요소(尿素)
   은닉(隱匿) - 익명(匿名)

(2) 한자어에서 흐름소리인 [ㄹ]이 단어의 첫머리에 오는 경우
   ① 한자음 [랴, 려, 례, 료, 류, 리]는 [야, 여, 예, 요, 유, 이]로 적는다.
   개량(改良) - 양심(良心)
   수력(水力) - 역사(歷史)
   사례(謝禮) - 예의(禮儀)
   쌍룡(雙龍) - 용궁(龍宮)
   ② 한자음 [라, 래, 로, 뢰, 루, 르]는 [나, 내, 노, 뇌, 누, 느]로 적는다.
   쾌락(快樂) - 낙원(樂園)
   거래(去來) - 내일(來日)
   연로(年老) - 노인(老人)
   지뢰(地雷) - 뇌성(雷聲)

(3) 의존명사는 두음법칙을 따르지 않는다.
의존명사는 두음법칙에 따라 적지 않고 본래의 소리대로 적는다.
   금 한 냥(兩)
   몇 리(里)냐?
   열차 십 량(輛)
   십 년(年)
   그럴 리(理)가 없다.

(4) 한자 성(姓)의 한글 표기에서는 두음법칙의 예외를 인정한다.

성씨는 두음법칙에 따라 적지 않고 본래의 소리대로 적는 것을 허용한다.

유시원 – 류(柳)시원
나경찬 – 라(羅)경찬
이복남 – 리(李)복남

(5) '률'과 '렬'/'율'과 '열'

모음이나 [ㄴ] 받침 뒤에 '률'과 '렬'이 오는 경우 '율'과 '열'로 적는다.

(a) 모음 뒤에 '률'과 '렬'이 온 경우

자율(自律), 이율(利率)

서열(序列), 우열(優劣)

(b) [ㄴ] 받침 뒤에 '률'과 '렬'이 온 경우

전율(戰慄), 운율(韻律)

선열(先烈), 진열(陳列)

1.4 어휘 확장

(1) 한자어에서 입천장소리인 [ㄴ]이 단어의 첫머리에 오는 경우 한자음 [녀, 뇨, 뉴, 니]는 [여, 요, 유, 이]로 적는다.

→한자음[년]이 단어의 첫머리에 왔기 때문에, 두음법칙을 적용하면, '년말연시'가 아닌 '연말연시'가 옳은 표기이다.

---

6)http://blog.naver.com/kmj8900?Redirect＝Log&logNo＝130036531698/ 20081019 21:00

(2) 한자어에서 흐름소리인 [ㄹ]이 단어의 첫머리에 오는 경우

　① 한자음 [랴, 려, 례, 료, 류, 리]는 [야, 여, 예, 요, 유, 이]로 적는다.

7)

→한자음 [령]이 단어의 첫머리에 왔기 때문에, 두음법칙을 적용하면 '영'이 옳은 표기이다.

　② 한자음 [라, 래, 로, 뢰, 루, 르]는 [나, 내, 노, 뇌, 누, 느]로 적는다.

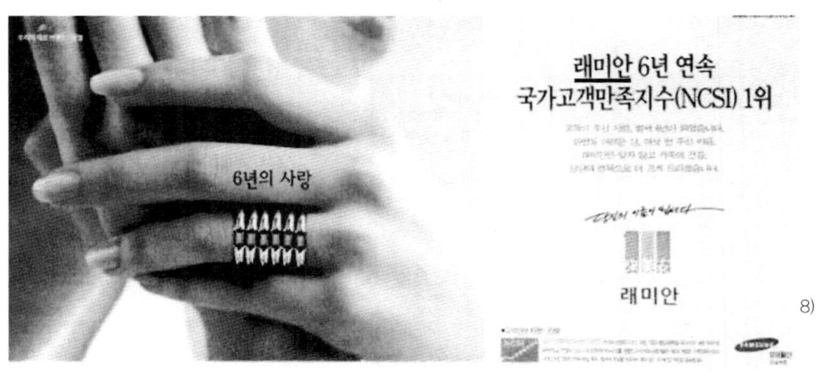

8)

→한자음 [래]가 단어의 첫머리에 왔으므로, '내미안'이 옳은 표기이다.

---

7) http://blog.naver.com/kmj8900?Redirect＝Log&logNo＝130036531698/ 20081019 21:00

8) http://cafe.naver.com/hanmal/ 20081019 21:04

(4) '률'과 '렬'/'율'과 '열'

① 모음이나 [ㄴ] 받침 뒤에 '률'과 '렬'이 오는 경우 '율'과 '열'로 적는다.

(a) 모음 뒤에 '률'과 '렬'이 온 경우

→'보급＋률'에서, 모음이나 [ㄴ] 받침 뒤가 아닌, [ㅂ] 받침 뒤이므로 율이 아닌 '률'로 적어야 한다. 따라서 '보급률'이 옳은 표기이다.

(b) [ㄴ] 받침 뒤에 '률'과 '렬'이 온 경우

---

9) http://cafe.naver.com/hanmal/ 20081019 21:04

10) http://cafe.naver.com/cnkova/17/ 08.10.19/21:07

→모음이나 [ㄴ] 받침 뒤에 '률'과 '렬'이 오는 경우에 '율'과 '열'로 표기한다. 따라서
 '진렬'이 아닌 '진열'이 옳은 표기이다.

     | 시적 성격과 표현은 `서사'와 `서정'이 함께 용해됐으면
     증 빛깔이 유지되고 있는 특유의 시"라고 평가했다.

     적 구조를 띤 이 시는 2연의 `변함 없이 푸르른 하늘'에서
     다 4연의 `저 하늘은 선렬의 주검을 보았고 그 때의 태양
     '절에서 서사와 서정이 혼합되는 현상을 보여주고 있기 0

     론가 이흥섭씨가 계간 `시인세계' 겨울호를 통해 "박인환11)
     적 계보를 잇는 것으로만 평가됐지만 사실 박인환의 시는
     이 피폐함과 전후의 상실감이 가장 잘 반영돼 있다"고 강

→[ㄴ] 받침 뒤에 '렬'이 온 경우이므로, '선렬'이 아닌 '선열'로 표기해야 옳다.

결혼 후 1년만에 임신률 59% | 패션 마케팅

➕ 겐조(jmha4936) 카페 매니저 Ⓜ

     이에프엘(대표 임용빈 www.jesuiscontent.co.kr)이 전개하는
     문한 임산부 300명을 대상으로 첫 아이 임신시기와 출산용품
     20~30대 현재 임신중인 임산부를 대상으로 조사한 결과에 따
     177명으로 가장 많았다. 2~3년 이내가 87명으로 27% 3년 이상
     몇년간 돈을 모아 안정된 후 아이를 갖겠다는 사고방식에 변화

     또 임신 시 가장 고려되는 점에 대해 경제적 부담이 135명으로12)
     이 없어서 31%(93명), 건강 25%(75명), 변하는 체형 6%(18명
     으로 39%, 인터넷 33%(93명), 주위 사람한테서 물려받음 15%
     차지했다.

→[ㄴ] 받침 뒤에 '렬'이 온 경우이다 이때는 '임신률'이 아닌 '임신율'로 표기한다.

11) http://cafe.naver.com/cnkova/17/ 08.10.19/21:07

12) http://blog.daum.net/iam__i/71046233/ 20081019 21:08

1.5 예문 교정

[mbc 뉴스 투데이]

앵커: 그동안 한자성씨 중에서 류씨나 라씨, 리씨는 공적인 서류에서는
유씨나 나씨, 이씨로 써야 했죠. 그런데 모레부터는 본래 소리 나는
대로 류, 라, 리 등으로 쓸 수 있게 됩니다.

리학수(이학수)[13] 기자입니다.

기자: 1996년에 한글맞춤법 두음법칙에 근거한 호적 성 한글표기 예규[14]
를 만든 대법원은 10년[15]이 넘게 12개 성씨 1, 100만 명의 성을 두
음법칙으로 강요하였습니다. 20살 류수민 씨는 그동안 유수민이라
는 이름을 써 왔습니다. 집안에서 대를 이어 써 온 것처럼 류씨 성
을 쓰고 싶었지만 호적에 '류'라는 이름을 말머리에 쓸 수 없도록
되어 있었기 때문입니다.

인터뷰: '류'라는 성은 조상님께서 물려주신 일종의 재산이고, 저 개인을
상징하는 일종의 고유명사입니다. 그런데 그걸 제도라는 이름하에
마음대로 바꾸었기 때문에 개인적으로 굉장히 불만이 많았습니다.

기자: 대법원은 호적에 한자로 된 성을 한글로 쓸 때 한글맞춤법의 두음
법칙에 따라 리을 발음을 쓰지 못하도록 한 이래 예외[16]를 인정하
기로 했습니다.

---

13) 인명에서 성은 두음법칙의 예외를 인정하므로 '리학수/이학수' 둘 다 허용한다.
14) '례규'는 한자음 [례]가 단어의 첫머리에 온 경우이므로 '예규'로 바꿔 적어야 옳다.
15) 단위를 나타내는 의존명사는 본래의 소리대로 적으므로 '10년'이 옳은 표기이다.
16) '례외'는 한자음 [례]가 단어의 첫머리에 온 경우이므로 '예외'로 바꿔 적어야 옳다.

1.6 연습 문제

1. 다음 중 표기가 올바르지 않은 겄은?[17]

① 신여성   ② 유대   ③ 남녀노소   ④ 남존녀비

2. 다음 중 표기가 올바르지 않은 것은?[18]

① 선율   ② 수량   ③ 경로   ④ 선량

3. 다음 중 표기가 올바른 것끼리 짝지은 것이 아닌 것은?[19]

① 졸렬/비율   ② 전율/선량

③ 치렬/선열   ④ 선열/당뇨병

4. 다음 중 표기가 올바른 것끼리 짝지은 것은?[20]

① 수익률/문맹율   ② 이혼률/출생율

③ 문맹률/수익률   ④ 츨생률/이혼율

5. 다음 중 표기가 올바른 것끼리 짝지은 것은?[21]

① 분위기가 냉냉했다/금 열 냥/물가 상승율/충렬탑

② 분위기가 냉랭했다/금 열 냥/물가 상승률/충렬탑

③ 분위기가 냉냉했다/금 열 양/물가 상승률/충열탑

④ 분위기가 냉랭했다/금 열 양/물가 상승율/충열탑

---

17) ④, '남존＋녀비'의 형태이다. 두 자씩 연결되는 사자성어는 각각에 두음법칙을 적용하므로, '녀비'에도 두음법칙을 적용해 '여비'로 적는다.

18) ①, 모음이나 [ㄴ] 받침 뒤에 '률'과 '렬'이 오는 경으 '율'과 '열'로 적으므로 선율이 아닌 선율로 적어야 옳다.

19) ③, 모음이나 [ㄴ] 받침 뒤에 '률'과 '렬'이 오는 경우에만 '율'과 '열'로 적는다.

20) ④.

21) ②, 단위를 나타내는 의존명사에는 두음법칙이 적용되지 않으므로 양이 아닌 '냥'으로 적는다.

6. 다음 중 표기가 올바른 것끼리 짝지은 것은?[22]

① 염념불망/백분률/합격율/남·녀

② 염념불망/백분율/합격률/남·여

③ 염념불망/백분율/합격률/남·녀

④ 염렴불망/백분률/합격률/남·여

---

22) ②. 단어의 첫머리에만 두음법칙이 적용되므로 염념불망. '남·여'의 경우에는 '남'과 '여'의 형태
  이므로 [녀]에 두음법칙이 적용되어 '여'.

○2. 모음조화*

　　모음조화는 양성모음은 양성모음끼리, 음성모음은 음성모음끼리 어울리는 현상이다. 현대국어에서 모음조화가 점차 약화됨에 따라, 의성어와 의태어에서 모음조화가 지켜지지 않는 경우와 용언의 어간과 어미 사이에서 모음조화가 지켜지지 않는 경우, 양성 모음이 음성 모음으로 바뀌어 굳어진 낱말 등이 생겨났다. 모음조화와 관련된 표기 문제는 대부분 현실 발음과 표기법상 옳은 것으로 되어 있는 것과의 차이에서 비롯된다.

2.1 진단 평가

1. 다음 중 표기가 잘못된 것은?[1)]
　① 귀여워　　　　② 사랑스러워　　　　③ 고와　　　　④ 괴로와

2. 다음 중 (가)와 (나)의 관계가 나머지와 다른 것은?[2)]
　　　　(가)　　　　　　(나)
　① 아름다와　　　아름다워
　② 살랑살랑　　　설렁설렁
　③ 방글방글　　　벙글벙글
　④ 보드랍다　　　부드럽다

---

* 자료 조사: 김소영, 이경진, 허세진, 김기남.

1) ④. 'ㅂ'불규칙용언 중 어간이 2음절 이상인 경우이7 때문에 '괴로와'가 아닌 '괴로워'이다.

2) ①. 작은말: 큰말 관계에 있으나 '아름다와'는 '아름다워'의 작은말이 아니다.

3. 다음 중 표기가 잘못된 것은?3)

① 꽃봉우리   ② 산봉우리   ③ 둥그러미   ④ 벌게지다

4. 다음 중 밑줄 친 부분이 틀린 것은?4)

① 촐싹촐싹 대며 <u>바둥거리지</u> 말거라.

② <u>출렁출렁</u> 거리는 뱃살을 좀 빼는 것이 어때?

③ 가을이 됐는데 단풍이 <u>빨개지지</u> 않는구나.

④ <u>깡충깡충</u> 뛰어가는 모습이 마치 아기 토끼 같다.

2.2 예문 제시

경진: 허세! 모음조화 과제는 다 했어?

허세: 아니. 아직 다 못했어. 그것만 생각하면 얼굴이 노레져.

경진: 그러게 말이야. 이제 가을이라서 그런지 하늘도 퍼래지고, 산도 알룩
달룩하네. 과제 때문에 단풍놀이 가지도 못하는 내 신세가 안타까와.

허세: 날씨도 쌀쌀한 게 곧 겨울이 가까와지나 봐. 그나저나 교수님께 여
쭤 보러 갈까?

[교수님의 방]

경진: 교수님! 왜 깡총깡총이 아니라 깡충깡충을 표준어로 삼았는지 궁금
해요.

교수님: 산토끼 노래를 '깡총깡총 뛰면서'로 불렀는데, 근래 들어 '깡충깡
충'으로 발음하는 사람들이 많아진 현실을 반영한 것인데, 원칙이
훼손되는 새로운 문제가 생겼지. 꽃은 '봉오리'로, 산은 '봉우리'
로 표준어를 삼게 되면, 개별적인 경우를 모두 '기억'해야 되므로,
한국어 사용자 모두에게 기억 부담량이 늘어나는 거지. 예외가

---

3) ①. '꽃봉오리'가 옳은 표현.
4) ①. '바둥거리지'가 옳은 표현.

늘어나면, 외국어로 한국어를 공부하는 사람들에게 더 큰 부담이
되겠지.

경진: 네, 선생님. 말씀 고마와요. 근데 교수님. 신하균이랑 안내상이랑 쌍
동이 같아요.

허세: 그 정도는 아니고……. 좀 닮은 거 같긴 해요.

교수님: 정말?

허세: 예, 정말 닮았어요. 선생님 차 잘 마셨습니다. 모음조화에 대해서
더 연구해 보겠습니다.

2.3 원리 정리

양성모음('ㅏ, ㅗ' 등)은 양성모음끼리, 음성모음('ㅓ, ㅜ' 등)은 음성모음
끼리 어울리는 현상이다. 용언의 어미 '-아/-어, -아서/-어서, -아도/
-어도, -아야/-어야, -아라/-어라, -았-/-었-' 등은 이 규칙을 따
른다. 의성어와 의태어, 용언의 어간과 어미 사이에서 가장 뚜렷이 나타난
다. 모음동화의 일종이며 국어의 중요한 특징 중의 하나였으나 지금은 많이
파괴되었다.

- 의성어와 의태어에서 나타나는 경우

  졸졸: 줄줄, 살랑살랑: 설렁설렁, 퐁당퐁당: 풍덩풍덩

- 용언의 어간과 어미 사이에서 나타나는 경우

  깎아, 깎아서, 깎아도, 깎아라, 깎았다

  먹어, 먹어서, 먹어도 먹어라, 먹었다

  곱+아→고와   서럽+어→서러워   구겁+어→무거워

- 의성어와 의태어에서 모음조화가 지켜지지 않는 경우

  깡총깡총→깡충깡충

- 용언의 어간과 어미 사이에서 모음조화가 지켜지지 않는 경우 ('ㅂ'불규칙용언 중 어간이 2음절 이상인 경우)

  아름답 + 어→아름다워 　차갑 + 어→차가워 　날카롭 + 어→날카로워
  고맙 + 어→고마워 　　놀랍 + 어→놀라워

- 양성 모음이 음성 모음으로 바뀌어 굳어진 낱말

  바람동이→바람둥이 　쌍동이→쌍둥이
  발가송이→발가숭이 　오똑이→오뚝이

2.4 어휘 확장

- 의성어와 의태어에서 나타나는 경우

5)

  →모음조화를 지켜, '바동바동/버둥버둥'으로 쓴다.

- 용언의 어간과 어미 사이에서 나타나는 경우

제 목 | 입자가 고워요^^　　　　　　　　　　　글쓴이 | ysml

제 품 | 스테이지컬러 / 스파클 파우더

용 량 | 2.5g

피부타입 | 중성.복합성　　　　　나 이 | 25 세

전체평가 | ★★★★★

자세히 보기

6)

  →모음조화에 따라 '고와요.'가 옳은 표현이다.

---

5) 네이버 블로그, http://blog.empas.com/sohn4303/30536695, 20080915 21:02

6) http://www.skinbebe.com/review/view.html?uid=64894, 20080901. 20:10

이제 얼마 안남아서인지
막달되믄 애기가 막 큰다드니
그래서 그런가요...배가 왤케 무거운지 몰겠어요 ㅜㅜ [7]

→음성모음 'ㅓ' 뒤이므로, '무거워요.'가 맞다.

- 의성어와 의태어에서 모음조화가 지켜지지 않는 경우

♫ 산토끼 - 김윤아[동요]

산토끼토끼야
어디로 가느냐
깡총깡총 뛰면서
어디로 가느냐

→'깡총깡총'이 모음조화 원칙에 맞지만 많은 사람들이 '깡충깡충'으로 사용하는 현실을 감안하여, '깡충깡충'을 표준어로 삼았다.

- 용언의 어간과 어미 사이에서 모음조화가 지켜지지 않는 경우

[8]

---

7) 네이버 까페, http://cafe.naver.com/15668981.cafe?iframe_url=/ArticleRead.nhn%3Farticleid=212285, 20060913
01:15

8) 네이버 블로그 http://cafe.naver.com/jesustime/1554, 20080821 19:30

→‘아름다와라.’가 모음조화 원칙에 맞지만, ‘아름다워라.’를 표준어로 삼은, 모음조화의
　예외이다.

● 양성 모음이 음성 모음으로 바뀌어 굳어진 낱말

→‘쌍동이’가 아니라 ‘쌍둥이’가 표준어이다.

걸인

비참하고 불구이기는 했지만, 그에게도 아주 행복한 날들이 있었다. 열다섯 살
때, 그는 바르빌르의 도로에서 마차에 치어 두 다리가 으깨어졌다. 그때부터
그는 길을 따라 간신히 기어다니면서, 또는 농가의 마당을 가로질러 목발에 의
지하여 비틀거리며 구걸을 하였는데, 목발은 그의 양 어깨를 귀 높이에까지 치
켜 올라가게 하였다. 그래서 그의 머리는 두 개의 산봉오리에 처박혀 있는 것　　10)
같았다. 추사이망첨례追思已亡瞻禮(천주교에서 모든 죽은 이를 위해 미사를 올

→양성모음인 ‘ㅗ’ 뒤이지만, ‘산봉오리’가 아니라 ‘산봉우리’라고 쓰는 것이 맞다.

---

9) 네이버 블로그, http://blog.naver.com/byulyou?Redirect＝Log&logNo＝70018420307,　200706 09 17:05
10) 모파상(2001), 모파상 단편집, 청목사.

2.5 예문 교정

경진: 허세! 모음조화 과제는 다 했어?

허세: 아니. 아직 다 못했어. 그것만 생각하면 얼굴이 노래져.[11]

경진: 그러게 말이야. 이제 가을이라서 그런지 하늘도 퍼레지고[12], 산도
　　　알록달록하네.[13] 과제 때문에 단풍놀이 가지도 못하는 내 신세가
　　　안타까워.[14]

허세: 날씨도 쌀쌀한 게 곧 겨울이 가까워지나 봐.[15] 그나저나 교수님께
　　　여쭤 보러 갈까?

[교수님의 방]

경진: 교수님! 왜 깡총깡총이 아니라 깡충깡충을 표준어로 삼았는지 궁금
　　　해요.

교수님: 산토끼 노래를 '깡총깡총 뛰면서'로 불렀는데, 근래 들어 '깡충깡충'
　　　으로 발음하는 사람들이 많아진 현실을 반영한 것인데, 원칙이 훼
　　　손되는 새로운 문제가 생겼지. 꽃은 '봉오리'로, 산은 '봉우리'로 표
　　　준어를 삼게 되면, 개별적인 경우를 모두 '기억'해야 되므로, 한국
　　　어 사용자 모두에게 기억 부담량이 늘어나는 거지. 예외가 늘어나
　　　면, 외국어로 한국어를 공부하는 사람들에게 더 큰 부담이 되겠지.

경진: 네, 선생님. 말씀 고마워요.[16] 근데 교수님. 신하균이랑 안내상이랑
　　　쌍둥이[17] 같아요.

허세: 그 정도는 아니고……. 좀 닮은 거 같긴 해요.

교수님: 정말?

---

11) 용언의 어간과 어미 사이에서 양성모음인 'ㅗ' 뒤에 '래'가 온다.
12) 용언의 어간과 어미 사이에서 음성모음인 'ㅔ' 뒤에 '레'가 온다.
13) 의성어와 의태어에서 나타나는 경우: '알록달록 - 얼룩덜룩'으로 쓰므로 '알록달록'이 맞다.
14) 용언의 어간과 어미 사이에서 모음조화가 지켜지지 않는 경우로, '안타까워'가 맞다.
15) 용언의 어간과 어미 사이에서 모음조화가 지켜지지 않는 경우로, '가까워지나 봐.'가 맞다.
16) 용언의 어간과 어미 사이에서 모음조화가 지켜지지 않는 경우로 '고마워.'가 맞다.
17) 양성 모음이 음성 모음으로 바뀌어 굳어진 낱말로, '쌍둥이'가 맞다.

허세: 예, 정말 닮았어요. 선생님 차 잘 마셨습니다. 모음조화에 대해서
더 연구해 보겠습니다.

2.6 연습 문제

1. 다음 중 표기가 잘못된 것을 고르면?[18]
① 퐁당퐁당　　② 풀쩍풀쩍　　③ 아롱다롱　　④ 깡충깡충

2. 다음 규칙에 따라 활용하지 않는 것은?[19]

> 국어의 중요한 특징 중 하나인 모음조화는 양성모음('ㅏ, ㅗ' 등)은 양성모음끼리, 음성모음('ㅓ, ㅜ' 등)은 음성모음끼리 어울리는 현상이다.

① 돕다　　② 줍다　　③ 고맙다　　④ 서럽다

3. 다음의 (가)와 (나)가 모두 옳은 것을 고르면?[20]

	(가)	(나)
①	괴로와라	잠가라
②	가까워라	잠궈라
③	괴로워라	잠궈라
④	가까워라	잠가라

---

18) ④. '깡충깡충'이 옳은 표기.

19) ③. 'ㅂ'불규칙용언 중 어간이 2음절 이상인 경우, '고맙＋어'→'고마워'.(자이스토리(2007). 수능문제은행 자이스토리. 언어 어휘 어법, 수정.)

20) ④. '괴롭다', '서럽다'는 'ㅂ'불규칙용언 중 어간이 2음절 이상인 경우이다. 따라서 '괴로워', '서러워'의 형태로 써야 한다. '잠궈라'의 경우 '잠궈'라고 쓰면 '잠구다'가 기본형이 되지만, 표준어는 '잠그다'이다. 따라서 '잠그＋어라'가 된다. 주의할 점은 '잠거라'가 아닌 '잠가라'가 된다는 점인데 어간 '잠그－'에 어미 '－어'가 오면 어간의 'ㅡ'가 탈락한다. 따라서 '잠ㄱ－＋어라'가 되므로 모음조화 현상에 의하여 '－아라'로 대치된다. '잠ㄱ＋아'→'잠가'.

4. 다음의 예문 중 표기가 올바른 것은?)21)

① 촐싹대는 경진이가 오늘은 얌전한 것이 놀라와.

② 저기 풀썩풀썩 거리는 천 귀퉁이를 잡어.

③ 파도가 철썩철썩 위험하게 치는 바다가 가까워.

④ 무늬가 얼룩덜룩한 것이 두려와.

5. <보기 1>과 같은 표준어 규정을 바탕으로 <보기 2>를 이해한 학생
   들의 반응으로 적절하지 않은 것은?22)

<보기 1>

양성 모음이 음성 모음으로 바뀌어 굳어진 단어는 음성 모음 형태를 표준어로 삼는다.
예) 오똑이(✕)➡오뚝이(○), 쌍동이(✕)➡쌍둥이(○) 등.
다만, 어원 의식이 강하게 작용하는 다음 단어에서는 양성 모음 형태를 그대로 표준어로 삼
는다.(ㄱ을 표준어로 삼고, ㄴ을 버림.)

ㄱ	ㄴ	비고
부조	부주	~돈, ~금
사돈	사둔	밭~, 안~
삼촌	삼춘	외~, 처~

<보기 2>

ⓐ 그 아이는 좋아서 깡충깡충 뛰며 어쩔 줄 몰라 했다.
ⓑ 내가 그 애와 똑같다며 쌍둥이가 아니냐고 묻곤 했다.
ⓒ 어릴 때부터 삼촌은 나의 든든한 후원자였다.

① ⓐ의 '깡충깡충'을 '깡총깡총' 대신 표준어로 정한 것도 이 규정에 따
   른 것이겠군.

---

21) ③. '놀라워', '잡아', '두려워'가 옳은 표기.

22) ④. '삼촌'은 어원 의식이 강하게 작용하는 단어이다. 양성 모음 형태를 그대로 표준어로 삼는다.
    (대학수학능력시험 언어영역(2006) 홀수형 13번 기출 문제)

② ⓑ의 ‘쌍둥이’를 보니 ‘막둥이’나 ‘흰둥이’도 예전에는 ‘막동이’, ‘흰동
  이’였겠군.

③ ⓒ의 ‘삼촌’ 대신 ‘삼춘’이라고 하는 사람도 있지만, 어원을 고려하여
  ‘삼촌’으로 사용하라는 것이군.

④ ⓐ의 ‘깡충깡충’과 ⓒ의 ‘삼촌’은 둘 다 음성 모음 형태로 발음하는
  습관을 반영한 것이겠군.

⑤ 대다수 언중들의 발음 습관이 달라져 굳어지면, 그 어휘들의 표준어형
  도 달라질 수 있겠군.

6. 다음의 (가), (나), (다)가 모두 옳은 것은?23)

	(가)	(나)	(다)
①	김치를 담궈 보자.	손을 잡아.	난 외로워.
②	김치를 제대로 담가라.	가위를 잡어라.	호랑이가 두려워.
③	열쇠로 잠궜니?	고추가 매와.	네 말이 맞아.
④	꼭꼭 잠가라.	여기에 앉아.	여기가 가까워.

---

23) ④. ‘담그다’가 표준어이므로, ‘담ㄱ＋아’→담가. ‘잠그다’의 경우도 같은 경우다. ‘잡다’, ‘맵다’의
   경우 ‘ㅂ’불규칙 용언 중 어간이 1음절인 경우이기 때문에 모음조화 규칙에 따른다. ‘외롭다’, ‘두
   렵다’, ‘가깝다’의 경우 ‘ㅂ’불규칙 용언 중 어간이 2음절인 경우이므로, ‘외로워, 두려워, 가까워’
   로 쓴다. ‘앉다’와 ‘맞다’는 모음조화 규칙에 따르는 단어들이다.

○3. 불규칙 용언*

   국어에서 일부 용언의 경우에 어간과 어미가 결합할 때 어간이나 어미가 불규칙하게 변한다. 불규칙용언은 표기와 실제 발음이 대부분 일치하기 때문에 언어생활 현장에서의 별 문제는 없다. 그 종류로는 '르'불규칙용언, 'ㅎ'불규칙용언, 'ㅂ'불규칙용언, '르'불규칙용언 등이 있다.

3.1 진단 평가

1. 다음 중 표기가 올바르지 않은 것은?[1]

① 물이 얾.   ② 종이학을 만듦.

③ 꾸벅꾸벅 졺.   ④ 공부를 핡.

2. 다음 중 밑줄 친 부분이 옳은 것은?[2]

① 어서 <u>서둘러라</u>.

② 잠시 고향에 <u>머물었다</u>.

③ 바느질이 <u>서툴어서</u> 안 되겠다.

④ 강물이 잔잔히 <u>흐르렀다</u>.

3. 다음 중 밑줄 친 부분이 틀린 것은?[3]

① 선생님께 <u>여쭈어</u> 보아라.   ② 선생님께 <u>여쭈워</u> 보아라.

③ 아주 <u>졸린</u> 얼굴인걸.   ④ 아주 <u>졸리운</u> 얼굴인걸.

---

* 자료 조사: 김소영, 이경진, 서세진, 김기남.

1) ④. 공부를 '함'이 바른 표기이다.

2) ①. '머물렀다'. '서툴러서', '흘렀다'가 바른 표기이다.

3) ④. '여쭈다'와 '여쭙다'가 모두 표준어이므로, 이들의 활용형도 복수이다.

4. 다음의 밑줄 친 부분이 옳은 것은?4)

① 땀에 <u>전</u> 옷　　　　　② 하늘 높이 <u>날라가는</u> 비행기
③ 많이 <u>늘은</u> 배구 실력　　④ 쓰레기를 버리지 <u>말라</u>.

3.2 예문 제시

기남: 소영아 너 얼굴이 파레.

소영: 불규칙용언 수업을 들었는데 무슨 말인지 잘 모르겠어.

기남: 어머 가엽어라. 내가 도와줄게.

소영: 고마워. 그럼 도서관에 가서 책을 빌리자.

기남: 그래. 문을 닫기 전에 서둘어.

[도서관]

기남: 불규칙용언은 어간과 어미가 결합할 때 어간이나 어미가 불규칙하
　　　게 변하는 거래.

소영: 아 벌써 머리가 하예. 난 역시 글을 읽고 이해하는 것이 서툴어.

기남: 그럼 교수님께 가서 여쭈어 보자.

[교수실]

소영: 교수님, 이 중에 옳은 것이 무엇인지 모르겠어요.

교수님: '놀다'의 명사형을 살펴보고 있구나. '놀음/놂/놈' 중에서 찾아보렴.

기남: 알 것 같아요! 교수님.

교수님: 허허 기남이가 실력이 많이 늘은 것 같은데? 선생님 기분이 하늘
　　　　을 날으는 것 같구나.

---

4) ①. '날아가는', '늘', '마라'가 바른 표기이다.

3.3 원리 정리

- '르'불규칙 용언

'르'불규칙 용언은 어간 끝소리 '르'이 'ㄴ', 'ㄹ', 'ㅂ', '오', '시' 앞에서 사라지는 활용 형식을 말한다. 그러나 일부 학자에 따라서는 불규칙 용언이 아닌 단순히 '르'이 탈락하는 경우로 다뤄지기도 한다. 예문에서 '늘은'의 기본형은 '늘다'이며 여기에 '－은'이 붙으면 '늘＋－은'의 형태에서 받침 '르'이 탈락하여 '는'이라는 활용형이 나와야 한다. 또한 '날으는'의 기본형은 '날다'이다. 여기에 '－는'이 붙으면 '날＋－는'이 되어 받침 '르'이 탈락하여 '나는'이 된다. '르'불규칙 용언의 다른 예로는 다음과 같은 것들이 있다.

    갈다→가니, 가오, 가는
    날다→나니, 나오, 나는
    살다→사니, 사오, 사는
    쏠다→쏘니, 쏘오, 쏘는
    줄다→주니, 주오, 주는

- '르'불규칙용언과 명사형 어미

어간이 '르'로 끝나는 용언을 어미 '－(으)ㅁ'을 사용하여 명사형으로 바꿀 때 그 받침은 'ㄻ' 꼴이 되는 형식을 말한다.[5] 그 예로는 '얼다→얾, 만들다→만듦, 졸다→졺, 울다→욺' 등이 있다.

- 'ㅎ'불규칙 용언

'ㅎ'불규칙 용언은 'ㅎ' 받침이 어미 '－ㄴ'이나 '－ㅁ' 앞에서 사라지고, 어미 '－아/－어' 앞에서 'ㅣ'로 바뀌어 합쳐지는 활용 형식을 말한다. 예문의 '파레'는 기본형 '파랗다'가 'ㅐ'를 만나면서 'ㅎ'이 탈락하는 경우로, '파래'가 옳은 표현이다. '하얘'도 같은 경우이다. 'ㅎ'불규칙 용언의 다른 예로는 다음과 같은 것이 있다.

---

5) 이호권·고성환 공저(2008), 맞춤법과 표준어, 한국방송통신대학교 출판부, p.49.

가맣다→가매, 가만, 가마니, 가마면, 가맸다

노랗다→노래, 노란, 노라니, 노라면, 노랬다

빨갛다→빨개, 빨간, 빨가니, 빨가면, 빨갰다

파랗다→파래, 파란, 파라니, 파라면, 파랬다

말갛다→말개, 말간, 말가니, 말가면, 말갰다

멀겋다→멀게, 멀건, 멀거니, 멀거면, 멀겠다

- ● 'ㅂ'불규칙 용언

'ㅂ'불규칙 용언은 어간의 'ㅂ'이 모음으로 시작되는 어미와 결합할 때 'ㅜ'로 바뀌는 용언이다. '돕다'에 보조적 연결어미 '-아/어'가 결합하면 '도와'가 되는 것이 그 예이다.

예문에서도 'ㅂ'불규칙 용언을 찾아볼 수 있는데 '어머 가엾어라.'는 부분을 보면 기본형 '가엽다'가 보조적 어미 '-어'와 만나면서 받침 'ㅂ'이 탈락하고 'ㅜ'로 바뀐다. 그래서 올바른 표현은 '어머 가여워라'가 된다. 또한 예문의 '그럼 교수님께 가서 여쭈어 보자.'는 문장도 'ㅂ'불규칙 용언의 활용 예인데 기본형 '여쭙다'가 '-어'와 만나면서 받침 'ㅂ'이 탈락하고 'ㅜ'로 바뀌어 '여쭈워'가 올바른 표현이 된다.[6] 그 외의 'ㅂ'불규칙 용언이 활용된 예는 다음과 같은 것들이 있다.

가볍다→가벼워, 가벼우니

껄끄럽다→껄끄러워, 껄끄러우니

부끄럽다→부끄러워, 부끄러우니

쑥스럽다→쑥스러워, 쑥스러우니

줍다→주워, 주우니

- ● '르'불규칙 용언

'르'불규칙용언은 어간의 끝음절인 '르'의 모음 'ㅡ'가 줄어들고, 그 뒤에 오는 어미가 '-아/-어'일 때 '-ㄹ라/-ㄹ러'로 바뀌는 용언을 말한다. 예문 중에 '그래. 문을 닫기 전에 서둘어', '글을 읽고 이해하는 것이 서툴어.'라

---

6) '가엾다/가엽다'와 '여쭙다/여쭈다'는 복수 표준어이기 때문에, 이들의 활용형 '가엾어/가여워'와 '여쭤워/여쭈어' 모두 바른 표현이다.

는 부분이 '르'불규칙 활용의 예이다. 기본형인 '서두르다'에 어미 '－어'가
붙으면 '르'의 모음 'ㅡ'가 탈락하면서 '서둘러'가 된다. 기본형 '서투르다'에
'－어'가 붙으면서 '르'의 모음 'ㅡ'가 빠지고 어미인 '－어'는 '－러'로 바뀌
어 '서툴러'가 된다. '르'불규칙 활용의 다른 예로는 아래와 같은 것이 있다.

    가르다→갈라
    거우르다→거울러
    모르다→몰라
    누르다→눌러
    흐르다→흘러

3.4 어휘 확장

● '르'불규칙 용언
'－ㄴ'이나 'ㄴ' 앞에서는 '르'을 탈락시키는 것이다.

7)

    →날 + '－는'→나는

---

7) 무비스트, http://www.movist.com/movies/movie.asp?mid＝8860

8)

→기본형 '녹슬(다)'에 '-ㄴ'이 붙어 받침 'ㄹ'이 탈락하여, '녹슨'이 된다.

9)

→'말다'의 명령형 활용형은 '마라'이다.

- **'ㅎ'불규칙 용언**

10)

→'하얗다'의 어간 '하얗-'에 '-니', '-ㄴ', '-면' 등과 같은 어미가 연결되면 'ㅎ' 받침이 탈락한다.

---

8) 네이버 지식인

9) 네이버 블로그, http://blog.naver.com/ooccoo1?Redirect=Log&logNo=20008797101

10) http://nemo.naver.com/nemo/27216/7

- '   ㅂ'불규칙 용언

어간의 'ㅂ'이 모음으로 시작되는 어미와 결합할 때 'ㅜ'로 바뀐다.

11)

→부끄럽+'-어'는 '부끄러워'가 된다.

- '르'불규칙 용언

어간의 끝음절인 '르'의 모음 'ㅡ'가 줄어들고, 그 뒤에 오는 어미가 '-아/어'일 때 '-ㄹ라/ㄹ러'로 바뀐다.

12)

→모르(다)+'-아'는 '몰라'가 된다.

---

11) http://cafe.naver.com/nowbook/26179

12) http://blog.naver.com/bonn1004?Redirect＝Log&logNo＝100001899784

3.5 예문 교정

기남: 소영아 너 얼굴이 파래.[13)

소영: 불규칙용언 수업을 들었는데 무슨 말인지 잘 모르겠어.

기남: 어머 가여워라.[14] 내가 도와줄게.

소영: 고마워. 그럼 도서관에 가서 책을 빌리자.

기남: 그래. 문을 닫기 전에 서둘러.[15]

[도서관]

기남: 불규칙용언은 어간과 어미가 결합할 때 어간이나 어미가 불규칙하
　　　게 변하는 거래.

소영: 아 벌써 머리가 하얘.[16] 난 역시 글을 읽고 이해하는 것이 서툴러.[17]

기남: 그럼 교수님께 가서 여쭤워[18] 보자.

[교수실]

소영: 교수님, 이 중에 옳은 것이 무엇인지 모르겠어요.

교수님: ‘놀다’의 명사형을 살펴보고 있구나. ‘놀음/놈/놂’[19] 중에서 찾아
　　　　보렴.

기남: 알 것 같아요! 교수님.

교수님: 허허 기남이가 실력이 많이 는[20] 것 같은데? 선생님 기분이 하늘
　　　　을 나는[21] 것 같구나.

---

13) ‘ㅎ’불규칙용언. ‘파랗다’가 ‘ㅐ’를 만나면서 ‘ㅎ’이 탈락하는 경우이다.

14) ‘ㅂ’불규칙용언. ‘가엽다’가 보조적 어미 ‘－어’와 만나면서 받침 ‘ㅂ’이 탈락하고 ‘ㅜ’로 바뀌는
　　경우이다. ‘가엾다/가엽다’가 복수 표준어이므로, ‘가엾어라’도 옳은 표현이다.

15) ‘르’불규칙용언. ‘서두르다’에 어미 ‘－어’가 붙었으므로 ‘르’의 모음 ‘ㅡ’가 줄어들며 어미인 ‘－
　　어’가 ‘－러’로 바뀌면서 ‘서둘러’가 된다.

16) ‘ㅎ’불규칙용언. ‘하얗다’가 ‘ㅐ’와 만나면서 ‘ㅎ’이 탈락된 경우이다.

17) ‘르’불규칙용언. ‘서투르다’의 활용형은 ‘서툴러’가 된다.

18) ‘ㅂ’불규칙용언. ‘여쭙다’가 ‘－어’와 만나면서 받침 ‘ㅂ’이 탈락하고 ‘ㅜ’로 바뀌어 ‘여쭤워’가 된
　　다. 같은 뜻을 지닌 ‘여쭈다’도 표준어이므로, 이의 활용형인 ‘여쭈어’도 바른 표현이다.

19) ‘르’불규칙용언. 어간이 ‘르’로 끝나는 용언을 어미 ‘－(으)ㅁ’을 사용하여 명사형으로 바꿀 때 그
　　받침은 ‘ㄻ’ 꼴이 되는 형식이다.

20) ‘르’불규칙용언. ‘늘다’에 ‘－은’이 붙으면 ‘늘＋－은’의 형태에서 받침 ‘ㄹ’이 탈락한 경우이다.

21) ‘르’불규칙용언. ‘날다’에 ‘－는’이 붙으면 ‘날＋－는’이 되어 받침 ‘ㄹ’이 탈락한 경우이다.

3.6 연습 문제

1. 다음에서 잘못 표기된 것은?[22)

① 밤을 <u>구워</u> 동생과 나눠 먹었다.

② 학교가 <u>가까워</u> 걸어서 다녔다.

③ 철수는 도자기를 깨고 <u>괴로와</u>했다.

④ 어머니를 <u>도와</u> 집 안 청소를 했다.

2. 다음 중 용언의 명사형이 잘못된 것은?[23)

① 날다−낢   ② 놀다−놂

③ 울다−욺   ④ 갈다−감

3. 다음 밑줄 친 부분이 틀린 것은?[24)

① 밤늦게 다니지 <u>말아라</u>.   ② 급하게 먹지 <u>마</u>.

③ 그 책은 읽지 <u>마라</u>.   ④ 급하게 먹지 <u>말라고</u> 했다.

4. 다음 중 밑줄 친 부분이 잘못된 것은?[25)

① 옷감이 참 <u>고왔다</u>.

② 풀밭에 <u>누워</u> 하늘을 바라보았다.

③ 청춘은 <u>아름다와라</u>!

④ 신부가 <u>부끄러워서</u> 얼굴을 들지 못한다.

---

22) ③. '괴로워'.

23) ④. '갊'

24) ①. '마라'.

25) ③. '아름다워라'.

5. 다음 중 밑줄 친 부분이 옳은 것은?26)

① 연필로 글씨를 <u>씀</u>.

② 봄꽃 <u>고와서</u> 눈이 부셨습니다.

③ 두 눈이 <u>빨개졌다</u>.

④ 쓰레기를 <u>주으니</u> 기분이 좋아졌다.

6. 다음 밑줄 친 활용형 중에서 한글 맞춤법에 맞지 않는 것은?27)

① <u>녹슨</u> 철마는 달리고 싶다.   ② 어려움을 <u>딛고</u> 일어났다.

③ 모임에 <u>걸맞는</u> 옷차림   ④ 삶을 열심히 <u>사오</u>.

---

26) ③. '씀', '고와서', '주우니'.

27) ③. '걸맞은'

○4. 사이시옷*

국어에서 명사와 명사가 결합하여 합성명사가 될 때 뒤에 오는 명사의 첫 소리가 된소리가 되는 등 발음의 변화가 생기는 일이 있다. '나루'와 '배'가 결합할 때 발음이 [나루배]가 아니라 [나룬빼/나루빼]가 되는데, 이처럼 뒤에 오는 명사인 '배'의 첫 자음 'ㅂ'이 된소리가 되는 현상이 나타나는 것이다. 이것을 표기에 반영해 주기 위해 두 명사 사이에 'ㅅ'을 끼워 넣는 것이 사이시옷이다.

4.1 진단 평가

1. 다음 중 표기가 올바른 것은?[1)]
  ① 나무가지　　　　② 나무잎
  ③ 냇가　　　　　　④ 제사날

2. 다음 중 표기가 옳지 않은 것은?[2)]
  ① 양칫물　　　　　② 횟수
  ③ 날갯짓　　　　　④ 햇님

3. 다음 문장의 표기가 잘못된 것은?[3)]
  ① 70년대에는 <u>치맛바람</u>이 거셌다.

---

* 자료 조사: 김현주, 오소영, 유세라, 이승은.

1) ③. '나뭇가지', '나뭇잎', '제삿날'이 바른 표기.

2) ④. 사이시옷은 합성어에 적용된다. '님'은 접미사이므로, '해님'.

3) ②. '백지장'은 백지(白紙)＋장(張)으로 이루어진 한자어＋한자어인 합성어이므로, 사이시옷 적용대상이 아니다.

② <u>백짓장</u>도 맞들면 낫다.

③ 그 짐들을 <u>찻간</u>에 실어라.

④ 시스템을 <u>초깃값</u>으로 되돌렸다.

4. 다음 중 잘못 표기된 것은?[4)]

① 차가운 <u>만둣국</u>을 맛볼 수 있다.

② 그는 <u>전세방</u>에서 혼자 살고 있다.

③ 너희들, <u>기찻간</u>에서 떠들면 안 된다.

④ 기성복은 <u>치수</u>가 다양해서 좋다.

4.2 예문 제시

① 함께 나오는 맑은 국물의 선지국과 함평 지역의 양파김치, 갓을 넣은
   물김치를 곁들여 더욱 맛나게 먹을 수 있다.[5)]

[6)]

② 보통은 책에 대한 편견을 두지 않기 위해 머릿말에 있는 작가의 변을

---

4) ③. '기차간'은 기차(汽車)＋간(間)으로 이루어진 한자어＋한자어인 합성어이므로 사이시옷을 쓰지
   않는다.

5) 최정규(2005), 친절한 여행객, 열 번째 행성, p.82

6) 다음카페 http://cafe.daum.net/happyandgoodfood/5h5y/1062?docid＝yHJI|5h5y|1062| 2008101310400
   0&q＝%BC%B1%C1%F6%B1%B9&srchid＝CCByHJI|5h5y|1062|20081013104000 20081020 18:20

일부러 넘겨보기도 하지만, 이 책은 저자의 생각이 도저히 궁금해서
가만히 있을 수 없다.[7]

BROMPTON

브롬톤 자전거 - 사용자 매뉴얼

머릿말

브롬톤을 타시기 전에 안전과 폴딩에 관련된 부분을 읽어보시길 권합니다. 그리고 반드시 바
퀴에 바람을 채워 주세요 : 바람빠진 타이어는 페달링에 힘이 많이 들어가고 (이건 타는 재미
를 반감시킵니다.), 빨리 마모되며, 핸들링을 약하게 합니다. 타이어에 바람 채우는 건 기본
입니다.

[8]

③ 요즘 날씨가 건조해서인지 아침에 일어날 때마다 코안이 시큰거릴 때가
많다. 그럴 때마다 베개잇에 코피가 흘러 붉게 물든 자국이 선명하다.[9]

손근호 저

내가슴에는 한사람이 살고 있습니다

수많은 사람중에 오직 당신만이 잇습니다

내작은 새가슴에 당신이 아름답게 살고

순간 시간마다 당신의 이름을 불러봅니다

당신의 이름 옆에 사는 맘좋은 이웃처럼

그렇게 항상 존재하고 싶습니다

아침에 눈뜨고 당신이 밤새 내여린가슴에

부대끼지 않았나 이름을 불러봅ㄴ다

저녁에 베개에 묻혀 눈물이 **베개닛**을 적실애

당신이 내가슴에서 슬퍼할까 가슴으로 울지 않습니다

[10]

살면서 소원이 있다고 합니다

당신이름 석자 언제나 다른이들고- 부대끼지 마라는것 입니다

---

7) 백성균, <똥친막대기>, 수수께끼와 같은 선물, 20081011. 인터넷뉴스 바이러스, http://www.1318viru
   s.net/modules/news/view.php?id=13451

8) 곽명섭, 코피 난다고요? 고개 뒤로 젖히지 마세요, 20071030. 다음블로그, http://brompton.tistory.co
   m/61?srchid＝BR1http%3A%2F%2Fbrompton.tistory.com%2F61

9) 부산일보, http://www.busanilbo.com/news2000/htmr l/2007/1030/070020071030.1023093627.html, 200
   81019 10:48

④ 고양지역에 분양 중인 한 시행사 관계자는 "한 채라도 더 팔기 위해 출가한 자식과 부모님, 그리고 처가집 식구들까지 전부 동원해 주변 사람들에게 아파트의 특장점과 미래가치 등을 집중 홍보케 하고 있다"며 "아예 부모님과 처가집에는 미분양 한 채씩을 떠안겼다"고 현재 미분양 상황의 심각성을 전했다.[11)

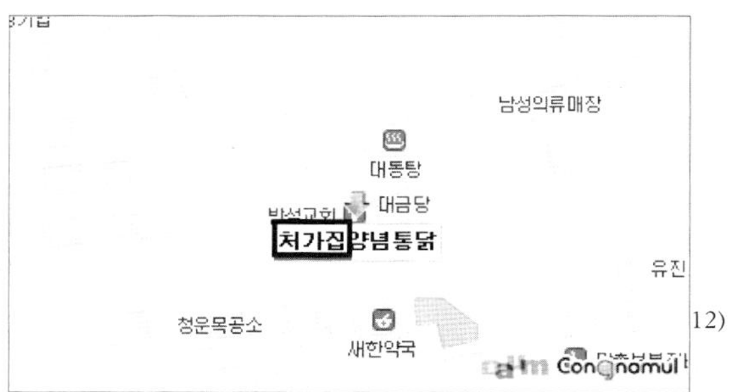

12)

⑤ 만두전문점 '우리집 만두'에서는 차가운 만두국을 맛볼 수 있다. 모양새는 물냉면과 비슷하다.[13)

14)

---

10) 손근호 시, 베개에 묻혀 베개잇에 눈물 적실 때

11) 박인호, 건설업계, 눈물겨운 미분양 판촉, 해럴드경제, 20080620. http://www.heraldbiz.com/SITE/data/html_dir/2008/06/20/200806200075.asp

12) 다음 지도 http://local.daum.net/place/corp_view.daum?phoneseq＝K14524827 20081020 21:00

13) 백혜선, 더위 식혀주는 이색 냉요리 3선, 일간스포츠, http://isplus.joins.com/life/lifes/200806/24/2008062411657700608010000 801050008010501.html, 20081019 11:11

14) 네이버 블로그, http://blog.naver.com/igetu?Redirect＝Log&logNo＝90035355764 20081020 19:00

⑥ 단순히 양치물을 검사하는 것만으로 후두암이나 설암, 구개암과 같은 두경부암들을 진단할 수 있는 간편한 방법이 개발됐다고 미 볼티모어 에 있는 존스홉킨스 대학의 킴멜 암연구소 의료진들이 1일 밝혔다.[15]

역시 끝장이라는 생각이 들었다. 여기가 바로 내 운명을 결정짓는 인생의 막다른 골목이라는 사실에 정신이 번쩍 들었다. 여기서 그냥 내려가면 나는 죽는다는 생각이 들었다. 내가 죽어 내려가든지 아니면 환자를 살려서 내려가든지 둘 중에 하나였다. 무더운 여름날 단식하며 기도한다는 게 그리 쉬운 일은 아니었다. 양치물이라도 꿀꺽 마시고 싶은 갈증을 견디며 울고 싶어도 울 기력이 없을 때까지 부르짖고 또 부르짖었다. 무슨 짓을 해서라도 사람을 살릴 수 있다면 살리고 싶었다. 사람을 사랑해서가 아니라 너가 사는 길이라서 간절하게 기도했[16]

⑦ 다우지수의 하루 등락폭이 1000포인트에 달하는 것은 이미 예사일이 될 정도로 변동성이 커졌고 투자자들의 두려움은 극대화되었다.[17]

김영옥 씨는 "음식 가짓수를 줄이고 좀 더 싼 수입산을 사면 모를까, 차례상 차리는 데 10만 원을 가지고도 턱도 없다"며 "가족들이 먹을 음식이라 좀 신경을 쓰면 추석 음식 장만 비용이 20만원을 넘는 건 예사일"이라고 말했다. 함께 온 박순영(51) 씨도 "요즘 기름 값이 올라서 그런지 생선 가격이 너무 많이 올랐다"며 "그렇다고 수입산 사기는 꺼림칙하고, 물가가 너무 올라 아무리 아낀다고 해도 15만 원 이상은 들 것 같다"고 덧붙였다. — [7만 원으로 차례상을 차려? 무모한 도전이었네], 이승훈기자, 2008 – 09 – 13 13:41[18]

---

15) 유세진, 양치물로 두경부암 진단 간편한 기술 美서 개발, 뉴시스, http://news.naver.com/main/read.nhn?mode＝LSD&mid＝sec&sid1＝103&oid＝003&aid＝0000710182, 20081019 11:10

16) 정영진(2006), 사람이 모이는 리더, 사람이 떠나는 리더, 리더북스, p.125

17) 김경환, "버핏이 나섰다" 패닉 접고 기회 모색할 때, 머니투데이, http://www.moneytoday.co.kr/view/mtview.php?type＝1&no＝2008101811351536567&outlink＝1, 20081019 11:10

18) 오마이뉴스 http://media.daum.net/economic/others/view.html?cateid＝1041&newsid＝2008 09131341034 90 &p＝ohmynews 20081020 15:30

⑧ 현재까지 게임대전 접속 회수는 50만여 건에 이르며 지난해 버금가는
규모로 성황을 이루고 있다.[19)]

부분이 가장 본질적인데 이를 계량화하는 것은 불가능하기 때문이다.
따라서 산출량은 간접적으로 측정하는 도리 밖에 없다. 이를 위해 상
정할 수 있는 방법은 ① 공연회수 ②작품수 ③판매가능한 입장권의 수
④판매한 입장권의 수 등이다.
이 4가지는 모두 개별적인 측정을 하기에는 무리가 있는 방법들이다.
예를 들어 공연회수 는 공연의 성격이나 규모에 따라 큰 차이가 있으며
작품의 경우, 작품에 따른 공연회수 를 고려해야한다. 판매가능한 입장
권의 경우, 모든 공연의 입장권이 팔린다고 볼 수는 없다. 그리고 판매
한 입장권은 공연결과에 따라 산출량이 달라지는 결과를 낳게 된다. 그
중에서 비교적 객관적이고 계량가능한 방법으로는 '판매가능한 입장
권의 수'가 꼽힌다. [20)]

4.3 원리 정리

사이시옷을 써야 하는 경우는 크게 세 가지로 나눌 수 있다. '순 우리말
로 된 합성어로서 앞말이 모음으로 끝난 경우', '순 우리말과 한자어로 된
합성어로서 앞말이 모음으로 끝난 경우', '두 음절로 된 6개 한자어'의 세
경우가 바로 그것이다. 한자어와 한자어로 된 구성은 원칙적으로 사이시옷
의 적용 대상이 아니므로, 한자 원음대로 쓴다. 다만 제30항에서 예외로 규
정하고 있는 6개에 한해서만 사이시옷을 쓴다.

사이시옷의 실현 조건은 다음과 같다. (1) 뒷말의 첫소리 'ㄱ, ㄷ, ㅂ, ㅅ,
ㅈ'이 된소리로 나는 것. 그 예로 나룻배[나루빼], 나뭇가지[나무까지], 냇가
[내까], 잿더미[재떠미], 선짓국[선지꾹] 등이 있다. (2) 뒷말의 첫소리 'ㄴ,
ㅁ' 앞에서 'ㄴ' 소리가 덧나는 것. 그 예로 빗물[빈물], 잇몸[인몸], 아랫마
을[아랜마을] 등이 있다. (3) 뒷말의 첫소리 모음 앞에서 'ㄴㄴ' 소리가 덧나

19) 게임조선편집국, 'KTF, 국내 최대 규모 모바일게임대전 개최', 조선일보, http://www.gamechosun.co.kr/
site/data/html_dir/2008/10/07/20081007000 016.html 20081019 11:00

20) 이승엽(2001), 극장경영과 공연제작, 역사넷, p.22.

는 것. 그 예로 뒷일[뒨닐], 깻잎[깬닙], 베갯잇[베갠닏] 등이 있다.

따라서 고유어가 하나라도 들어 있는 구성에서 앞말이 모음으로 끝날 때, 뒷말이 된소리로 나거나 앞말과 뒷말 사이에 'ㄴ'이 덧나고 앞말이 모음으로 끝난 합성어일 때 사이시옷을 쓴다. 그렇더라도 (1) 뒷말의 첫소리가 된소리로 안 나거나, 덧나는 소리가 없는 것(게거품/개다리소반/새장/애꾸눈/깨알……), (2) 뒷말의 첫소리가 본래 된소리나 거센소리인 것(나리꽃/허리띠/쇠뿔/보리쌀/배탈/개펄……) 등의 경우어는 사이시옷을 적지 않는다.

1. 순우리말로 된 합성어로서 앞말이 모음으로 끝난 경우
(1) 뒷말의 첫소리가 된소리로 나는 것

헛바늘	모깃불	나뭇가지	냇가
볏가리	햇볕	머릿기름	나룻배
뱃길	부싯돌	핏대	귓밥
바닷가	뒷갈망	선짓국	킷값
못자리	맷돌	쳇바퀴	쇳조각
댓가지	찻집	고랫재	아랫집
조갯살	잿더미	잇자국	우렁잇속

(2) 뒷말의 첫소리 'ㄴ, ㅁ' 앞에서 'ㄴ'소리가 덧나는 것

잇몸	아랫니	빗물
텃마당	깻묵	멧나물
아랫마을	뒷머리	냇물

(3) 뒷말의 첫소리 모음 앞에서 'ㄴㄴ'소리가 덧나는 것

댓잎	나뭇잎	깻잎	욧잇	베갯잇
도리깻열	뒷윷	두렛일	뒷일	뒷입맛

2. 순우리말과 한자어로 된 합성어로서 앞말이 모음으로 끝난 경우

(1) 뒷말의 첫소리가 된소리로 나는 것

아랫방	찻종	머릿방	전셋집	봇둑
귓병	샛강	햇수	촛국	횟배
뱃병	콧병	사잣밥	핏기	찻잔
전셋집	자릿세	탯줄	횟가루	

(2) 뒷말의 첫소리 'ㄴ, ㅁ' 앞에서 'ㄴ'소리가 덧나는 것

훗날	양칫물	곗날	제삿날	툇마루

(3) 뒷말의 첫소리 모음 앞에서 'ㄴㄴ'소리가 덧나는 것

사삿일	훗일	예삿일	가욋일

3. 두 음절로 된 한자어

툇간(退間)	숫자(數字)	곳간(庫間)
셋방(貰房)[21]	횟수(回數)	찻간(車間)[22]

4.4 어휘 확장

1. 순우리말로 된 합성어로서 앞말이 모음으로 끝난 경우

(1) 뒷말의 첫소리가 된소리로 나는 것
- 하늘을 향해 힘껏 날갯짓하는 저 새들.[23]

---

21) '전세＋방'은 '전세방'으로 쓴다.

22) '기차＋간'은 '기차간'으로 쓴다.

23) 네이버 블로그 「착한 맞춤법」, http://blog.naver.com/cozoo?Redirect＝Log&logNo＝40051341007 20 081019 12:40

- 갑자기 강수지의 보랏빛 향기가 듣고 싶다.
- 신선놀음에 도낏자루 썩는 줄 모른다.
- 여름 장맛비에 집 안이 눅눅하다.
- 70년대에는 치맛바람이 거셌다.
- 요즘 나오는 빨랫비누는 세숫비누 같아.

(2) 뒷말의 첫소리 'ㄴ, ㅁ' 앞에서 'ㄴ'소리가 덧나는 것
- 귀신 씻나락 까먹는 소리.[24]
- 아랫니가 아파서 치과에 갔다.
- 눈물이 빗물처럼 흘렀다.
- 이가 없으면 잇몸으로 산다는 달이 있다.
- 텃마당에서 아이들이 놀고 있다.

(3) 뒷말의 첫소리 모음 앞에서 'ㄴㄴ'소리가 덧나는 것
- 나뭇잎 떨어지는 가을 햇살 아래.
- 요즘 깻잎 머리를 한 고등학생이 늘었다.
- 매사에 뒷일을 생각해야 한다.
- 얼음 위에 댓잎자리 보아.

2. 순우리말과 한자어로 된 합성어로서 앞말이 모음으로 끝난 경우

(1) 뒷말의 첫소리가 된소리로 나는 것
- 최근 우리 동네에 맥줏집에이 늘고 있다.
- 3번 문제의 최댓값은 5이다.
- 기계를 포맷해서 초깃값으로 되돌렸다.
- 한때 TV에서 꼭짓점 댄스가 인기 있었다.

---

24) 우리가 흔히 '귀신 씻나락 까먹는 소리'라고 말할 때의 '씻나락'은 '볍씨'를 일컫는 말인데, 씻나락
   의 발음이 [씬나락]으로 나기 때문에 사이시옷을 넣어 쓴다.

(2) 뒷말의 첫소리 'ㄴ, ㅁ' 앞에서 'ㄴ'소리가 덧나는 것

- 우리 모두 수돗물을 아껴 쓰도록 합시다.[25]

→'수도(水道)＋물'은 앞말에 받침이 없고, 뒷말의 첫소리가 'ㅁ'으로 시작된다. 물론 이 말은 사람에 따라 '수도물'이나 '수돈물'로 다르게 발음할 수도 있다. 이 두 발음 가운데 어느 것을 취해야 할 것인가에 따라 'ㅅ' 받침을 붙일 수도 있고, 안 붙일 수도 있는 것이다. 그러나 합성어 '수도＋물'은 'ㄴ' 소리가 덧나는, 즉 '수돈물'을 표준발음으로 보고 '수돗물'로 적는 것을 원칙으로 한다.

- 오늘은 증조할아버지 제삿날이다.[26]

→'제삿날'은 제사(祭祀)＋날로 이루어진 합성어로, 뒷말의 첫소리 'ㄴ' 앞에서 'ㄴ' 소리가 덧나므로 사이시옷을 쓰는 것이 바른 표기이다.

- 훗날 돌아봤을 때 부끄럽지 않는 하루.
- 툇마루에 앉아서 빗소리를 듣는 기분 아니?

(3) 뒷말의 첫소리 모음 앞에서 'ㄴㄴ'소리가 덧나는 것

- 훗일은 내게 맡겨라.[27]

→여기서 후일은 후(後)＋'일하다'를 의미하는 '일'이 붙은 단어로, 뒷일을 의미한다. 즉 한자어＋순우리말로 된 단어이다. 따라서 사이시옷을 쓰는 것이 맞다. 이 예문과 관련하여 다음 예문을 비교해 보도록 한다.

- 후일을 기약해 봐야 아무 소용이 없다.[28]

→여기서 후일은 후(後)＋일(日)로 된 단어로 뒷날을 의미한다. 따라서 한자어로 된 합성어이기 때문에 6개의 예외 규정에 맞지 않기 때문에 사이시옷을 쓰지 않는다.

3. 두 음절로 된 한자어[29]

- 사람은 누구나 저승에 있는 곳간을 하나씩 가지고 있게 마련이었다. 하지만, 이승에서 부자라고 해서 그 곳간이 꼭 차 있는 것이 아니었다.
- 셋방에서 살아 본 사람은 그 어려움을 안다.

---

25) 국립국어원, http://www.korean.go.kr/
26) 국립국어원, http://www.korean.go.kr/
27) 국립국어원, http://www.korean.go.kr/
28) 국립국어원, http://www.korean.go.kr/
29) 초등학교 6학년 2학기 국어 "저승에 있는 곳간"

- 그 짐들을 찻간에 실어라.

→사이시옷에 대해서는 한글 맞춤법 제30항에 규정되어 있다. 여기에서는 사이시옷을 써야 하는 경우를 크게 세 가지로 나누어서 이야기하고 있다. '순 우리말로 된 합성어로서 앞말이 모음으로 끝난 경우', '순 우리말과 한자어로 된 합성어로서 앞말이 모음으로 끝난 경우', '두 음절로 된 6개 한자어'의 세 경우가 바로 그것이다. 여기서 '6개 한자어'란 '곳간(庫間), 셋방(貰房), 숫자(數字), 찻간(車間), 툇간(退間), 횟수(回數)'이다. 따라서 곳간, 셋방, 찻간은 사이시옷이 들어가야 한다. 이 규정과 관련하여 다음 예문을 비교하도록 한다.

- 그는 전세방에서 혼자 살고 있다.

→'전세(傳貰)'와 '방(房)'이 모두 한자어인 합성어이다. 이는 사이시옷을 붙여 써야 할 규정에 해당하는 단어가 아니므로 뒷말이 된소리로 발음되더라도 사이시옷을 붙이지 않고 '전세방'으로 표기한다.

- 너희들, 기차간에서 떠들면 안 된다.

→한자어에는 사이시옷을 붙이지 않는 것이 원칙이다. 다만 '곳간(庫間), 셋방(貰房), 숫자(數字), 찻간(車間), 툇간(退間), 횟수(回數)'는 사이시옷을 적는다. 따라서 '기차간(汽車間)'은 이 6개의 한자어에 속하지 않으므로 사이시옷을 적지 않는다.

4. 사이시옷을 받쳐 적지 않는 경우

- 선녀와 나무꾼 이야기를 아니?

→'나무' + '꾼'에서 '꾼'은 원래 된소리이그로, 합성어가 되면서 된소리로 나는 것이 아니므로, 사이시옷 환경이 되지 않는다.

- 구름 사이로 얼굴은 내민 해님

→'해님'에서 '님'은 접미사이므로, 사이시옷 환경이 아니다.

- '백지장도 맞들면 낫다'는 속담이 있다.

→한자어 + 한자어로 이루어지는 합성어는 사이시옷 환경이 아니다.

- 동아줄을 타고 하늘로 올라간 오누이를 알지?

→표준 발음이 [동아줄]이므로 사이시옷 환경이 아니다.

- 아래층에 사는 사람을 잘 아니?

→뒷말의 첫소리가 격음이기 때문에 사이시옷 환경이 아니다.

- 치수를 정확하게 재는 것이 중요하다.

→'치수'는 표준 발음이 [치수]이므로 사이시옷을 넣지 않는다.

4.5 예문 교정

① 선짓국(○) 선지국(Ⅹ)[30]

함께 나오는 맑은 국물의 선짓국과 함평 지역의 양파김치, 갓을 넣은
물김치를 곁들여 더욱 맛나게 먹을 수 있다.

② 머리말(○) 머릿말(Ⅹ)[31]

머리말보통은 책에 대한 편견을 두지 않기 위해 머리말에 있는 작가
의 변을 일부러 넘겨보기도 하지만, 이 책은 저자의 생각이 도저히 궁
금해서 가만히 있을 수 없다.

③ 베갯잇(○) 베개잇(Ⅹ)[32]

베갯잇요즘 날씨가 건조해서인지 아침에 일어날 때마다 코안이 시큰
거릴 때가 많다. 그럴 때마다 베갯잇에 코피가 흘러 붉게 물든 자국이
선명하다.

④ 처갓집(○) 처가집(Ⅹ)[33]

처갓집고양지역에 분양 중인 한 시행사 관계자는 "한 채라도 더 팔기
위해 출가한 자식과 부모님, 그리고 처가집 식구들까지 전부 동원해
주변 사람들에게 아파트의 특장점과 미래가치 등을 집중 홍보케 하고
있다"며 "아예 부모님과 처갓집에는 미분양 한 채씩을 떠안겼다"고
현재 미분양 상황의 심각성을 전했다.

---

30) '선짓국'은 순우리말로 된 합성어로서 앞말이 모음으로 끝난 경우에 해당하며, 뒷말의 첫소리가 된
소리로 나므로 사이시옷을 쓰는 것이 바른 표기이다.

31) 뒷말의 첫소리 'ㄴ, ㅁ' 앞에서 'ㄴ' 소리가 덧나는 경우에는 사이시옷을 써야 하지만, 머리말의
표준 발음은 [머리말]로 보기 때문에 머리말로 쓰는 것이 바른 표기이다.

32) '베갯잇'은 순우리말로 된 합성어로서 앞말이 모음으로 끝난 경우, 뒷말의 첫소리 모음 앞에서 'ㄴ
ㄴ' 소리가 덧나므로 사이시옷을 쓰는 것이 바른 표기이다.

33) '처갓집'은 순우리말과 한자어로 된 합성어로서 앞말이 모음으로 끝난 경우에 해당하며, 뒷말의 첫
소리가 된소리로 나므로 사이시옷을 쓰는 것이 바른 표기이다.

⑤ 만둣국(○) 만두국(✕)[34]

만둣국만두전문점 '우리집 만두'에서는 차가운 만둣국을 맛볼 수 있다. 모양새는 물냉면과 비슷하다.

⑥ 양칫물(○) 양치물(✕)[35]

의료진은 양칫물 속에 섞인 침으로부터 두경부암에 걸렸음을 보여 주는 화학적으로 변형된 21개의 유전자 가운데 하나 또는 그 이상을 찾아낼 수 있다고 말했다.

⑦ 예삿일(○) 예사일(✕)[36]

다우지수의 하루 등락폭이 1000포인트에 달하는 것은 이미 예삿일이 될 정도로 변동성이 커졌고 투자자들의 두려움은 극대화됐다.

⑧ 횟수(○) 회수(✕)[37]

현재까지 게임대전 접속 횟수는 50만여 건에 이르며 지난해 버금가는 규모로 성황을 이루고 있다.

---

34) '만둣국'은 순우리말과 한자어로 된 합성어로서 앞달이 모음으로 끝난 경우에 해당하며, 뒷말의 첫소리가 된소리로 나므로 사이시옷을 쓰는 것이 바른 표기이다.

35) '양칫물'은 순우리말과 한자어로 된 합성어로서 앞달이 모음으로 끝난 경우에 해당하며, 뒷말의 첫소리 'ㅁ' 앞에서 'ㄴ' 소리가 덧나므로 사이시옷을 쓰는 것이 바른 표기이다.

36) '예삿일'은 순우리말과 한자어로 된 합성어로서 앞말이 모음으로 끝난 경우에 해당하며, 뒷말의 첫소리 모음 앞에서 'ㄴㄴ' 소리가 덧나므로 사이시옷을 쓰는 것이 바른 표기이다.

37) 두 음절로 된 6개 한자어 '곳간(庫間), 셋방(貰房), 숫자(數字), 찻간(車間), 툇간(退間), 횟수(回數)'는 사이시옷을 쓰는 것이 바른 표기이다.

4.6 연습 문제

1. 다음 중 표기가 옳은 것은?[38)

① 숫자　　　　　② 기찻간

③ 나뭇꾼　　　　④ 월셋방

2. 다음 중 사이시옷의 쓰임이 잘못된 말은?[39)

① 찻간　　　　　② 절댓값

③ 냇가　　　　　④ 기왓집

3. 다음 중 사이시옷의 쓰임이 바른 것은?[40)

① 저 촛병이 참 예쁘더라.

② 댓가를 바라지 말거라.

③ 김치가 정말 촛국이다.

④ 전셋방에서 나와야 할까봐.

4. 다음 중 사이시옷이 들어갈 필요가 없는 것은?[41)

① 옛날에는 고기를 푸주간에서 팔았다.

② 양치물은 저기 버리세요.

③ 초점을 잘 맞추어 봐.

④ 이 일은 예사일이 아니야.

5. 다음 중 사이시옷이 들어가야 하는 것은?[42)

① 귀신 씨나락 까먹는 소리 좀 하지 마.

---

38) ①. '숫자'는 두 음절로 된 한자어 중 사이시옷을 적는 여섯 개의 예외 중 하나.

39) ④. 기와집은 표준 발음이 [기와집]이므로 기와집이 맞는 표현.

40) ③. '촛국'은 '맛이 시다'라는 뜻을 가진, 한자어와 순우리말이 합쳐진 합성어다.

41) ③. '초점'은 한자어와 한자어로 구성된 합성어.

42) ①. '씻나락'은 '볍씨'를 일컫는 말인데, 씻나락의 발음이 [씬나락]이다.

② 이 돈을 종자돈 삼아 회사를 운영하렴.

③ 마구간에 말 두 마리가 있다.

④ 오누이는 동아줄을 타고 하늘로 올라갔다.

6. 다음 중 사이시옷 표기가 잘못된 것을 모두 고르면?[43]

① 우리 외갓집은 춘천이다.

② 잠수함을 타고 바닷속을 탐험했다

③ 한동안 김수로의 꼭짓점 댄스가 유행했다.

④ 기찻간에서는 그런 행동 하지 마.

---

43) ②, ④. '바다 속'은 '바닷속'처럼 한 단어일 듯하지간 실제로는 아직 그 지위를 갖지 못했다. 한 단어가 아닌 것은 띄어 써야 하므로 '바다 속'이 맞는 표현이다. '기차간'은 예외 6개 중 하나인 '찻간'과 구별해야 한다.

○5. 준말*

　준말은 발음이 줄어들어 간단하게 된 것으로, 맞춤법은 대체로 준 대로 적도록 허용하고 있으므로, 발음과 표기가 일치하게 된다. 준말 가운데는 '어제저녁 > 엊저녁'에서처럼 본말의 형태를 유추하는 것이 어렵지 않은 경우도 있고, '여린 무 > 열무'처럼 본말의 형태를 잘 인식하기 어려운 경우도 있다.

5.1 진단 평가

1. 다음 각 문항에서 표기가 옳은 것을 고르시오.[1]
① 사업을 차질 없이 (추진도록/추진토록) 하시오.
② 그는 (넉넉지/넉넉치) 않은 살림에도 불구하고 이웃을 도왔다.
③ 개인적인 사유로 (결근고자/결근코자) 하오니 허락해 주십시오.
④ 하늘도 (무심지/무심치) 않다면 우리를 도울 것이다.

2. 본말과 준말의 연결이 바르지 않은 것은?[2]
① 디디는 − 딛는
② 가지었다 − 갖었다
③ 연구하도록 − 연구토록
④ 섭섭지 않게 − 섭섭잖게

---

* 자료 조사: 김아람, 최정아, 서진욱, 이재원.
1) ① 추진토록, ② 넉넉지, ③ 결근코자, ④ 무심치.
2) ②. '가졌다'가 옳은 표기.

3. 본말과 준말의 연결이 바르지 않은 것은?3)

① 귀찮다 − 귀치않다

② 똬리 − 또아리

③ 생각하지 → 생각치

④ 찌끼 − 찌꺼기

4. 다음 중 오류가 없는 문장은?4)

① 그 정도면 적쟎은 돈이다.

② 변변잖은 선물입니다만 받아 주시면 고맙겠습니다.

③ 그 일은 내가 익숙지 않다.

④ 그 일을 네가 연구도록 하겠다.

5.2 예문 제시

그는 적쟌은 돈으로 사업을 시작하였다. 하지만 그가 시작한 출판업은 만만찮은 사업이었다. 시장 환경에 변수가 많았고 인터넷을 통한 저작권 침해 상황은 변지 않았다. 또한 그는 익숙치 않은 사업기술은 그를 경없게 만들었다.

그는 생각하다 못해 경영에 익숙한 그의 친구를 사업에 끌어들였다. 하늘도 무심치 않다면 그는 그와 함께 이 어려움을 딛고 상황이 나아질 것이라 믿었다. 그는 그의 친구에게 새로운 인쇄기계를 연구토록 했다. 그리고 그걸로 나날이 원가를 줄이면서 그의 사업에도 경쟁력을 갖었다.

그는 그의 친구에게 섭섭찮은 사례를 하고도 많은 이윤이 남았다.

---

3) ③. '생각지'가 옳은 표기.

4) ③. ① 적잖은, ② 변변찮은, ④ 연구토록.

5.3 원리 정리

1. '한글맞춤법'에서 준말과 관련된 표기 규정 요약

'한글맞춤법'에서는 준말과 관련된 표기 규정을 제32항에서부터 시작하여, 제33항, 제34항, 제35항, 제36항, 저37항, 제38항, 제39항, 제40항에 이르기까지 설명하고 있으며, 그 내용을 요약하면 다음과 같다.

제32항: 단어의 끝모음이 줄어지고 자음만 남은 것을 그 앞의 음절에 받침으로 적는다.

제33항: 체언과 조사가 어울려 줄어지는 경우에는 준 대로 적는다.

제34항: 모음 'ㅏ, ㅓ'로 끝난 어간에 '-아/-어, -았-/-었-'이 어울릴 적에는 준 대로 적는다.

[붙임 1] 'ㅐ, ㅔ' 뒤에 '-어, -었-'이 어울려 줄 적에는 준 대로 적는다.

[붙임 2] '하여'가 한 음절로 줄어서 '해'로 될 적에는 준 대로 적는다.

제35항: 모음 'ㅗ, ㅜ'로 끝난 어간에 '-아/-어, -았-/-었-'이 어울려 'ㅘ/ㅝ, 왔/웠'으로 될 적에는 준 대로 적는다.

[붙임 1] '놓아'가 '놔'로 줄 적에는 준 대로 적는다.

[붙임 2] 'ㅚ' 뒤에 '-어, -었-'이 어울려 'ㅙ, 됐'으로 될 적에도 준 대로 적는다.

제36항: 'ㅣ' 뒤에 '-어'가 와서 'ㅕ'로 줄 적에는 준 대로 적는다.

제37항: 'ㅏ, ㅕ, ㅗ, ㅜ, ㅡ'로 끝난 어간에 '-이-'가 와서 각각 'ㅐ, ㅖ, ㅚ, ㅟ, ㅢ'로 줄 적에는 준 대로 적는다.

제38항: 'ㅏ, ㅗ, ㅜ, ㅡ' 뒤에 '-이어'가 어울려 줄어질 적에는 준 대로 적는다.

제39항: 어미 '-지' 뒤에 '않-'이 어울려 '-잖-'이 될 적과 '-하지' 뒤에 '않-'이 어울려 '-찮-'이 될 적에는 준 대로 적는다.

제40항: 어간의 끝음절 '하'의 'ㅏ'가 줄고 'ㅎ'이 다음 음절의 첫소리와

어울려 거센소리로 될 적에는 거센소리로 적는다.

[붙임 1] 'ㅎ'이 어간의 끝소리로 굳어진 것은 받침으로 적는다.

[붙임 2] 어간의 끝음절 '하'가 아주 줄 적에는 준 대로 적는다.

[붙임 3] 다음과 같은 부사는 소리대로 적는다.

2. 한글맞춤법에서의 준말의 구체적인 용례와 설명

1) 제32항

제32항은 단어의 마지막 음절 속에 있는 모음이 줄어지고 자음만이 남을 경우에는 그 자음을 어떻게 처리하여 적을 것인가에 대한 규정이다. 용례는 다음과 같다.

(본말)	(준말)
기러기야	기럭아
어제그저께	엊그저께
어제저녁	엊저녁
가지고, 가지지	갖고, 갖지
디디고, 디디지	딛고, 딛지

2) 제33항

제33항은 체언과 조사가 어울려 줄어지는 경우에는 준 대로 적는 것을 규정하고 있으며 용례는 다음과 같다.

(본말)	(준말)
그것은	그건
그것이	그게
그것으로	그걸로
나는	난
나를	날
너는	넌
너를	널
무엇을	뭣을/무얼/뭘
무엇이	뭣이/무에

3) 제34항

모음 'ㅏ, ㅓ'로 끝난 어간에 '-아/-어, -았-/-었-'이 어울릴 적에는 준 대로 적는 것을 규정하고 있으며 용례는 다음과 같다.

(본말)	(준말)	(본말)	(준말)
가아	가	가았다	갔다
나아	나	나았다	났다
타아	타	타았다	탔다
서어	서	서었다	섰다
켜어	켜	켜었다	켰다
펴어	펴	펴었다	폈다

[붙임 1]에 대한 용례는 다음과 같다.

(본말)	(준말)	(본말)	(준말)
개어	개	개었다	갰다
내어	내	내었다	냈다
베어	베	베었다	벴다
세어	세	세었다	셌다

[붙임 2]에 대한 용례는 다음과 같다.

(본말)	(준말)	(본말)	(준말)
하여	해	하였다	했다
더하여	더해	더하였다	더했다
흔하여	흔해	흔하였다	흔했다

4) 제35항

제35항은 원순모음으로 끝나는 어간에 모음으로 시작되는 어미가 연결될 경우에 일어나는 음운 축약을 규정한 것이며, 용례는 다음과 같다.

(본말)	(준말)	(본말)	(준말)
꼬아	꽈	꼬았다	꽜다
보아	봐	보았다	봤다
쏘아	쏴	쏘았다	쐈다
두어	둬	두었다	뒀다
쑤어	쒀	쑤었다	쒔다
주어	줘	주었다	줬다

제36항의 [붙인 2]에 대한 용례는 다음과 같다.

(본말)	(준말)	(본말)	(준말)
괴어	괘	괴었다	괬다
되어	돼	되었다	됐다
뵈어	봬	뵈었다	뵀다
쇠어	쇄	쇠었다	쇘다
쐬어	쐐	쐬었다	쐤다

5) 제36항

제36항의 표기 규정은 아래의 용례와 같이 'ㅣ' 뒤에 'ㅡ어'가 와서 'ㅕ'로 줄 적에는 준 대로 적는 것을 규정으로 한다.

(본말)	(준말)	(본말)	(준말)
가지어	가져	가지었다	가졌다
견디어	견뎌	견디었다	견뎠다
다니어	다녀	다니었다	다녔다
막히어	막혀	막히었다	막혔다
버티어	버텨	버티었다	버텼다
치이어	치여	치이었다	치였다

6) 제37항

제37항에서는 'ㅏ, ㅕ, ㅗ, ㅜ, ㅡ'로 끝난 어간에 'ㅡ이ㅡ'가 와서 각각 'ㅐ, ㅖ, ㅚ, ㅟ, ㅢ'로 줄 적에는 준 대로 적는 것을 규정하고 있으며 그 용례는 다음과 같다.

(본말)	(준말)	(본말)	(준말)
싸이다	쌔다	누이다	뉘다
펴이다	폐다	뜨이다	띄다
보이다	뵈다	쓰이다	씌다

7) 제38항

제38항은 모음 'ㅏ, ㅗ, ㅜ, ㅡ'로 끝난 어간에 접미사 '－이'가 와서 'ㅐ, ㅚ, ㅟ, ㅢ'로 축약되는 경우(제37항)와 접미사 '－이'가 연결된 어간 곧 'ㅣ'로 끝난 어간에 어미 '－어, －었'이 와서 'ㅕ'로 축약되는 경우(제36항)를 모두 인정하고 있으며, 용례는 다음과 같다.

(본말)	(준말)		(본말)	(준말)	
싸이어	쌔어	싸여	뜨이어	띄어	
보이어	뵈어	보여	쓰이어	씌어	쓰여
쏘이어	쐬어	쏘여	트이어	틔어	트여
누이어	뉘어	누여			

8) 제39항

제39항은 이미 줄어진 형태로 대접받고 있는 낱말은 어원을 밝혀서 줄어진 과정을 보일 필요가 없다는 생각에서 소리 나는 대로 적기로 한 규정이며, 용례는 다음과 같다.

(본말)	(준말)	(본말)	(준말)
그렇지 않은	그렇잖은	만만하지 않다	만만찮다
적지 않은	적잖은	변변하지 않다	변변찮다

9) 제40항

제40항은 "용언의 어간과 어미는 구별하여 적기로" 한 제15항의 규정과 상반되는 규정으로 '한글맞춤법'에서 야기되는 제반 문제와 문자 생활의 현실을 규정에 반영하여 축약되어 거센소리로 되는 경우는 거센소리로 적기로

한 것이며, 용례는 다음과 같다.

(본말)	(준말)	(본말)	(준말)
간편하게	간편케	다정하다	다정타
연구하도록	연구토록	정결하다	정결타
가하다	가타	흔하다	흔타

5.4 어휘 확장

1) 단어의 끝 모음이 줄어지고 자음만 남은 것은 그 앞의 음절에 받침으
   로 적는다.

제가 <u>엊그저께</u> 전역했습니다.

<u>온갖</u> 종류의 꽃들이 이번 전시회에 전시될 것이다.

돈을 <u>갖고</u> 튀어라.[5]

장애를 <u>딛고</u> 일어나라.

2) 체언과 조사가 어울려 줄어지는 경우에는 준 대로 적는다.

<u>그걸로</u> 뭘 한다는 말인가?

<u>뭣이</u> 잘못되었는가?

<u>그건</u> 내가 널 위해 예전에 준비한 것이다.

3) 모음 'ㅏ, ㅓ'로 끝난 어간에 '-아/-어, -았-/-었-'이 어울릴 적
   에는 준 대로 적는다.

전깃불을 <u>껐다</u>.

차가 횡단보도 앞에 <u>섰다</u>.

아저씨가 찌그러진 현관문을 <u>폈다</u>.

---

5) 김상진 감독, 박중훈·정선경 주연의 영화 제목.

[붙임 1] ‘ㅐ, ㅔ’ 뒤에 ‘-어, -었-’이 어울려 줄 적에는 준 대로 적는다.

깨진 유리에 손을 <u>베었다</u>.

그날 저녁에 우리 과의 회식비를 내가 <u>냈다</u>.

[붙임 2] ‘하여’가 한 음절로 줄어서 ‘해’로 될 적에는 준 대로 적는다.

옛날에는 서로 얼굴도 모르고 결혼하는 경우가 <u>흔했다</u>.

4) 모음 ‘ㅗ, ㅜ’로 끝난 어간에 ‘-아/-어, -았-/-었-’이 어울려
   ‘ㅘ/ㅝ, ㅘ/ㅝ’으로 될 때에는 준 괴로 적는다.

나는 그녀에게 사과를 <u>줬다</u>.

식탁 위에 음식을 <u>뒀다</u>.

올림픽에서 양궁선수가 과녁을 향해 화살을 <u>쐈다</u>.

[붙임 1] ‘놓아’가 ‘놔’로 줄 적에는 준 대로 적는다.

버스에 지갑을 놔두고 내렸다.

[붙임 2] ‘ㅚ’ 뒤에 ‘-어, -었-’이 어울려 ‘ㅙ, ㅙ’으로 될 적에도 준
         대로 적는다.

만나게 <u>돼서</u> 반갑습니다.

나도 엠티를 가게 <u>됐어</u>.

그거 네가 먹으면 안 <u>돼</u>.

5) ‘ㅣ’ 뒤에 ‘-어’가 와서 ‘ㅕ’로 줄 적에는 준 대로 적는다.

숨이 <u>막혔다</u>.

지나가던 행인이 차에 <u>치였다</u>.

고통과 괴로움에는 보상이 따르기에 참고 <u>견뎠다</u>.

6) ‘ㅏ, ㅕ, ㅗ, ㅜ, ㅡ’로 끝난 어간에 ‘-이-’가 와서 각각 ‘ㅐ, ㅖ, ㅚ,
   ㅟ, ㅢ’로 줄 적에는 준 대로 적는다.

눈에 <u>띄는</u> 행동을 하지 마라.

목낭청의 혼이 <u>씌다</u>.

환자를 자리에 <u>뉘다</u>.

7) ‘ㅏ, ㅗ, ㅜ, ㅡ’ 뒤에 ‘-이어’가 어울려 줄어질 적에는 준 대로 적는다.

숨통을 <u>틔어</u> 주는 역할을 하다.

벌초를 갔다가 벌에 <u>쏘여</u> 병원으로 갔다.

8) 이미 ‘-지’ 뒤에 ‘않-’이 어울려 ‘-잖-’이 될 적과 ‘-하지’ 뒤에
   ‘않-’이 어울려 ‘찮-’이 될 적에는 준 대로 적는다.

앞으로 매입 절차 과정에서 업체들과의 <u>적잖은</u> 마찰도 예상된다.

<u>만만찮기</u>는 사돈집 안방.

9) 어간의 끝음절 ‘하’의 ‘ㅏ’가 줄고 ‘ㅎ’이 다음 음절의 첫소리와 어울
   려 거센소리로 될 적에는 거센소리로 적는다.

매일 일어나는 일을 빠짐없이 <u>보고토록</u>.

내가 그 일을 <u>연구토록</u> 하겠다.

아무리 <u>다정타</u> 하여도 소녀 뜻만 못 하오니 애닯고 그 아니 원통한가.[6]

5.5 예문 교정

그는 적잖은[7] 돈으로 사업을 시작하였다 하지만 그가 시작한 출판업은
만만찮은 사업이었다. 시장 환경에 변수가 많았고 인터넷을 통한 저작권 침
해상황은 변치[8] 않았다. 그리고 그는 익숙지[9] 않은 사업기술 또한 그를 경

---

6) 홍길동전.

7) ‘적지 않은>적잖은’. ‘-지’ 뒤에 ‘않-’이 어울려 ‘-잖-’이 될 적과 ‘-하지’ 뒤에 ‘않-’이 어
   울려 ‘찮-’이 될 적에는 준 대로 적는다. [한글맞춤법 제39항] 예전의 [통일안]에서는 ‘점잖다’만을
   소리대로 적고 ‘적잖다’ 등은 줄어진 과정을 보이게 적어 서로 구별 표기하였으나 [한글맞춤법] 제
   39항은 이러한 구별을 없앤 것이다.

8) ‘변하지>변치’. 무성자음 ‘ㄱ, ㅂ, ㅅ’ 뒤에서 ‘하’ 전체가 탈락한다.

황없게[10) 만들었다.

그는 생각다 못해 경영에 익숙한 그의 친구를 사업에 끌어들였다. 하늘도 무심치 않다면 그는 그와 함께 이 어려움을 딛고 상황이 나아질 것이라 믿었다. 그는 그의 친구에게 새로운 인쇄기계를 연구토록 했다. 그리고 그걸로 나날이 원가를 줄이면서 그의 사업에도 경쟁력을 가졌다[11).

그는 그의 친구에게 섭섭잖은[12) 사례를 하고 많은 이윤이 남았다.

5.6 연습 문제

1. 다음 중 맞는 표기는?[13)

① 적쟎다　　　② 변변챦다　　　③ 남부럽잖다　　　④ 만만챦다

2. 다음 중 본말과 준말의 연결이 옳바르지 않은 것은?[14)

① 거북하지: 거북지

② 생각하건대: 생각컨대

③ 깨끗하지 않다: 깨끗지 않다

④ 넉넉하지 않다: 넉넉지 않다.

3. 다음 중 표기 오류가 없는 것은?[15)

① 대학생이 되면 차를 사 줄게.

---

9) '익숙하지 > 익숙지'. 어간의 끝음절 '하'가 아주 줄 적에는 준 대로 적는다. [한글맞춤법 제40항 붙임2] '하' 앞의 말이 무성자음 'ㄱ, ㅂ, ㅅ'인 경우에 해당한다.

10) '경황/경'에서, 준말이 쓰이고 있더라도, 본말이 널리 쓰이고 있으면 본말을 표준어로 삼는다. [표준어 사정 원칙 제15항] 이와 같은 예로 귀이개(귀개), 돗자리(돗), 수두룩하다(수둑하다) 등이 있다.

11) '가지다'가 기본형이므로, '가지+ㅓ'에서, 'ㅣ' 뒤에 'ㅡ어'가 와서 'ㅕ'로 줄 적에는 준 대로 적는다. [한글맞춤법 제36항].

12) '섭섭지않은 > 섭섭잖은'으로, '적지않은 > 적잖은'과 같은 경우.

13) ③. '적잖다', '변변찮다', '만만찮다'.

14) ②. 무성자음 'ㄱ, ㅂ, ㅅ' 뒤에서는 '하'가 아주 준다.

15) ①. '됐다', '영원토록', '평생토록'.

② 우리는 길거리에서 우연히 만나게 됐다.

③ 당신을 영원도록 잊지 않겠습니다.

④ 이 선물은 평생도록 간직하겠습니다.

4. 다음 중 맞춤법에 어긋난 표기가 있는 것은?[16]

① 소녀는 미소를 띠고 소년에게 다가갔다.

② 우리는 역사적인 사명을 띠고 이 땅에 태어났다.

③ 일이 뜻대로 되다.

④ 그녀가 공주가 됐다.

5. 다음에 제시한 단어 가운데 맞춤법에 맞는 것은 모두 몇 개인가?[17]

추진토록, 녹록치, 하마트면, 엊그제, 또아리, 정결타, 시뉘

① 3개　　　② 4개　　　③ 5개　　　④ 6개

6. 다음 예문 중 맞춤법에 어긋난 표기가 들어 있는 것은?[18]

① 넉넉지 않은 살림에도 불구하고 그는 늘 이웃을 도왔다.

② 꽃분이는 집에 가지 아니했다.

③ 그건 사랑이 아니에요.

④ 길에서 우연히 은사님을 뵀다.

---

16) ①. '미소를 띠고'.

17) ①. '녹록지, 하마터면, 엊그제, 똬리'가 바른 표기이다. '똬리'는 '또아리'의 준말인데, 준말이 널리 쓰여 준말을 표준어로 삼은 경우이다. 한글 맞춤법은 표준어가 그 대상이다. '귀찮다(귀치 않다), 무(무우), 뱀(배암), 생쥐(새앙쥐), 솔개(소리개)' 등이 준말만 표준어로 삼은 예다. '시누이/시뉘'는 준말과 본말이 함께 쓰이는 것으로 둘 다 표준어이다. 이런 예는 '노을/놀, 막대기/막대, 망태기/망태, 시누이/시뉘/시누, 외우다/외다, 찌꺼기/찌끼' 등이 있다. 본말만 표준어인 경우도 있다. '경황 없다(경없다), 귀이개(귀개), 돗자리(돗), 수두룩하다(수둑하다)' 등이 그 예다.

18) ③. '아니에요'에서 '아니'는 형용사 어간이다. '(이)에요'는 '(이)어요'의 구어체이므로, '아니＋어＋요'의 구어체는 '아니에요'이다.

06. 띄어쓰기*

지은이가 중학생일 때 '아버지가방에들어가다'의 의미를 결정하는 것은 띄어쓰기에 달렸다고 배웠다. '아버지가/방에/들어가다'와 '아버지/가방에/들어가다'라는 전혀 다른 의미는 띄어쓰기에 따라 결정되기 때문이다. '불가불가(不可不可)'도 마찬가지다. 어떤 즈건의 수락 여부에 대해 '불가불/가'와 '불가/불가'는 상반되는 대답이다. 그것이 띄어쓰기에 달렸다.

국어의 띄어쓰기는 '단어' 단위로 띄어 씀을 원칙으로 하는데, 조사나 어미는 붙여 쓴다. 이들은 대부분 문법 지식으로 해결되는데, 문제는 '새＋해', '새＋책' 같은 데 있다. '새해'는 한 단어(복합어)가 되어 사전에 올라 있고, '새 책'은 별개의 단어이다. 사전의 표제어에 오른 것은 한 단어이므로 '새해'로 붙여 쓰고, 그렇지 않은 것은 별개의 단어이므로 '새∨책'으로 띄어 쓴다.

6.1 진단 평가[1]

1. 다음 중 띄어쓰기가 잘못된 것은?[2]

① 자동차 한 대　　　　② 책 한 권

③ 열네 살　　　　　　④ 옷 한벌

---

[1] 한용운, 정상훈(2004), 한글 맞춤법의 이해와 실제, 한국문화사, pp.103－116, pp.237－240
이호권·고성환(2007), 맞춤법과 표준어, 한국방송통신대학교출판부, pp.73－83 참조.

[2] ④. '옷 한 벌'. 단위를 나타내는 명사는 띄어 쓴다.

2. 다음 중 띄어쓰기가 잘못된 것은?3)

① 동생은 아버지를 빼다 박은 듯 닮았다.

② 땀이 비 오 듯 쏟아졌다.

③ 마치 구름 위를 걷는 듯 생시가 아닌 것만 같았다.

④ 두 시에 도착 예정인 기차는 연착할 듯하다.

3. 다음 중 띄어쓰기 오류가 있는 것은?4)

① 철수를 만난지도 3년이 넘었다.

② 이곳에 쓰레기를 버리지 마시오.

③ 콩을 심으면 콩이 나지 팥이 날 수는 없다.

④ 친구가 집에 잘 도착했는지 궁금하다.

4. 다음 중 띄어쓰기 오류가 있는 것은?5)

① 제오과   ② 다섯 시 삼십 분

③ 삼학년   ④ 오백원

6.2 예문 제시

우리말 에서 띄어쓰기는 왜 중요할까. 우리 말및 글을 배우거나 가르칠 때에는 빠지지 않고 띄어쓰기에 대해 이야기를 한다. 왜 그럴까? 그것은 우리말의 특성과 관련이 있다. 단어 자체의 형태가 변하여 이 말 저 말 표시

---

3) ②. '오듯'에서 '듯'은 동사 어간 '오-'에 연결된 어미 '-듯(이)'이므로 앞말과 붙여 써야 한다. ①의 '듯'은 관형어 '박은'의 수식을 받는 의존명사이므로 띄어 쓴다. ③의 '듯'은 '걷는'의 수식을 받는 의존명사이므로 띄어 쓴다. ④는 '듯하다'의 형식으로 쓰인 보조용언이므로 띄어 씀이 원칙이다.

4) ①. '만난 지도'에서 '지'는 의존명사로서 '시간의 경과'의 의미를 가지며, 이때 '지' 앞에는 관형사형 어미 '-ㄴ'만이 올 수 있다. 의존명사는 앞에 오는 용언의 관형사형과 띄어 쓰는 것이 원칙이므로 '만난 지도'로 써야 한다. ②의 '-지'는 '움직임이나 상태를 부정하거나 금지하려 할 때 쓰이는 연결 어미'이므로 붙여 쓴다. ③의 '-지'는 '움직임이나 상태를 부정하거나 금지하려 할 때 쓰이는 연결 어미'이므로 붙여 쓴다. ④의 '지'는 '-는지'의 일부이므로 붙여 쓴다.

5) ④. '오백 원/5백원'. 단위를 나타내는 명사는 띄어 쓰는 것이 원칙이지만, 순서를 나타내는 경우나 숫자와 어울리어 쓰이는 경우에는 붙여 쓸 수 있다.

를 하면서 무조건 단어별로 한개씩 띄어서 쓰는 영어와 달리 우리말은 단어에 '조사'나 '어미' 등과 같은 여러 가지 것들이 붙어서 문장에서 다양한 역할을 한다. 그러다 보니 단어별로 띄어서 쓰는것이 원칙이라 하더라도, 문장에서 특별한 역할을 하게 하는 '조사'나 '어미'와 같은 것들은 항상 앞의 단어에 붙여야 한다. 그렇기 때문에 결과적으로 어떠한 말은 반드시 붙여야 하고 어떠한 말은 띄어야 하는 다양한 경우가 생기게 되고, 자연적으로 띄어쓰기가 우리말을 익히는 데 중요한 요소가 된 것이다.[6]

6.3 원리 정리[7]

1. 제1절 조사

제41항 조사는 그 앞말에 붙여 쓴다.

(예문) 우리말 에서 띄어쓰기는 왜 중요할까.

'우리말 에서'를 주목하자. '에서'를 띄우는 것이 적합한가. 조사는 선행하는 자립 형식에 결합되어 선행 성분에 통사적 기능을 더하거나 화자의 주관적인 감정을 더하는 기능을 하는 요소이다. 이러한 조사는 격조사와 보조사, 그리고 접속 조사로 나뉜다. '에서'는 격조사에 속하는데 맞춤법 제5장 제1절 제41항에 의거, 조사는 반드시 앞말에 붙여 써야 하므로 '에서'는 '우리말'에 붙여 쓰는 것이 맞다. 다른 예를 들면 '꽃이, 꽃마저, 꽃밖에, 꽃에서부터, 꽃으로만, 꽃이나마' 등이 있다. 조사 뒤에 다시 조사가 붙을 수 있는데 이 경우도 반드시 붙여 써야 한다. '학교에서라도, 여기서부터가, 칭찬은커녕' 등도 같은 경우다.

---

6) 서울특별시 한글사랑 서울사랑, 띄어쓰기, 들어가는 말. http://hangeul.seoul.go.kr/space/han020101.jsp 20081020 5:00

7) 한용운·정상훈(2004), 한글 맞춤법의 이해와 실제, 한국문화사, pp.103-116.
   이호권, 고성환(2007), 맞춤법과 표준어, 한국방송통신대학교출판부, pp.73-83 참조.

2. 제2절 의존명사, 단위를 나타내는 명사 및 열거하는 말 등

제42항 의존명사는 띄어 쓴다.

(예문) 그러다 보니 단어별로 띄어서 쓰는것이 원칙이라 하더라도 '것'은 의존명사이다.

의존명사란 단독으로 쓰이지 못하고, 문장의 맨 앞에 놓일 수 없을 뿐 아니라, 일반 명사들처럼 어떤 실질적인 의미를 나타내지 못하는 명사이다. 그러나 일반 명사와 마찬가지로 관형어의 꾸밈을 받으며, 또 격조사를 취한다는 특성 때문에 명사로 취급되고 있다. 한글맞춤법 제1장 총칙 제2항의 '문장의 각 단어는 띄어 씀을 원칙으로 한다.'라는 조항에 따라 국어의 모든 단어는 띄어 써야 한다(조사는 앞말에 붙여 써야 한다). 그러므로 '쓰는 것이'로 쓴다. '아는 것이 힘이다, 나도 할 수 있다, 먹을 만큼 먹어라' 등도 같은 경우다.

한편 '학교 문법'이나 '한글 맞춤법'에서는 '대로', '만큼', '뿐'을 의존명사와 조사로 통용되는 것으로 보고 있다. 의존명사와 조사는 분포 면에서 차이가 있다. 즉 의존명사는 관형사형 어미(－ㄴ, －은, －는, －ㄹ, －을, －를) 뒤에 분포할 수 있는 반면, 조사는 명사, 대명사, 수사 바로 뒤에 통합될 수 있다. 따라서 '대로', '만큼', '뿐'의 바로 앞에 '명사, 대명사, 수사' 등이 위치하고 있으면 '대로', '만큼', '뿐'은 조사이고, 이들 앞에 관형사형 어미나 관형어가 위치하고 있으면 이때의 '대로', '만큼', '뿐'은 의존명사다. 조사일 경우는 앞말에 붙여 써야 하고, 의존명사일 경우에는 앞말과 띄어 써야 한다. 예를 들어 '이번 사건은 개정된 법대로 처리되어야 한다.'에서 '대로'는 조사이고, '이번 사건은 개정된 법에 있는 대로 처리되어야 한다.'에서 '대로'는 의존명사이다.

제43항 단위를 나타내는 명사는 띄어 쓴다.

제44항 수를 적을 적에는 '만(萬)' 단위로 띄어 쓴다.

(예문) 영어는 단어별로 한개씩 띄어 쓰므로, 우리말에서처럼 띄어쓰기 문제가 없다.

한글맞춤법 제5장 제2절 제43항에 의거, 단위를 나타내는 명사는 띄어 써야 한다. 따라서 '한개씩'이 아니라 '한 개씩'이 맞다. 그 밖에도 '차 한 대, 금 서 돈, 소 한 마리, 옷 한 벌, 열 살, 조기 한 손' 등이 맞는 표현이다. 다만, 순서를 나타내는 경우나 숫자와 어울리어 쓰이는 경우에는 붙여 쓸 수 있다. '두시 삼십분 오초, 제일과, 삼학년, 2대대' 등이 그 예이다. 또, 제44항에 의하면 수를 적을 적에는 '만' 단우로 띄어 씀이 원칙이다. '십이억 삼천사백오십육만 칠천팔백구십팔'과 같이 표기한다.

제45항 두 말을 이어 주거나 열거할 적에 쓰이는 다음의 말들은 띄어 쓴다.

(예문) 우리 말및 글을 배우거나 가르칠 때에는 띄어쓰기가 중요하다.

'우리 말 및 글'에서처럼, 두 말을 이어 주거나 열거할 적에 쓰이는 말들은 띄어 쓴다. '국장 겸 과장, 열 내지 스물, 청군 대 백군, 이사장 및 이사들' 등이 그 예다. '겸'은 한 가지 이상의 일을 아울러 함을 나타내는 의존명사이다. 국어에서 명사를 꾸며 주는 관형어와 관형어의 꾸밈을 받는 명사 사이는 띄어 쓰는 것이 원칙이므로 '겸' 앞은 띄어 써야 한다. '내지'는 '혹은', '또는'의 뜻을, '및'은 '또', '그 밖에도'의 뜻을 지니며 앞뒤 말을 이어 주는 구실을 하는 접속 부사이므로 이 역시 앞뒤를 띄어 써야 한다. '대'는 앞뒤에 오는 명사가 '서로 상대하는', '짝이 되는', '비교되는'의 의미를 나타내는 의존명사이므로 이도 역시 앞 단어와 띄어 써야 한다. '등', '등등',

‘등속’, ‘등지’는 ‘그 밖의 것’의 뜻을 갖는 의존명사이므로 앞말과 띄어 써야 한다.

제46항 단음절로 된 단어가 연이어 나타날 적에는 붙여 쓸 수 있다.

(예문) 이말 저말 옮기는 사람은 조심해야 한다.

관형사와 명사는 띄어 써야 하므로, ‘이 말 저 말’로 쓰는 것이 원칙이다. 다만, 단음절로 된 단어가 연이어 나타날 적에는 ‘이말 저말’과 같이 붙여 쓸 수 있다. 이 조항(46항)은 독서의 능률을 고려하여 의미적으로 자연스러운 것들끼리 붙여 쓸 수 있도록 했다. ‘그때 그곳, 좀더 큰것, 한잎 두잎’ 등을 예로 들 수 있다.

한편 부사와 관형사, 또는 관형사와 관형사가 이어진 구성은 자연스럽게 하나의 의미를 나타내지 못하므로 띄어 써야 한다. ‘더 큰 집’이나 ‘더 큰 집’은 옳은 표현이나 ‘더큰 집’은 바르지 못한 표현이다. 그리고 비록 한 음절로 된 부사와 부사가 이어진 구성이더라도 그 부사들의 문법적인 성질이 아주 다를 경우에는 띄어 써야 한다. ‘더 못 먹는다’는 맞지만 ‘더못 먹는다’는 틀린 표현이고, ‘꽤 안 온다’는 옳은 표현, ‘꽤안 온다’는 옳지 못한 표현이다. ‘더’와 ‘꽤’는 정도 부사이고, ‘못’과 ‘안’은 부정 부사이어서 그 문법적 성질에 차이가 있기 때문이다.

3. 제3절 보조용언

제47항 보조용언은 띄어 씀을 원칙으로 하되, 경우에 따라 붙여 씀도 허용한다.

(예문) ‘조사’나 ‘어미’와 같은 것들은 항상 앞의 단어에 붙여야 한다.

보조용언도 독립된 하나의 단어이므르 본용언 뒤에 보조용언이 위치할 경우 그 사이에 띄어쓰기를 해야 한다. 그런데 보조용언은 본용언일 때의 의미를 상실하고 문법적인 의미를 지닌다는 점과 앞에 있는 본용언과 더불어 하나의 의미 단위를 이룬다는 점 등을 고려하여 띄어 쓰는 것을 원칙으로 하되 붙여 쓸 수 있도록 허용한다. 따라서 '붙여야 한다'와 '붙여야한다' 모두 옳다. '불이 꺼져 간다'가 원칙이지만 '불이 꺼져간다'를 허용하고 '내 힘으로 막아 낸다'가 원칙이지만 '내 힘으로 막아낸다'를 허용하는 것 등이 모두 예라고 볼 수 있다. 다만, '손도 잡아보고/손도 잡아도 보고'에서처럼, 앞말에 조사가 붙거나 앞말이 합성 동사인 경우, 그리고 중간에 조사가 들어갈 적에는 그 뒤에 오는 보조용언은 띄어 쓴다. 예를 들면 '잘도 놀아만 나는구나, 책을 읽어도 보고, 네가 덤벼들어 보아라' 등이 있다.

4. 제4절 고유 명사 및 전문 용어

제48항 성과 이름, 성과 호 등은 붙여 쓰고, 이에 덧붙는 호칭어, 관직명 등은 띄어 쓴다.

제49항 성명 이외의 고유 명사는 단어별로 띄어 씀을 원칙으로 하되, 단위별로 띄어 쓸 수 있다.

제50항 전문 용어는 단어별로 띄어 씀을 원칙으로 하되, 단위별로 띄어 쓸 수 있다.

'최치원 선생'으로 쓸 것인가 '최치원선생'으로 쓸 것인가에 대해 의문을 가질 수 있다. 맞춤법 규정에는 성과 이름, 성과 호 등은 붙여 쓰고, 이에 덧붙는 호칭어, 관직명 등은 띄어 쓰게 하고 있으므로, '최치원 선생'이 맞다. 그 밖에도 '김양수, 서화담, 채영신 씨, 충무공 이순신 장군' 등이 옳은 표현이다. 다만, '남궁억/남궁 억, 독고준/독고 준' 등과 같이 성과 이름, 성과 호를 분명히 구분할 필요가 있을 경우에는 띄어 쓸 수 있다. 만약 '남궁억'으로 명함에 적혀 있다면, 그 사람의 이름이 '궁억'인지 '억'인지 구분하기 어렵다. '독고, 제갈, 남궁' 등이 그런 경우인데, 우리나라에는 '남' 씨 성과 '남궁' 씨 성이 모두 있기 때문이다. 이러한 혼동을 줄이기 위하여, 위와 같은 경우는 예외적으로 성과 이름을 띄어 쓸 수 있도록 하였다.

그 밖에도 성명 이외의 고유 명사는 단어별로 띄어 씀을 원칙으로 하되, 단위별로 띄어 쓸 수 있다. '대한 중학교'가 원칙이지만 '대한중학교'도 허용한다. 또, 전문 용어는 단어별로 띄어 씀을 원칙으로 하되, 붙여 쓸 수 있다. '만성 골수성 백혈병'이 원칙이나 '만성골수성백혈병'으로 쓸 수 있는 것이다.

6.4 어휘 확장

1. 제1절 조사

• 밥값은커녕 술값도 없다.[8]

→'커녕', '은커녕', '는커녕'은 하나의 조사이기 때문에 언제나 앞말에 붙여 쓴다.

• 이번 사건은 개정된 법대로 처리되어야 한다.[9]

→'대로' 앞에 '법'이라는 명사가 위치하고 있으므로 '대로'는 조사이고, 조사는 앞말에 붙여 써야 하므로 '법 대로'가 아니라 '법대로'로 쓴다.

---

8) 네이버 블로그 <착한 맞춤법>, http://blog.naver.com/cozoo?Redirect＝Log&logNo＝40051341007, 20081025 11:30

9) 한용운·정상훈(2004), 한글 맞춤법의 이해와 실제, 한국문화사, p.105

- 그는 축구뿐만 아니라 농구도 잘한다.[10]
→'뿐만' 앞에 '축구'라는 명사가 위치하고 있으므로 '뿐만'은 조사이므로 '축구 뿐만'이 아니라 '축구뿐만'으로 쓴다.

- 학교에서라도 제발 졸지 마라.[11]
→'학교에서라도'는 조사 뒤에 다시 조사가 붙는 경우인데 이 경우에도 조사는 반드시 앞말에 붙여 써야 한다는 원칙을 거스르지 않는다.

2. 제2절 의존명사, 단위를 나타나는 명사 및 열거하는 말 등

- 이번 사건은 개정된 법에 있는 대로 처리되어야 한다.[12]
→'대로' 앞에 관형사형 어미(-ㄴ, -은, -는, -ㄹ, -을, -를)가 위치하고 있으므로 이때의 '대로'는 의존명사이고, 의존명사는 띄어 써야 하므로 '있는 대로'로 써야 한다.

- 명주는 무명이 질긴 만큼 질기지 못하다.[13]
→'만큼' 앞에 관형사형 어미가 위치하고 있으므로 이때의 '만큼'은 의존명사이므로 '질긴 만큼'으로 써야 한다.

- 그는 축구를 잘할 뿐만 아니라 농구도 잘한다.[14]
→'뿐만' 앞에 관형사형 어미가 있으므로 의존명사이고, 의존명사는 띄어 쓰므로 '할 뿐만'이 옳은 표기이다.

---

10) 한용운·정상훈(2004), 앞의 책, p.105

11) 한용운, 정상훈(2004), 한글 맞춤법의 이해와 실제, 한국문화사, p.104

12) 한용운, 정상훈(2004), 한글 맞춤법의 이해와 실제, 한국문화사, pp.105-106

13) 한용운, 정상훈(2004), 한글 맞춤법의 이해와 실제, 한국문화사, pp.105-106

14) 한용운, 정상훈(2004), 한글 맞춤법의 이해와 실제, 한국문화사, pp.105-106

• 그가 떠난 지 한 시간이 지났다.[15]

→'지'가 '어떤 동작으로부터 지금까지의 동안'을 나타내는 경우, 이때의 '지'는 의존명사이므로 띄어 써야 한다.

• 11세기 이후 비잔틴 제국은 이민족의 침입과 국내의 혼란 등으로 쇠퇴하다가 오스만 제국에게 멸망하였다.[16]

→'세기'는 100년을 단위로 연대를 세는 명사이다. 문장의 각 단어는 띄어 쓴다는 맞춤법 제2항에 따라 띄어 쓰는 것이 원칙이다. 그러나 제43항에서 순서를 나타내는 경우나 숫자와 어울리어 쓰이는 경우에는 붙여 쓸 수 있다고 허용하였으므로 '11 세기'가 원칙이지만 '11세기'도 허용한다.

• 그런 일은 누구나 한 번은 겪을 수 있다.

→'번'은 일의 차례나 횟수를 셀 때 쓰는 의존명사이므로 띄어 쓴다.

• 그녀는 스물아홉 살에 결혼했다.[17]

→수를 적을 적에는 '만(萬)' 단위로 띄어 쓰므로 '스물아홉'은 붙여 쓴다.

• 그는 방송국의 국장 겸 과장이야.[18]

→'겸'은 한 가지 이상의 일을 아울러 함을 나타내는 의존명사이다. 국어에서 명사를 꾸며 주는 관형어와 관형어의 꾸밈을 받는 명사 사이는 띄어 쓰는 것이 원칙이므로 '겸' 앞은 띄어 써야 한다.

---

15) 심재기 외 3명(2006), 고등학교 국어생활, 지학사, p.61

16) 이진석 외 11인(2002), 중학교 사회2, 지학사, p.29

17) 네이버 블로그 <꿈을 향하여 돌진>,
   http://blog.naver.com/nadada80?Redirect＝Log&logNo＝150036536194, 2008/10/26 1:18

18) 한용운, 정상훈(2004), 한글 맞춤법의 이해와 실제, 한국문화사, p.109－110

3. 제3절 보조용언

- 구름이 있는 걸 보니 비가 올듯하다.[19)
→보조용언은 띄어 씀을 원칙으로 하되, 경우에 따라 붙여 씀도 허용한
   다. 따라서 '올 듯하다'가 원칙이나 '올듯하다'를 허용한다.

- 오늘은 주말이어서 아버지를 도와드린다.[20)
→보조용언은 띄어 씀을 원칙으로 하되, 경우에 따라 붙여 씀도 허용한
   다. 따라서 '도와 드린다'가 원칙이나 '도와드린다'를 허용한다.

- 넌 힘이 세니까 그 일은 할 만하다.[21)
→보조용언은 띄어 씀을 원칙으로 하되, 경우에 따라 붙여 씀도 허용한
   다. 따라서 '할 만하다'가 원칙이고 '할만하다'를 허용한다.

- 홍수가 나서 애써 기른 채소들이 다 강물에 떠내려가 버렸다.[22)
→앞말에 조사가 붙거나 앞말이 합성 동사인 경우, 그리고 중간에 조사가
   들어갈 적에는 보조용언은 띄어 써야 하므로 '떠내려가 버렸다'로 써야
   한다. 이 경우는 '떠 내려가버렸다'로 쓸 수 없다.

4. 제4절 고유 명사 및 전문 용어

- 우리 회사 사장님은 강호남 씨다.
→성과 이름, 성과 호 등은 붙여 쓰고, 이에 덧붙는 호칭어, 관직명 등은
   띄어 쓴다. 따라서 '강 호남씨'가 아닌 '강호남 씨'로 써야 한다.

---

19) 한용운, 정상훈(2004), 한글 맞춤법의 이해와 실제, 한국문화사, p.113
20) 한용운, 정상훈(2004), 한글 맞춤법의 이해- 실제, 한국문화사, p.113
21) 한용운, 정상훈(2004), 한글 맞춤법의 이해- 실제, 한국문화사, p.113
22) 한용운, 정상훈(2004), 한글 맞춤법의 이해와 실제, 한국문화사, p.114

- 천 원짜리 지폐의 주인공은 이퇴계 선생이다.

→성과 이름, 성과 호 등은 붙여 쓰고, 이에 덧붙는 호칭어, 관직명 등은 띄어 쓴다. 따라서 '이퇴계 선생'으로 써야 한다.

- 최 사장님, 출장은 잘 다녀오셨습니까?

→성과 이름, 성과 호 등은 붙여 쓰고, 이에 덧붙는 호칭어, 관직명 등은 띄어 쓴다. 따라서 '최 사장님'으로 쓴다.

- 그녀는 대구교육대학교 초등교육과에 다닌다.

→성명 이외의 고유 명사는 단어별로 띄어 씀을 원칙으로 하되, 단위별로 띄어 쓸 수 있으므로 '대구 교육 대학교 초등 교육과'가 원칙이나 '대구교육대학교 초등교육과'를 허용한다.

5. 생활 속에서 띄어쓰기가 잘못 쓰이는 실례[23]

당신도적 잠수함을→당신도 적 잠수함을

아기디라고기다리던→아 기다리고 기다리던

온듯→온 듯

---

23) 네이버 블로그 <김형배의 한말글 사랑 * 생활국어 연구소>, http://cafe.naver.com/hanmal/2008/10/20
10:25

두 달만에→두 달 만에

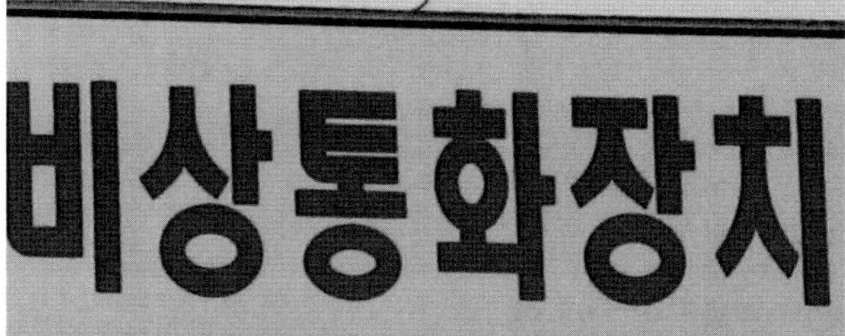

누른후→누른 후

살기좋게→살기 좋게

이맛이 진짜다→O 맛이 진짜다

누구나 잘짓는 흰쌀밥
→누구나 잘 짓는 흰 쌀밥

6.5 예문 교정

우리말에서[24] 띄어쓰기는 왜 중요할까. 우리 말 및 글을[25] 배우거나 가르칠 때에는 빠지지 않고 띄어쓰기에 대해 이야기를 한다. 왜 그럴까? 그것은

24) '에서'는 격조사이고, 조사는 앞말에 붙여 쓴다.
25) '및, 겸' 등 두 말을 이어 주거나 열거할 적에 스이는 말들은 띄어 써야 한다.

우리말의 특성과 관련이 있다. 단어 자체의 형태가 변하여 이 말 저 말[26] 표시를 하면서 무조건 단어별로 한 개씩[27] 띄어서 쓰는 영어와 달리 우리말은 단어에 '조사'나 '어미' 등과 같은 여러 가지 것들이 붙어서 문장에서 다양한 역할을 한다. 그러다 보니 단어별로 띄어서 쓰는 것이[28] 원칙이라 하더라도, 문장에서 특별한 역할을 하게 하는 '조사'나 '어미'와 같은 것들은 항상 앞의 단어에 붙여야 한다.[29] 그렇기 때문에 결과적으로 어떠한 말은 반드시 붙여야 하고 어떠한 말은 띄어야 하는 다양한 경우가 생기게 되고, 자연적으로 띄어쓰기가 우리말을 익히는 데 중요한 요소가 된 것이다.

6.6 연습 문제

1. 다음 중 띄어쓰기가 잘못된 것은?[30]
① 어디까지나 이 일은 네가 해야 될 일이다.
② 라면이나마 배부르게 먹었으면 좋겠다.
③ 아마 여기에서 부터 두 시간은 걸어야 할 거야.
④ 만든 사람 성의를 생각해서라도 좀 먹어라.

2. 다음 중 띄어쓰기가 잘못된 것은?[31]
① 십 억　　　　　　　② 오천만 원
③ 삼만 삼천 개　　　　④ 칠천팔백구십오

---

26) '이 말 저 말'과 같이 단음절로 된 단어가 연이어 나타날 적에는 독서의 능률을 고려하여 의미적으로 자연스러운 것들끼리 붙여 쓸 수 있도록 했다.

27) 단위를 나타내는 명사는 띄어 써야 한다.

28) 의존명사 '것'은 띄어 쓴다.

29) 보조용언은 띄어 쓰는 것을 원칙으로 하되 붙여 쓸 수 있도록 허용한다. 따라서 '붙여야 한다'와 '붙여야한다' 모두 가능하다.

30) ③. '여기에서부터'. 조사는 그 앞말에 붙여 쓴다.

31) ①. '십억'. 수를 적을 적에는 '만(萬)' 단위로 띄어 쓴다.

3. 다음 중 띄어쓰기가 잘못된 것은?[32]

① 예전에 가 본 데인데 길이 잘 기억나지 않는다.

② 이 책을 다 읽는 데 이틀이 걸렸다.

③ 이 그릇은 귀한 거라 손님 대접하는 데에만 쓴다.

④ 날씨가 추운 데 외투를 입고 나가거라.

4. 다음 중 띄어쓰기가 잘못된 것은?[33]

① 그의 행동을 이해할만하다.

② 이런 짐승 만도 못한 놈들이 있나?

③ 친구와 만난 지 두 시간 만에 헤어졌다.

④ 여기 음식은 먹을 만하다.

5. 다음 중 띄어쓰기가 잘못된 것은?[34]

① 너의 죄가 큰바 응당 벌을 받을 것이다.

② 미장원에는 동생뿐이었다.

③ 방 안은 숨소리가 들릴 만큼 조용했다.

④ 평소에 느낀바를 말해라.

---

32) ④. '추운데'. ①, ②, ③의 '데'는 의존명사이고, ④의 '－ㄴ데'는 '어떤 일을 설명하거나 묻거나 시키거나 제안하기 위하여 그 대상과 상관되는 상황을 미리 말할 때에 쓰는 연결 어미'이므로 붙여 써야 한다.

33) ②. '짐승만도' ②처럼 '정도(程度)'의 뜻을 가지는 '만'은 보조사이므로 앞말에 붙여 써야 한다. ①과 ④에서 '만하다'는 전체가 하나의 보조용언이므로 앞말과 띄어 쓰거나 붙여 쓸 수 있다. ③의 '만'은 '시간의 경과'를 나타내는 의존명사이므로 띄어 쓴다.

34) ④. '느낀 바'. 의존명사 '바'는 띄어 쓴다. ①처럼 의존명사 '바'와 혼동될 수 있는 어미 '－ㄴ바, －은바, －는바'가 있다. 의존명사 '바'는 '앞에서 말한 내용 그 자체나 일', '일의 방법이나 방도', '자기 주장'의 의미를 나타내고, 어미 '－ㄴ바, －은바, －는바'는 '어떤 사실을 말하기 위하여 그 사실이 있게 된 것과 관련된 과거의 어떤 상황을 미리 제시하는 데 쓰는 연결 어미'로 쓰이는데, 이는 붙여 쓴다. '뿐'이나 '만큼'은 체언이나 조사 뒤에 올 경우에는 조사로 취급하여 앞말에 붙여 쓴다. 용언의 관형사형 뒤에 올 경우에는 의존명사로 취급하여 띄어 쓴다. ②는 조사로, ③은 의존명사로 쓰였다.

6. 다음 중 띄어쓰기 오류가 있는 것은?[35]

① 1년 동안 괄목할만한 성장을 이루었다.[36]

② 부모님에게만큼은 잘해 드리고 싶었는데![37]

③ 서류를 검토한 바 몇 가지 미비점이 발견되었다.

④ 비가 올 법도 하다.[38]

---

35) ③. '검토한바'. 의존명사 '바'와 구별해야 하는, 어미 '-ㄴ바, -은바, -는바'가 있다. 의존명사 '바'는 '앞에서 말한 내용 그 자체나 일', '일의 방법이나 방도', '자기 주장'의 의미를 나타내고, 어미 '-ㄴ바, -은바, -는바'는 '어떤 사실을 말하기 위하여 그 사실이 있게 된 것과 관련된 과거의 어떤 상황을 미리 제시하는 데 쓰는 연결 어미'로 쓰이는데, 이 경우 앞 절의 상황이 이미 이루어졌음을 나타낸다. ③의 '바'는 연결 어미이므로 붙여 써야 한다.

36) 보조용언은 띄어 씀을 원칙으로 하되, 경우에 따라 붙여 씀도 허용한다. 다만, 앞말이 합성 동사인 경우, 그리고 중간에 조사가 들어갈 적에는 그 뒤에 오는 보조용언은 띄어 써야 한다. ①의 '만하다'는 보조용언이므로 앞말과 띄어 쓸 수도 있고, 붙여 쓸 수도 있다.

37) '뿐'이나 '만큼'이 체언이나 조사 뒤에 올 경우에는 조사로 취급하여 앞말에 붙여 쓰고, 용언의 관형사형 뒤에 올 경우에는 의존명사로 취급하여 띄어 쓴다.

38) 보조용언은 띄어 씀을 원칙으로 하되, 경우에 따라 붙여 씀도 허용한다. 다만, 앞말이 합성 동사인 경우, 그리고 중간에 조사가 들어갈 적에는 그 뒤에 오는 보조용언은 띄어 써야 한다. ④의 '법하다'는 보조용언으로 볼 수 있지만 그 중간에 조사 '도'가 들어가 있으므로 '법도 하다'처럼 띄어 써야 한다.

０７. 표준어*

　말도 시간과 지역에 따라 쉼 없이 변화하는 생명체다. 같은 지역이라도 천 년 전의 말이 다르고, 현재에도 지역마다 사용하는 어휘가 다르고 발음할 때의 억양도 지역에 따라 차이가 있다. '한국어'는 이러한 시공을 아우르는 공동체의 산물이다. 이것은 옳고 그름의 문제가 아니라 실재하는 '현상'이다. 현재의 규정은 '교양 있는 사람들이 사용하는 현대 서울말'이라는 기준을 정하고 있지만, 이는 추상적인 세계이다. 원래 '강남콩'이었지만 지금은 '강낭콩'을 표준어로 정하고, 그간 '－읍니다'로 써 오던 것을 '－습니다'로 쓰자는 것은 현실적인 약속이다. 그 약속은 예측 가능하고 예외가 없을수록 좋다. 한글 맞춤법도 표준어를 대상으로 하고 있다. 한국어 화자의 기억 부담량을 줄이는 것이 절대선이다.

7.1 진단 평가

1. 다음 예문 ㉠, ㉡에 들어갈 수 있는 말을 차례대로 고르면?[1]
- 토끼가 (㉠　　　　) 뛰어갑니다.
- 그의 콧날은 (㉡　　　　) 도드라졌다.

① 깡충깡충　　　　　　② 깡총깡총
③ 오똑이　　　　　　　④ 오뚝이

---

1) ①, ④. 양성 모음이 음성 모음으로 바뀌어 굳어진 단어는 음성 모음 형태를 표준어로 삼는다.

2. 다음 중 표준어들로 짝지은 것은?[2]

① 개다리밥상, 겸상, 칫솔

② 개다리소반, 맞상, 잇솔

③ 산누에, 윤달, 칫솔

④ 멧누에, 군달, 잇솔

3. 다음 중 비표준어가 포함된 문장은?[3]

① 옷차림이 맵자하다.

② 알이 굵고 잔 감자를 통쳐서 셈했다.

③ 그는 살얼음판을 깨고 낚싯대를 드리웠다.

④ 워낙 경황없이 지내다 보니 시간이 어떻게 지나가는지 모르겠다.

4. 다음 중 올바른 표현은?[4]

① 윗옷   ② 윗층   ③ 웃도리   ④ 윗입술

7.2 예문 제시

2008년 10월 18일 현아의 일기

현아의 일기

오늘은 토요일이다. 청년 백수인 우리 외삼춘은 애인에게 채이고 들어와서 궁상을 떨고 있다. 그 광경을 본 엄마는 뭐가 그리 불만인지 삼촌을 계

---

2) ③. '개다리소반, 겸상, 산누에, 윤달, 칫솔'. 고유어 계열의 단어가 생명력을 잃고 그에 대응되는 한자어 계열의 단어가 멀리 쓰이면, 한자어 계열의 단어를 표준어로 삼는다.

3) ②. 표준어는 '한통치다'. 준말이 쓰이고 있더라도, 본말이 널리 쓰이고 있으면 본말을 표준어로 삼는다.

4) ④. '옷-' 및 '윗-'은 명사 '위'에 맞추어 '윗-'으로 통일한다. 다만, 된소리나 거센소리 앞에서는 '위-'로 한다(위짝, 위쪽, 위채, 위층, 위치마, 위턱, 위팔). 다만, '아래, 위'의 대립이 없는 단어는 '웃-'으로 발음되는 형태를 표준어로 삼는다(웃국, 웃기, 웃돈, 웃비, 웃어른, 웃옷).

속 나무래고 있다.

"너는 어쩜 연애도 그렇게 흐리멍텅ㅎ-게 하니. 그렇게 집안에서만 뒹구는 데 여자가 좋아할 리가 있나. 네가 취직해서 삯월세 방이라도 얻어서 독립하는 것이 내 하나뿐인 바램이다. 총각김치 담글 거니까 가서 알타리무우나 하나 사와. 네가 싫어하는 강남콩 밥도 해야겠다. 아, 미영이 장조림 해주게 쇠고기도 사와. 살고기만 있는 걸로 사와."

불쌍한 삼춘. 외삼촌과 쌍둥이인 미영이 이모가 취직하고 시집 간 이후로 엄마의 목소리가 날로 높아져 간다. 심부름을 다녀오자마자 엄마 눈치 보며 쓸쓸히 설것이를 하던 삼춘은 다 끝낸 채하며 내 방으로 조용히 들어온다. 할아버지 댁 소가 숫놈을 낳았다는 전화를 받고 할아버지 댁으로 달려간다. 그 모습을 본 삼춘은 신나서 게임을 시작한다. 다 큰 어른이 어쩜 저렇게 주책일까? 할아버지 댁에서 돌아온 엄마는 얻어온 쌀 세 되를 쌀통에 부으며 또다시 삼춘을 나무래기 시작한다.

7.3 원리 정리

• 삼촌/삼춘

삼촌은 언중들이 한자의 의미를 잘 의식하고 있다. 이러한 경우에는 발음이 변했다고 하더라도 원래의 형태를 유지하는 것이 의미를 파악하는 데 유리한 점이 있기 때문에 원래의 형태인 '삼촌'을 표준어로 정하고 있다. 이와 유사한 예로는 '부조', '사돈' 등이 있다.

• 차이다/채다/채이다

우리는 흔히 "애인한테 채였어"와 같이 쓰는 것을 볼 수 있다. 그런데 '차다'의 피동형은 '차이다'이고, 이것이 줄어들면 '채다'가 된다. '채이다'를 형태상으로 분석해 보면 피동형 '채다'에 다시 피동의 접미사 '-이-'가 중복해서 결합된 것이다. 즉, '채이다'는 피동의 접미사가 두 번 들어간 형태이기 때문에 잘못된 어형이다. 이와 유사한 예로는 ‘파다’의 피동형인 ‘파이다’를 ‘패이다’로 잘못 쓰는 경우이다.

• 나무라다/나무래다, 바라다/바래다, 바람/바램

‘나무라다’의 경우 실제 생활에서는 ‘나무래다’ 형태로 발음하는 것이 꽤 일반적이다. ‘바라다’의 경우에도, 특히 이것의 파생명사가 쓰이는 “네가 잘됐으면 하는 OO이다”와 같은 문맥에서 [바람] 대신 [바램]으로 발음하는 것이 일반화되는 경향이다. 그러나 표준어에서는 이러한 발음 변화를 인정하지 않고 있다. 따라서 ‘나무라다’, ‘바라다’가 표준어이고, ‘바라다’의 파생명사는 ‘바라＋ㅁ→바람’이 된다.

• 흐리멍덩하다/흐리멍텅하다

옳고 그른 것 등을 잘 구별하지 못하거나 일 처리가 분명하지 않을 때 흔히 ‘흐리멍텅하다’는 표현을 많이 쓴다. 그러나 ‘흐리멍텅하다’는 ‘멍텅구리’에서 잘못 유추한 말로서 우리말에는 없는 단어이다. 이런 때에 쓰는 말은 ‘흐리멍덩하다’이다. ‘흐리멍덩하다’는 ‘하리망당하다’의 큰말이다. 그러나 북한에서는 ‘흐리멍텅하다’를 문화어로 쓰고 있다.

• 강낭콩/강남콩

‘강남콩’은 원래 중국의 강남지방에서 들여온 콩이기 때문에 붙여진 이름이다. 이와 같이 어원이 분명할 경우에는 발음이 변하더라도 어원을 살려서 적는 것이 의미를 파악하는 데 유리한 점이 있다. 그러나 ‘강남콩’의 경우에는 발음이 이미 [강낭콩]으로 변했을 뿐만 아니라 언중들이 어원에 대한 지식도 없기 때문에 굳이 발음과 다르게 ‘강낭콩’이라 적는다고 하더라도 아무런 이점이 없게 되었다. 이럴 때는 변화된 발음을 표기에 그대로 받아들이는 것이 더 합리적이기 때문에 ‘강낭콩’을 표준어로 정한 것이다. 이와 같은 예로는 ‘미루나무’가 있다.

• 사글세/삭월세/삯월세

‘사글세’도 강낭콩과 마찬가지로 언중들이 그 의미를 잘 모르고 있기 때문에 발음하는 대로 '삭월세'가 아닌 '사글세'로 적는 것을 표준어로 정하고 있다. 그러나 관점에 따라서는 아직도 많은 사람들이 '사글세'가 적어도 '매 달 세를 내는 것'의 의미를 포함하고 있다는 것 정도는 알고 있다고 할 수 있기 때문에 어원적이 형태를 따라서 '삭월세'로 적을 수도 있는 근거도 있 다. 그러나 현행 표준어 규정에서는 '사글세'만을 표준어로 규정하고 있다.

• 총각무/총각무우/알타리무/알타리무우

'무'는 '무우'의 준말 형태인데, 이 중 준말 형태인 '무'가 표준어로 되어 있다. 준말 형태 '무'가 표준어로 정해진 것은 국어 표기법의 일반적인 원리 에 따른 것이라 할 수 있다. 국어를 표기하는 데 있어 장음은 표기에 반영 되지 않기 때문이다. 따라서 '무'가 장음이라고 해서 모음을 반복하여 '무 우'로 적는 것은 국어 표기법의 원리에 어긋나는 것이다. '총각무'와 '알타 리무'의 선택 기준은 어떤 것이 더 보편적으로 사용되느냐 하는 것이다. 고 유어로만 이루어진 '알타리무'보다 한자어가 결합된 '총각무'가 더 많이 사 용된다는 이유에서 '총각무'가 표준어로 선정되었다.

• 살코기/살고기

'살'과 '고기'가 결합된 말이기 때문에 '살고기'가 될 것으로 예상되지만, '살'의 고어가 '살ㅎ'이어서 'ㅎ'이 발음에 반영되어 '살코기'가 된 것이다.

• 쌍동이/쌍둥이

'쌍둥이'에 쓰인 접미사 '－둥이'는 원래 '－동이'였다. 접미사 '－동이'의 '동'은 한자어 '아이 동(童)'이지만, 발음을 [둥]으로 하는 것이 일반적이고, 또한 일반 언중들이 의미적으로 연관시키지 못하기 때문에 '－동이' 대신 '－둥이'를 표준형으로 정했다. 현대국어에서 양성모음의 세력이 점점 약화 되어 그 자리를 음성모음에 내주는 현상과 관련된다.

• 설거지/설겆이

'설겆이'는 '설겆다'의 어근 '설겆－'에 명사 파생 접미사 '－이'가 결합하여 만들어진 말이다. 그런데 현대어에서 '설겆다'라는 동사가 쓰이지 않게 되고, 그 자리를 '설거지하다'가 차지함으로써 사람들도 '설겆다'라는 동사를 인식하지 못하게 되었다. 이에 따라 '설거지하다'와 '설거지'가 쓰이게 된 것이다. 맞춤법의 원리상 '설겆이'가 표준어가 될 수 있으려면 언중들이 '설겆다'라는 동사를 분명하게 인식하고 있어야 한다.

• 째/채/체

'째'와 '채'는 의미상으로는 차이가 없지만 쓰이는 환경은 전혀 다르다. '째'는 접미사이기 때문에 반드시 체언 뒤에 붙여 쓴다. 그러나 '채'는 관형사형 어미 '－은/는' 뒤에 쓰이는 의존명사이기 때문에 반드시 띄어 써야 한다. 한편, '체'는 '그럴듯하게 꾸미는 모양'을 나타내는 의존명사로서 "보고도 못 본 체 딴전을 피웠다", "들은 체도 하지 않았다", "아는 체하다"와 같이 쓰인다.

• '숫양, 숫염소, 숫쥐'와 '수소, 수놈'

'수컷'을 이르는 접두사는 '수－'와 '숫－'이 있는데, '양, 염소, 쥐'에 대해서만 '숫－'을 쓰고 나머지는 전부 '수'로 통일하도록 하고 있다. 따라서 이들 이외의 '소'나 '놈'이 결합하면 '수소', '수놈'이 된다. 그런데 우리는 흔히 이들의 발음을 [순쏘], [순놈]과 같이 받침에 사이시옷이 있는 것처럼 발음하는 것을 볼 수 있다. 그러나 표준어가 '수소, 수놈'이기 때문에 발음도 [수소], [수놈]으로 해야 한다. 한편, 접두사 '수－' 다음에 거센소리를 어느 정도 인정하느냐의 문제가 있는데, 거센소리를 인정하여 표기에 반영하는 것은 '수캉아지, 수캐, 수키와, 수탉, 수탕나귀, 수톨쩌귀, 수퇘지, 수평아리'에만 한정된다는 점도 유의해야 한다.

• '서/석[三]'과 '세', '너/넉[四]'과 '네' － '돈, 말, 발, 푼', '냥, 되, 섬, 자'

'서/석[三]'는 이른바 수관형사로서 단위성 의존명사 앞에 쓰이는 것들이다. 발음 형태가 비슷한 것들이 쓰이는 예에 해당하는데, '4'를 의미하는 '너/넉/네'도 마찬가지이다. '커피 세 잔', '밥 네 그릇' 등과 같이 우리가 일반적으로 사용하는 예를 생각해 보면 표준어는 당연히 '세', '네'일 것으로 생각되며, 또한 실제로 이들이 표준어로 쓰이고 있다. 그러나 예전부터 오랫동안 써 왔지만 요즈음에는 흔히 쓰지 않는 단위성 의존명사인 '돈, 말, 발, 푼', '냥, 되, 섬, 자' 등의 경우에는 '세'와 '네'가 표준어가 아니라는 점을 유의해야 한다. 즉 '돈, 말, 발, 푼'의 경우에는 '서/너'가 표준어이고, '냥, 되, 섬, 자'의 경우에는 '석/넉'이 표준어인 것이다.

- 주책없다/주책이다

'주책'의 일차적인 의미가 '일정하게 자리 잡힌 주장이나 판단력'이기 때문에 '주책없다'가 의미상으로 올바른 것이 된다. 표준어 규정에서도 이러한 점을 중시하여 '주책없다'만을 표준어로 인정하고 있다. 이와 유사한 경우로 '안절부절하다/안절부절못하다'가 있다. '안절부절'이 '마음이 초조하고 불안하여 어찌할 바를 모르는 모양'의 의미를 가지므로 '안절부절못하다'가 아닌 '안절부절하다'가 올바른 형태이다.

7.4 어휘 확장

실생활에서 표준어로 쓰이지 않고 잘못 쓰이고 있는 예
- 바램→바람5)

---

5) 우리말 배움터, http://urimal.cs.pusan.ac.kr/urimal_new/board/board_pic/main_080724.asp?page_num=&PK_ID=457&ID=457&search_str=바램&select=title (우)벅스뮤직, http://music.bugs.co.kr/Info/album.asp?cat=Base&menu=m &Album=129292

• 강남콩→강낭콩

6)

❀ 콩과(Leguminosae) 식물입니다.

❀ 그냥 강남콩(P. vulgaris var. humilis Alef.)은 꽃이 흰색에 가깝습니다만, 이 식물은 꽃이 붉어서 붉은강남콩이 되었습니다.

• 살고기→살코기

7)

---

6) 붉은 강남콩 – 재미있는 식물세계, http://www.healer.pe.kr/flora/phaseolus_multiflorus.htm

7) 살코기농산, http://www.salgogi.co.kr

- 삼춘→삼촌

(8)

- 설겆이→설거지

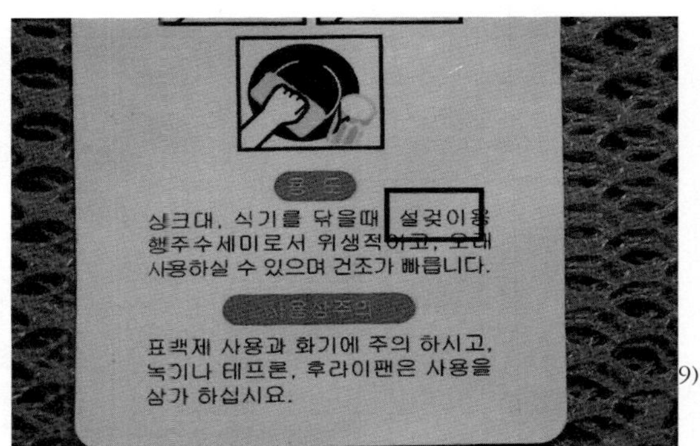

(9)

- 쌍동이→쌍둥이

10)

---

8) 네이버 블로그, http://blog.naver.com/sgt_choi?Redirect=Log&logNo=6005 52085

9) 우리말배움터, http://urimal.cs.pusan.ac.kr/urimal_new/board/board_pic/ main_080724.asp?page_num=&
   PK_ID=818&ID=818&search_str=설거지&select=title

10) 아이비타임즈, http://kr.ibtimes.com/article/news/20080908/4662354.htm

• 알타리→총각무

7.5 예문 교정

2008년 10월 18일 현아의 일기

오늘은 토요일이다. 청년 백수인 우리 외삼촌[12]은 애인에게 차이고[13] 들어와서 궁상을 떨고 있다. 그 광경을 본 엄마는 뭐가 그리 불만인지 삼촌을 계속 나무라고[14] 있다.

---

11) 대형마트 전단지 일부.

12) 삼촌/삼춘
양성 모음이 음성 모음으로 바뀌어 굳어진 단어는 음성 모음 형태를 표준어로 삼는다. 다만, 어원 의식이 강하게 작용하는 단어에서는 양성 모음 형태를 그대로 표준어로 삼는다.
삼촌에서의 촌(寸)은 이 한자가 가지는 의미를 언중들이 의식하고 있기 때문에 발음이 변했다고 하더라도 원래의 형태를 유지하는 것이 의미를 파악하는 데 유리한 점이 있기 때문에 원래의 형태를 표준어로 정하고 있다.

13) 차이다/채다/채이다
'차다'의 피동형은 '차이다'이고, 이것을 줄이면 '채다'가 된다. '채이다'는 피동형 '채다'에 다시 피동의 접미사 '-이-'가 중복해서 결합된 것이므로 피동의 접미사가 두 번 들어간 형태이기 때문에 잘못된 어형이다.

14) 나무라다/나무래다
실제 생활에서는 '나무래다' 형태로 발음하는 것이 꽤 일반적이지만 표준어에서는 이러한 발음 변

　"너는 어쩜 연애도 그렇게 흐리멍덩하게[15] 하니. 그렇게 집안에서만 뒹구는데 여자가 좋아할 리가 있나. 네가 취직해서 사글세[16] 방이라도 얻어서 독립하는 것이 요즘 내 하나뿐인 바람[17]이다. 총각김치 담글 거니까 가서 총각무[18]나 하나 사와. 네가 싫어하는 강낭콩[19]밥도 해야겠다. 아, 미영이한테 장조림이나 해서 보내주게 쇠고기도 사와. 살코기[20]만 있는 걸로 사와"

　불쌍한 우리 삼촌. 외삼촌과 쌍둥이[21]인 미영이 이모가 취직하고 시집 간 이후로 엄마의 목소리가 날로 높아져만 간다. 심부름을 다녀오자마자 엄마 눈치만 보며 쓸쓸히 설거지[22]를 하던 삼촌은 다 끝낸 체[23]하며 내 방으로

화를 인정하지 않고 있다. 따라서 '나무라다'가 표준어이다.

15) 흐리멍텅하다/흐리멍덩하다
　'흐리멍텅하다'는 '멍텅구리'에서 잘못 유추한 말르서 우리말에는 없는 단어이다. 이런 때에 쓰는 말은 '하리망당하다'의 큰말인 '흐리멍덩하다'이다 그러나 북한에서는 '흐리멍텅하다'를 문화어로 쓰고 있다.

16) 사글세/삭월세/삯월세
　어원에서 멀어진 형태로 굳어져서 널리 쓰이는 것은, 그것을 표준어로 삼는다. 일반 사람들이 어원적인 의미를 잘 모르고 있다는 판단에서 일반 사람들이 발음하는 대로 '사글세'를 표준어로 정했다. 그러나 관점에 따라서는 사람들이 '사글세'의 정확한 의미는 모르더라도 적어도 '월세(月貰)'의 의미를 포함하고 있다는 것 정도는 알고 있다고 할 수 있어 어원적인 형태를 살려서 '삭월세'로 적을 수 있는 근거도 있다. 하지만 현행 표준어 규정에서는 '사글세'만을 표준어로 인정하고 있다.

17) 바라다/바래다, 바람/바램
　'바라다'의 경우, 이것의 파생명사를 '바램'으로 발음하는 것이 일반화되는 경향이다. 그러나 표준어에서는 이러한 발음 변화를 인정하지 않고 있다. 따라서 '바라다'의 파생명사는 '바라 ＋ ㅁ→바람'이 된다.

18) 총각무/알타리무, 무/무우
　'무'는 '무우'의 준말 형태인데, 이 중 준말 형태인 '무'가 표준어로 되어 있다. 국어 표기법의 원리에서 보면 장음은 표기에 반영되지 않기 때문이다. '총각무'와 '알타리무'의 선택 기준은 어떤 것이 더 보편적으로 사용되느냐 하는 것인데, '총각무'가 더 많이 사용되어서 표준어로 정했다.

19) 강남콩/강낭콩
　어원에서 멀어진 형태로 굳어져서 널리 쓰이는 것은, 그것을 표준어로 삼는다. '강남콩'은 이미 발음이 [강낭콩]으로 변했고, 언중들이 어원에 대한 지식도 없기 때문에 굳이 발음과 다르게 '강남콩'이라고 적어도 아무런 이점이 없다. 그렇기 때문에 '강낭콩'을 표준어로 정했다.

20) 살고기/살코기
　'살'과 '고기'가 결합된 말이지만, '살'의 고어가 '살ㅎ'이어서 'ㅎ'이 발음에 반영되어 '살코기'가 되었다.

21) 쌍동이/쌍둥이
　'쌍둥이'에 쓰인 접미사 '－둥이'는 원래 '－동이'였다. 접미사 '－동이'의 '동'은 한자어 '아이 동(童)'이지만, 발음을 [둥]으로 하는 것이 일반적이고, 또한 일반 언중들이 의미적으로 연관시키지 못하기 때문에 '－동이' 대신에 '－둥이'를 표준어로 정했다.

22) 설겆이/설거지
　'설겆이'는 동사 '설겆다'의 어근 '설겆－'에 명사 파생 접미사 '－이'가 결합하여 만들어진 말이다. 그런데 현대어에서 '설겆다'라는 동사가 쓰이지 않게 되고, 그 자리를 '설거지하다'가 차지함

조용히 들어온다. 할아버지 댁 소가 수놈[24]을 낳았다는 전화를 받고 할아버지 댁으로 달려간다. 그 모습을 본 삼촌은 신나서 게임을 시작한다. 다 큰 어른이 어쩜 저렇게 주책없을까?[25] 할아버지 댁에서 돌아온 엄마는 얻어온 쌀 [26]석 되를 쌀통에 부으며 또다시 삼촌을 나무라기 시작한다.

7.6 연습 문제

1. 다음 중 표준어가 맞는 것은?[27]

① 강남콩　　　　　　② 흐리멍텅하다

③ 사글세　　　　　　④ 바램

2. 다음 중 비표준어가 포함된 예문은?[28]

① 나의 바람은 네가 행복해지는 것이다.

② 아이를 너무 나무라지 마세요.

으로써 사람들도 '설겆다'라는 동사를 인식하지 못하게 되었다. 따라서 '설거지하다'와 '설거지'가 표준어이다.

23) 째/채/체
  '째'와 '채'는 의미상으로는 같다. 차이점은 '째'는 접미사여서 반드시 체언 뒤에 붙여 쓰고, '채'는 관형사형 어미 '－은/는' 뒤에 쓰이는 의존명사이기 때문에 띄어 써야 한다. 한편, '체'는 '그럴 듯하게 꾸미는 모양'을 나타내는 의존명사이다.

24) 수컷을 이르는 접두사는 '수－'로 통일한다. 다만 '숫양', '숫염소', '숫쥐'의 접두사는 '숫－'으로 한다.

25) 주책이다/주책없다
  '주책'[←주착(主着)]의 일차적인 의미가 '일정하게 자리 잡힌 주장이나 판단력'이기 때문에 '주책없다'가 의미상으로 올바른 것이 된다. 표준어 규정에서도 이러한 점을 중시하여 '주책없다'만을 표준어로 인정한다.

26) '서/석, 세'는 수관형사로서 단위성 의존명사 앞에 쓰인다. 우리가 일반적으로 사용하는 예에서는 '세'가 표준어이다. 그러나 예전부터 오랫동안 써 왔지만 요즈음에는 흔히 쓰이지 않는 단위성 의존명사인 '돈, 말, 발, 푼'의 경우에는 '서'가 표준어이고, '냥, 되, 섬, 자'의 경우에는 '석'이 표준어이다.

27) ③. 언중들이 어원에 대한 지식이 없기 때문에 발음하는 대로 적는 것을 표준어로 정하고 있다. 이런 예는 ①의 '강낭콩'. ②에서 '흐리멍텅하다'는 '멍텅구리'에서 잘못 유추한 말로서 우리말에는 없는 단어 이다. '흐리멍덩하다'가 옳은 표현. ④에서, "네가 잘됐으면 하는 ○○이다"와 같은 문맥에서 [바람] 대신 [바램]으로 발음하는 것이 일반화되는 경향이다. 그러나 표준 발음은 [바람]이다.

28) ④. '살'의 고어가 '살ㅎ'이어서 'ㅎ'이 발음에 반영되어 '살코기'가 된 것이다. ①, ②의 '바람/바램'과 '나무라다/나무래다'는 전자가 표준어다. ③은, 어원이 있지만, 언중들이 어원에 대한 지식이 없다고 보고, 발음하는 대로 적는 것을 표준어로 정하고 있다.

③ 그 강낭콩은 저곳에 심어라.

④ 소의 살고기가 제일 연한 거 같아.

3. 다음 중 표준어끼리만 묶여 있는 것을 고르면?29)

① 설겆이－알타리무　　　　② 설거지－총각무

③ 설겆이－총각무　　　　　④ 설거지－알타리무

4. 다음 중 비표준어가 포함된 예문은?30)

① 아이고 사둔, 정말 오랜만입니다.

② 우리 삼촌은 아직도 결혼을 하지 콧했다.

③ 나에게 남겨진 것은 고작 강낭콩 세 개였다.

④ 그 분의 부조가 없었더라면 이 일은 힘들었을 겁니다.

5. 다음 중 표준어가 아닌 것을 모두 골라라.31)

① 숫꿩　　　② 수평아리　　　③ 숫놈　　　④ 숫염소

6. 다음 중 단위성 의존명사와 수관형사와의 연결이 잘못된 것은?32)

① 세(三)－그릇　　② 네(四)－잔　　③ 서(三)－말　　④ 넉(四)－푼

---

29) ②. '무'는 '무우'의 준말 형태인데, 이 중 준말 형태인 '무'가 표준어로 되어 있다. 국어를 표기하는 데 있어 장음은 표기에 반영되지 않기 때문이다.(원리 1) '총각무'와 '알타리무'의 선택 기준은 어떤 것이 더 보편적으로 사용되느냐 하는 것이다.(원리 2), [표준어: 총각무]. '설겆이'는 '설겆다'의 어근 '설겆－'에 명사 파생 접미사 '－이'가 결합하여 만들어진 말이다. 그런데 현대어에서 '설겆다'라는 동사가 쓰이지 않게 되고, 그 자리를 '설거지하다'가 차지함으로써 사람들도 '설겆다'라는 동사를 인식하지 못하게 되었다. 이에 따라 '설거지하다'와 '설거지'가 쓰이게 된 것이다. [표준어: 설거지, 설거지하다]

30) ①. 언중들이 한자의 의미를 잘 의식하고 있는 경우에는(원리 1) 발음이 변했다고 하더라도 원래의 형태를 유지하는 것이 의미를 파악하는 데 유리한 점이 있기 때문에 원래의 형태를 표준어로 정하고 있다.

31) ①, ③. '수컷'을 이르는 접두사는 '수－'와 '숫－'이 있다.(원리 1) 다만, '양', '염소', '쥐'에 대해서만 '숫－'을 써야 한다.(원리 2) 그리고 거센소리를 인정하여 표기에 반영하는 것은 '수캉아지, 수캐, 수키와, 수탉, 수톨쩌귀, 수퇘지, 수평아리'로만 한정된다.(원리 3)

32) ④. 일반적인 단위성 의존명사에는 '세', '네'를 쓴다.(원리 1) 그러나 '돈, 말, 발, 푼'의 경우에는 '서/너'가 표준어이고(원리 2), '냥, 되, 섬, 자'의 경우에는 '석/넉'이 표준어이다.(원리 3)

○8. 표준 발음법*

　표준 발음법은 '표준어의 실제 발음을 따르되, 국어의 전통성과 합리성을 고려하여 정함을 원칙으로 한다.'는 총칙 아래, 자음과 모음, 음의 길이, 받침의 발음, 음의 동화, 된소리되기, 음의 첨가 등에 의한 발음을 규정하고 있다. 그러나 일관된 규칙이 적용되지 듯하고 여러 현실 발음 중 한 가지를 임의로 정한 경우도 있다.

8.1 진단 평가

1. 다음 중 올바른 발음으로 짝지은 것은?[1)]
　① 담임[다밈]/겸임[겨님]　　② 담임[다밈]/겸임[겨밈]
　③ 담임[다님]/겸임[겨님]　　④ 담임[다님]/겸임[겨밈]

2. 다음 중 발음이 바르게 짝지은 것은?[2)]
　① 냇가[내까]/콧등[콛뜽]　　② 냇가[냇까]/콧등[콛뜽]
　③ 냇가[내까]/콧등[콛뜽]　　④ 냇가[냇까]/콧등[콛뜽]

3. 다음 중 발음이 잘못된 것은?[3)]
　① 곧이듣다[고지듣따]　　② 굳이[구지]
　③ 미닫이[미다지]　　④ 밭이[바티]

---

* 자료 조사: 김형구, 이문원, 이임규, 강은현.
1) ②. 연음하여 [다밈], [겨밈]으로 발음한다.
2) ①. 'ㄱ, ㄷ, ㅂ, ㅅ, ㅈ'으로 시작하는 단어 앞에 사이시옷이 올 때는 이들 자음만을 된소리로 발음하는 것을 원칙으로 하되, 사이시옷을 [ㄷ]으로 발음하는 것도 허용한다.(제7장 제30항)
3) ④. 받침 'ㄷ, ㅌ(ㄾ)'이 조사나 접미사의 모음 'ㅣ'와 결합되는 경우에는, [ㅈ, ㅊ]으로 바꾸어서 뒤 음절 첫소리로 옮겨 발음한다.(제5장 제17항)

4. 다음 중 발음이 잘못된 것은?[4]

① 닭[닥]　　　　　　　② 맑게[막께]
③ 맑다[막따]　　　　　④ 읊고[읍꼬]

8.2 예문 제시

선생님: 오늘은 표준발음법[바름법]에 대해 공부해 봅시다. 어떻게 규정해[해] 놓고[노꼬] 있는[잉는] 것일까? 먼저, 다음 단어들을 어떻게 발음할까 생각해 봅시다.

(1) 해설자[해설자]가 말하는 중에 실제[실제]로 축구[추꾸]선수가 습관[습간]적 탈골로 무릎을[무르블] 다쳐서 의사[이사]에게 갔다.
(2) 표준어의 맞춤법[맏춤법]은 전통성[전통성]과 합리성[함니성]을 고려한다.
(3) 맑고[막꼬] 따뜻한 날의 끝을[끄츨] 알렸다.
(4) 두 가지가 같이[갖치] 관련[관년]되어[데어] 있는[잉는] 것이 정답[정답:]이라고 나와 있다[이따].
(5) 닭이[다기] 힘이 없다[엄따]. 하지만 하늘은 맑다[말따].

학생들: 선생님, 대체로 익숙한 발음들이니까 크게 어렵지는 않아요.

---

4) ②. '리'은 다른 체언의 경우와는 달리 'ㄷ, ㅈ, ㅅ' 앞에서는 [ㄱ]으로 발음하되 'ㄱ' 앞에서는 이와 동일한 'ㄱ'은 탈락시키고 [ㄹ]로 발음한다.(제4장 제11항)

8.3 원리 정리

(1) 자음과 모음

제2항	표준어의 자음은 다음 19개로 한다. ㄱ ㄲ ㄴ ㄷ ㄸ ㄹ ㅁ ㅂ ㅃ ㅅ ㅆ ㅇ ㅈ ㅉ ㅊ ㅋ ㅌ ㅍ ㅎ
제3항	표준어의 모음은 다음 21개로 한다. ㅏ ㅐ ㅑ ㅒ ㅓ ㅔ ㅕ ㅖ ㅗ ㅘ ㅙ ㅚ ㅛ ㅜ ㅝ ㅞ ㅟ ㅠ ㅡ ㅢ ㅣ
제4항	'ㅏ ㅐ ㅓ ㅔ ㅗ ㅚ ㅜ ㅟ ㅡ ㅣ'는 단모음(單母音)으로 발음한다. *[붙임]* 'ㅚ, ㅟ'는 이중 모음으로 발음할 수 있다.
제5항	'ㅑ ㅒ ㅕ ㅖ ㅘ ㅙ ㅛ ㅝ ㅞ ㅠ ㅢ'는 이중 모음으로 발음한다.

다만 1. 용언의 활용형에 나타나는 '져, 쪄, 쳐'는 [저, 쪄, 처]로 발음한다.

다지＋어→다져[다저]　　바치＋어→바쳐[바처]

살찌＋어→살쪄[살쩌]

다만 2. '예, 례' 이외의 'ㅖ'는 [ㅔ]로도 발음한다.

혜성[혜 : 성/헤 : 성]　　　통계[통 : 계/통 : 게]

계산[계 : 산/게 : 산]　　　혜택[혜 : 택/헤 : 택]

시계[시계/시게]　　　　　연계[연계/연게]

밀폐[밀폐/밀페]　　　　　은혜[은혜/은헤]

개폐[개폐/개페]　　　　　지혜[지혜/지헤]

다만 3. 자음을 첫소리로 가지고 있는 음절의 'ㅢ'는 [ㅣ]로 발음한다.

띄어쓰기[띠어쓰기]　　　무늬[무니]

희망[히망]　　　　　　　유희[유히]

흰무리[힌무리]　　　　　희미하다[히미하다]

다만 4. 단어의 첫음절 이외의 '의'는 [ㅣ]로, 조사 '의'는 [ㅔ]로 발음함
도 허용한다.

주의[주의/주이]　　　　　　협의[혀븨/혀비]

우리의[우리의/우리에]　　　　성의[성의/성이]

내의[내 : 의/내 : 이]

(2) 음의 길이

제6항 모음의 장단을 구별하여 발음하되, 단어의 첫음절에서만 긴소리가 나타나는 것을 원칙으
로 한다.

눈보라[눈 : 보라]　　　　말씨[말 : 씨]　　　　밤나무[밤 : 나무]
많다[만 : 타]　　　　　　멀리[멀 : 리]　　　　벌리다[벌 : 리다]
첫눈[천눈]　　　　　　　참말[참말]　　　　　쌍동밤[쌍동밤]
수많이[수 : 마니]　　　　눈멀다[눈멀다]　　　떠벌리다[떠벌리다]

다만, 합성어의 경우에는 둘째 음절 이하에서도 분명한 긴소리를 인정한다.
반신반의[반 : 신 바 : 늬/반 : 신 바 : 니]

[붙임] 같은 음절이 반복되어 두 음절이 되어 있는 경우에는 절대로 둘째
음절을 긴소리로 발음하지 않는다.

반반[반 : 반]　　　　　간간이[간 : 간－]　　　　영영[영 : 영]

서서이[서 : 서－]　　　시시비비[시 : 시비비]

[붙임] 용언의 단음절 어간에 어미 '－아/－어'가 결합되어 한 음절로 축
약되는 경우에도 긴소리로 발음한다.

보아→봐[봐 :]　　　　기어→겨[겨 :]　　　　되어→돼[돼 :]

두어→둬[둬 :]　　　　하여→해[해 :]

다만, '오아→와, 지어→져, 찌어→쪄, 치어→쳐' 등은 긴소리로 발음하지
않는다.

(1) 단음절인 용언 어간에 모음으로 시작된 어휘가 결합되는 경우

감다[감 : 따] - 감으니[가므니]   밟다[밥 : 따] - 밟으면[발브면]

신다[신 : 따] - 신어[시너]   알다[알 : 다] - 알아[아라]

다만, 다음과 같은 경우에는 예외적이다.

끌다[끌 : 다] - 끌어[끄 : 러]   떫다[떨 : 따] - 떫은[떨 : 븐]

벌다[벌 : 다] - 벌어[버 : 러]   썰다[썰 : 다] - 썰어[써 : 러]

없다[업 : 따] - 없으니[업 : 쓰니]

(2) 용언 어간에 피동, 사동의 접미사가 결합되는 경우

감다[감 : 따] - 감기다[감기다]   꼬다[꼬 : 다] - 꼬이다[꼬이다]

밟다[밥 : 따] - 밟히다[발피다]

다만, 다음과 같은 경우에는 예외적이다.

끌리다[끌 : 리다]   벌리다[벌 : 리다]   없애다[업 : 쌔다]

[붙임] 다음과 같은 합성어에서는 본디의 길이에 관계없이 짧게 발음한다.

밀 - 물   썰 - 물   쏜 - 살 - 같이   작은 - 아버지

(3) 받침의 발음

제8항	받침소리로는 'ㄱ, ㄴ, ㄷ, ㄹ, ㅁ, ㅂ, ㅇ'의 7개 자음만 발음한다.

제9항	받침 'ㄲ, ㅋ', 'ㅅ, ㅆ, ㅈ, ㅊ, ㅌ', 'ㅍ'은 어말 또는 자음 앞에서 각각 대표음 [ㄱ, ㄷ, ㅂ]으로 발음한다.

닭다[닥따]　　　　키읔[키윽]　　　　키읔과[키윽꽈]　　　　옷[온]

웃다[욷 : 따]　　　있다[읻따]　　　젖[젇]　　　　　　빗다[빋따]

꽃[꼳]　　　　　쫓다[쫀따]　　　솥[솓]　　　　　　뱉다[밷 : 따]

앞[압]　　　　　덮다[덥따]

제10항	겹받침 'ㄳ', 'ㄵ', 'ㄼ, ㄽ, ㄾ', 'ㅄ'은 어말 또는 자음 앞에서 각각 [ㄱ, ㄴ, ㄹ, ㅂ]으로 발음한다.

넋[넉]　　　　　넋과[넉꽈]　　　　앉다[안따]　　　　여덟[여덜]

넓다[널따]　　　외곬[외골]　　　　핥다[할따]　　　　값[갑]

없다[업 : 따]

다만, '밟-'은 자음 앞에서 [밥]으로, '넓-'은 다음과 같은 경우에 [넙]
　　으로 발음한다.

밟다[밥 : 따]　　　　　밟소[밥 : 쏘]　　　　밟지[밥 : 찌]

밟는[밥 : 는→밤 : 는]　　밟게[밥 : 께]　　　　밟고[밥 : 꼬]

넓-죽하다[넙쭈카다]　　　넓-둥글다[넙뚱글다]

제11항	겹받침 'ㄺ, ㄻ, ㄿ'은 어말 또는 자음 앞에서 각각 [ㄱ, ㅁ, ㅂ]으로 발음한다.

닭[닥]　　　　　흙과[흑꽈]　　　　늙지[늑찌]

삶[삼 :]　　　젊다[점 : 따]　　　읊고[읍꼬]　　　　읊다[읍따]

다만, 'ㄺ'은 위에 예시한 체언의 경우와는 달리 'ㄷ, ㅈ, ㅅ' 앞에서는
　　[ㄱ]으로 발음하되 'ㄱ' 앞에서는 이와 동일한 'ㄱ'은 탈락시키고서
　　[ㄹ]로 발음한다.

맑다[막따]　　　　맑지[막찌]　　　　맑습니다[막씀니다]

맑게[말께]　　　　　묽고[물꼬]　　　　　얽거나[얼이거나]
늙거나[늘이거나]

<table><tr><td>제12항</td><td>받침 'ㅎ'의 발음은 다음과 같다.</td></tr></table>

(1) 'ㅎ(ㄶ, ㅀ)'의 뒤에 'ㄱ, ㄷ, ㅈ'이 결합되는 경우에는, 뒤 음절 첫소
　　리와 합쳐서 [ㅋ, ㅌ, ㅊ]으로 발음한다.
놓고[노코]　　　　좋던[조 : 턴]　　　　쌓지[싸치]　　　　많고[만 : 코]
옳지[알치]　　　　않던[안턴]　　　　닳지[달치]　　　　앓던[알턴]

{붙임 1} 받침 'ㄱ(ㄺ), ㄷ, ㅂ(ㄼ), ㅈ(ㄵ)'이 뒤 음절 첫소리 'ㅎ'과 결합
　　　　　되는 경우에도, 역시 두 소리를 합쳐서 [ㅋ, ㅌ, ㅍ, ㅊ]으로 발
　　　　　음한다.
국화[구콰]　　　　　정직하다[정:지카다]　　　박하다[바카다]
읽히다[일키다]　　　맏형[마텽]　　　　　　숱하다[수타다]
각하[가카]　　　　　먹히다[머키다]
밝히다[발키다]　　　좁히다[조피다]　　　　넓히다[널피다]

{붙임 2} 규정에 따라 'ㄷ'으로 발음되는 'ㅅ, ㅈ, ㅊ, ㅌ'의 경우에는 이
　　　　　에 준한다.
옷 한 벌[오탄벌]　　　　낮 한때[나탄때]　　　꽃 한 송이[꼬탄송이]
숱하다[수타다]

(2) 'ㅎ(ㄶ, ㅀ)' 뒤에 'ㅅ'이 결합되는 경우에는, 'ㅅ'을 [ㅆ]으로 발음한다.
닿소[다쏘]　　　많소[만 : 쏘]　　　싫소[실쏘]　　　끊습니다.[끈씀니다]

(3) 'ㅎ' 뒤에 'ㄴ'이 결합되는 경우에는, [ㄴ]으로 발음한다.

놓는[논는]   놓네[논네]   쌓네[싼네]

{붙임} 'ㄶ, ㅀ' 뒤에 'ㄴ'이 결합되는 경우에는, 'ㅎ'을 발음하지 않는다.
않네[안네]   않는[안는]   뚫네[뚤네→뚤레]   뚫는[뚤는→뚤른]

제13항	홑받침이나 쌍받침이 모음으로 시작된 조사나 어미, 접미사와 결합되는 경우에는, 제 음가대로 뒤 음절 첫소리로 옮겨 발음한다.

깎아[까까]   옷이[오시]   있어[이써]   낮이[나지]
꽂아[꼬자]   꽃을[꼬츨]   쫓아[쪼차]   밭에[바테]
앞으로[아프로]   덮이다[더피다]

의존 형태소인 조사나 어미, 접미사와 그것이 결합되는 어휘소(語彙素) 사이에는 낱말의 경계가 인식되지 않으므로, 발음에서 앞 뒤 형태소 사이의 형태적 구분이나 휴지(休止)(맞춤법에서는 띄어쓰기)가 필요하지 않다. 따라서 제 음가를 살려 뒤 음절 첫소리로 옮겨 발음하는, 이른바 연음법칙(連音法則)에 해당하는 규정이다.

제14항	겹받침이 모음으로 시작된 조사나 어미, 접미사와 결합되는 경우에는, 뒤의 것만을 뒤 음절 첫소리로 옮겨 발음한다.(이 경우, 'ㅅ'은 된소리로 발음함.)

넋이[넉씨]   앉아[안자]   닭을[달글]   젊어[절머]
곬이[골씨]   핥아[할타]   읊어[을퍼]   값을[갑쓸]
없어[업 : 써]

제15항	받침 뒤에 모음 'ㅏ, ㅓ, ㅗ, ㅜ, ㅟ'들로 시작되는 실질 형태소가 연결되는 경우에는, 대표음으로 바꾸어서 뒤 음절 첫소리로 옮겨 발음한다.

밭 아래[바다래]　　　늪 앞[느밥]　　　젖어미[저더미]

맛없다[마덥다]　　　겉옷[거돋]　　　헛웃음[허두슴]

꽃 위[꼬뒤]

다만, '맛있다, 멋있다'는 [마신따], [머신따]로도 발음할 수 있다.

제16항	한글 자모의 이름은 그 받침소리를 연음하되, 'ㄷ, ㅈ, ㅊ, ㅋ, ㅌ, ㅍ, ㅎ'의 경우에는 특별히 다음과 같이 발음한다

디귿에[디그세]　　　지읒에[지으세]　　　치읓에[치으세]

키읔에[키으게]　　　티읕에[티으세]　　　피읖이[피으베]

히읗이[히으세]

(4) 음의 동화

제17항	받침 'ㄷ, ㅌ(ㄾ)'이 조사나 접미사의 모음 'ㅣ'와 결합되는 경우에는, [ㅈ, ㅊ]으로 바꾸어서 뒤 음절 첫소리로 옮겨 발음한다.

곧이듣다[고지듣따]　　　굳이[구지]　　　미닫이[미다지]

땀받이[땀바지]　　　밭이[바치]　　　벼훑이[벼훌치]

[붙임] 'ㄷ' 뒤에 접미사 '히'가 결합되어 '티'를 이루는 것은 [치]로 발음
　　　한다.

굳히다[구치다] 닫히다[다치다] 묻히다[무치다]

제18항	받침 'ㄱ(ㄲ, ㅋ, ㄳ, ㄺ), ㄷ(ㅅ, ㅆ, ㅈ, ㅊ, ㅌ, ㅎ), ㅂ(ㅍ, ㄼ, ㄿ, ㅄ)'은 'ㄴ, ㅁ' 앞에서 [ㅇ, ㄴ, ㅁ]으로 발음한다.

먹는[멍는]　　　　　　몫몫이[몽목씨]　　　　　쫓는[쫀는]

밟는[밤ː는]　　　　　　짓는[진ː는]　　　　　　옷맵시[온맵시]

놓는[논는]

{붙임} 두 단어를 이어서 한 마디로 발음하는 경우에는 이와 같다.

책 넣는다[챙넌는다]　　　　　　흙 말리다[흥말리다]

옷 맞추다[온마추다]　　　　　　밥 먹는다[밤멍는다]

값 매기다[감매기다]

제19항	받침 ‘ㅁ, ㅇ’ 뒤에 연결되는 ‘ㄹ’은 [ㄴ]으로 발음한다.

담력[담ː녁]　　　　　　침략[침냑]　　　　　　강릉[강능]

항로[항ː노]　　　　　　대통령[대ː통녕]

{붙임} 받침 ‘ㄱ, ㅂ’ 뒤에 연결되는 ‘ㄹ’도 [ㄴ]으로 발음한다.

막론[막논→망논]　　　　　　백리[백니→뱅니]

협력[협녁→혐녁]　　　　　　십리[십니→심니]

제20항	‘ㄴ’은 ‘ㄹ’의 앞이나 뒤에서 [ㄹ]로 발음한다.

난로[날ː로]　　　　　　신라[실라]　　　　　　천리[철리]

광한루[광ː할루]　　　　　대관령[대ː괄령]　　　　칼날[칼랄]

물난리[물랄리]　　　　　줄넘기[줄럼끼]　　　　할는지[할른지]

{붙임} 첫소리 ‘ㄴ’이 ‘ㅀ’, ‘ㄾ’ 뒤에 연결되는 경우에도 이에 준한다.

닳는[달른]　　　　뚫는[뚤른]　　　　　핥네[할레]

다만, 다음과 같은 단어들은 'ㄹ'을 [ㄴ]으로 발음한다.

의견란[의 : 견난]	임진란[임 : 진난]	생산량[생산냥]
결단력[결딴녁]	공권력[공꿘녁]	동원령[동 : 원녕]
상견례[상견녜]	횡단로[횡단노]	이원론[이 : 원논]
입원료[이붠뇨]	구근류[구근뉴]	

제21항	위에서 지적한 이외의 자음 동화는 인정하지 않는다.

감기[감 : 기](×[강 : 기])	옷감[옫깜](×[옥깜])
있고[읻꼬](×[익꼬])	꽃길[꼳낄](×[꼭낄])
젖먹이[전머기](×[점머기])	문법[문뻡](×[뭄뻡])
꽃밭[꼳빧](×[꼽빧])	

제22항	다음과 같은 용언의 어미는 [어]로 발음함을 원칙으로 하되, [여]로 발음함도 허용한다.

피어[피어/피여]	되어[되어/되여]

[붙임] '이오, 아니오'도 이에 준하여 [이요, 아니요]로 발음함을 허용한다.

(5) 된소리되기

제23항	받침 'ㄱ(ㄲ, ㅋ, ㄳ, ㄺ), ㄷ(ㅅ, ㅆ, ㅈ, ㅊ, ㅌ), ㅂ(ㅍ, ㄼ, ㄿ, ㅄ)' 뒤에 연결되는 'ㄱ, ㄷ, ㅂ, ㅅ, ㅈ'은 된소리로 발음한다.

국밥[국빱]	닭장[닥짱]	꽃다발[꼳따발]
꽂고[꼳꼬]	옆집[엽찝]	값지다[갑찌다]

낯설다[낟썰다]   삯돈[삭똔]

제24항	어간 받침 'ㄴ(ㄵ), ㅁ(ㄻ)' 뒤에 결합되는 어미의 첫소리 'ㄱ, ㄷ, ㅅ, ㅈ'은 된소리로 발음한다.

삼고[삼 : 꼬]   껴안다[껴안따]   젊지[점 : 찌]   닮고[담 : 꼬]

다만, 피동, 사동의 접미사 '-기-'는 된소리로 발음하지 않는다.

안기다[안기다]   굶기다[굼기다]   옮기다[옴기다]

제25항	어간 받침 'ㄼ, ㄾ' 뒤에 결합되는 어미의 첫소리 'ㄱ, ㄷ, ㅅ, ㅈ'은 된소리로 발음한다.

넓게[널게]   핥다[할따]   훑소[훌쏘]   떫지[떨찌]

제26항	한자어에서, 'ㄹ' 받침 뒤에 결합되는 'ㄷ, ㅅ, ㅈ'은 된소리로 발음한다.

갈등[갈뜽]   발동[발똥]   절도[절또]   말살[말쌀]

불소[불쏘]   일시[일씨]   갈증[갈쯩]   물질[물찔]

발전[발쩐]   몰상식[몰쌍식]   불세출[불쎄출]

다만, 같은 한자가 겹쳐진 단어의 경우에는 된소리로 발음하지 않는다.

허허실실[허허실실]   절절-하다[절절하다]   결결[결결]

제27항	관형사형 '-(으)ㄹ' 뒤에 연결되는 'ㄱ, ㄷ, ㅂ, ㅅ, ㅈ'은 된소리로 발음한다.

할 것을[할꺼슬]   갈 데가[갈떼가]   할 바를[할빠를]

할 수는[할쑤는]   할 적에[할쩌게]   갈 곳[갈꼳]

할 도리[할또리]   만날 사람[만날싸람]

다만, 끊어서 말할 적에는 예사소리로 발음한다.
할 듯하다[할뜨타다]   할 법하다[할뻐파다]

{붙임} '-(으)ㄹ'로 시작되는 어미의 경우에도 이에 준한다.
할걸[할껄]   할밖에[할빠께]   할세라[할쎄라]
할수록[할쑤록]   할지라도[할찌라도]   할지언정[할찌언정]
할진대[할찐대]

제28항	표기상으로는 사이시옷이 없더라도 관형격 기능을 지니는 사이시옷이 있어야 할 (휴지가 성립되는) 합성어의 경우에는, 뒤 단어의 첫소리 'ㄱ, ㄷ, ㅂ, ㅅ, ㅈ'을 된소리로 발음한다.

문 - 고리[문꼬리]   눈 - 동자[눈똥자]   신 - 바람[신빠람]
산 - 새[산쌔]   손 - 재주[손째주]   길 - 가[길까]
물 - 동이[물똥이]   발 - 바닥[발빠닥]   굴 - 속[굴 : 쏙]
술 - 잔[술짠]   바람 - 결[바람껼]   그믐 - 달[그믐딸]
아침 - 밥[아침빱]   잠 - 자리[잠짜리]   강 - 가[강까]
초승 - 달[초승딸]   등 - 불[등뿔]   창 - 살[창쌀]
강 - 줄기[강쭐기]

(6) 음의 첨가

제29항	합성어 및 파생어에서, 앞 단어나 접두사의 끝이 자음이고 뒤 단어나 접미사의 첫 음절이 '이, 야, 여, 요, 유'인 경우에는, 'ㄴ'소리를 첨가하여[니, 냐, 녀, 뇨, 뉴]로 발음한다.

솜 - 이불[솜 : 니불]   삯 - 일[상닐]   맨 - 입[맨닙]

꽃 - 잎[꼰닙]   한 - 여름[한녀름]   남존 - 여비[남존녀비]
신 - 여성[신녀성]   색 - 연필[생년필]   늑막 - 염[능망념]
콩 - 엿[콩녇]   영업 - 용[영엄뇽]   식용 - 유[시굥뉴]
국민 - 윤리[궁민뉼리]   밤 - 윷[밤 : 뉻]

다만, 다음과 같은 말들은 'ㄴ' 소리를 첨가하여 발음하되, 표기대로 발음
       할 수 있다.
이죽 - 이죽[이중니죽/이주기죽]   야금 - 야금[야금냐금/야그먀금]
검열[검 : 녈/거 : 멸]   욜랑 - 욜랑[욜랑뇰랑/욜랑욜랑]
금융[금늉/그뮹]

{붙임 1} 'ㄹ' 받침 뒤에 첨가되는 'ㄴ' 소리는 [ㄹ]로 발음한다.
들 - 일[들 : 릴]   솔 - 잎[솔립]   설 - 익다[설릭따]
물 - 약[물략]   불 - 여우[불려우]   서울 - 역[서울력]
물 - 엿[물렫]   휘발 - 유[휘발류]   유들 - 유들[유들류들]

{붙임 2} 두 단어를 이어서 한 마디로 발음하는 경우에도 이에 준한다.
한 일[한닐]   옷 입다[온닙따]   서른 여섯[서른녀섣]
3연대[삼년대]   먹은 엿[머근녇]   할 일[할릴]
잘 입다[잘립따]   스물 여섯[스물려섣]
1연대[일련대]   먹을 엿[머글렫]

다만, 다음과 같은 단어에서는 'ㄴ(ㄹ)' 소리를 첨가하여 발음하지 않는다.
6・25[유기오]   3・1절[사밀쩔]   송별 - 연[송 : 벼련]
등용 - 문[등용문]

(1) 'ㄱ, ㄷ, ㅂ, ㅅ, ㅈ'으로 시작하는 단어 앞에 사이시옷이 올 때는 이 들 자음만을 된소리로 발음하는 것을 원칙으로 하되, 사이시옷을 [ㄷ] 으로 발음하는 것도 허용한다.

냇가[내ː까/낻ː까]   섯길[새ː낄/샏ː낄]

빨랫돌[빨래똘/빨랟똘]   콧등[코뜽/콛뜽]

깃발[기빨/긷빨]   더펫밥[대ː패빱/대ː팯빱]

햇살[해쌀/핻쌀]   벗속[배쏙/밷쏙]

뱃전[배쩐/밷쩐]   고갯짓[고개찓/고갣찓]

(2) 사이시옷 뒤에 [ㄴ, ㅁ]이 결합되는 경우에는 [ㄴ]으로 발음한다.

콧날[콛날→콘날]   아랫니[아랟니→아랜니]

툇마루[퇻ː마루→퇸ː마루]   댓머리[밷머리→밴머리]

(3) 사이시옷 뒤에 '이' 소리가 결합되는 경우에는 [ㄴㄴ]으로 발음한다.

베갯잇[베갣닏→베갠닏]   깻잎[깯닙→깬닙]

나뭇잎[나묻닙→나문닙]   드리깻열[도리깯녈→도리깬녈]

뒷윷[뒫ː늍→뒨ː늍]

8.4 어휘 확장

(1) 무한도전 ― <남고괴담>편의 '납량특집'

규정 19항의 붙임에 나온 것처럼 받침 'ㄱ, ㅂ' 뒤에 연결되는 'ㄹ'도 [ㄴ]으로 발음하게 되므로 납량은 [납냥]이 되고 이때에 'ㅂ' 받침은 바로 뒤의 'ㄴ'과 만나서, 18항 받침 'ㄱ(ㄲ, ㅋ, ㄳ, ㄺ), ㄷ(ㅅ, ㅆ, ㅈ, ㅊ, ㅌ, ㅎ), ㅂ(ㅍ, ㄼ, ㄿ, ㅄ)'은 'ㄴ, ㅁ' 앞에서 [ㅇ, ㄴ, ㅁ]으로 발음한다는 것에 적용이 되어 [남냥]으로 발음하는 것이 옳다.

(2) Fly to the sky의 노래 <이 밤의 끝을 잡고>의 '끝을'

예전 솔리드의 노래인 '이 밤의 끝을 잡고'를 리메이크한 가수의 노래
가 나오는데 '이 밤의 끝을 잡고'에서 '끝을'을 [끄츨]이라고 발음하는
것을 들을 수 가 있는데 이것은 잘못 발음한 것으로, 이 경우 13항 홑
받침이나 쌍받침이 모음으로 시작된 조사나 어미, 접미사와 결합되는
경우에는, 제 음가대로 뒤 음절 첫소리로 옮겨 발음하는 것에 의거하
여 [끄틀]로 발음 하는 것이 옳다.

(3) 이승철의 노래 <끝인가요>의 '끝인가요'

'끝'과 같이 'ㅌ' 받침이 'ㅣ'와 만나게 될 때에는 17항 "받침 'ㄷ, ㅌ
(ㄾ)'이 조사나 접미사의 모음 'ㅣ'와 결합되는 경우에는, [ㅈ, ㅊ]으로
바꾸어서 뒤 음절 첫소리로 옮겨 발음한다."에 적용되어서 노래에서처
럼 [끄친가요]로 발음되는 것이 옳다.

(4) 마야의 노래 <진달래 꽃>의 '밟고'

너무나도 유명한 이 노래에 나오는 가사인 '사뿐히 즈려 밟고 가시옵
소서'에서 '밟고'의 발음은 노래에서 나오는 것과 같이 [발꼬]로 일상
생활에서도 자주 쓴다. 하지만 이것은 잘못된 것이다. 10항 "겹받침
'ㄳ', 'ㄵ', 'ㄼ, ㄽ, ㄾ', 'ㅄ'은 어말 또는 자음 앞에서 각각 [ㄱ, ㄴ,
ㄹ, ㅂ]으로 발음한다."와 25항 "어간 받침 'ㄼ, ㄾ' 뒤에 결합되는 어
미의 첫소리 'ㄱ, ㄷ, ㅅ, ㅈ'은 된소리로 발음한다."에 의해 [밥꼬]로
발음하는 것이 옳다.

(5) 자두의 노래 <김밥>의 '김밥'

'옆구리 터져버린 저 김밥처럼~' 가수가 부르듯이 우리는 대부분 '김
밥'을 발음할 때 [김빱]으로 발음 하는 경우가 많다. [김:밥]으로 발음
하는 것이 옳다.

8.5 예문 교정

선생님: 오늘은 표준발음법[바름뻡][5]에 대해 공부해 봅시다. 어떻게 규정
해[해 :][6] 놓고[노코][7] 있는[인는][8] 것일까? 먼저, 다음 단어들을
어떻게 발음할까 생각해 봅시다.

(1) 해설자[해설짜][9]가 말하는 중에 실제[실쩨][10]로 축구[축꾸][11] 선수가 습
관[습꽌][12]적 탈골로 무릎을[무르플][13] 다쳐서 의사[의사][14]에게 갔다.

(2) 표준어의 맞춤법[마춤뻡][15]은 전통성[전통썽][16]과 합리성[함니썽][17]을

---

5) 표기상으로는 사이시옷이 없더라도, 관형격 기능을 지니는 사이시옷이 있어야 할(휴지가 성립되는)
합성어의 경우에는, 뒤 단어의 첫소리 'ㄱ, ㄷ, ㅂ, ㅅ, ㅈ'을 된소리로 발음한다. '맞춤법', '발음법'
또한 [마춤뻡], [바름뻡]으로 발음된다.(표준 발음법 제6장 제28항)

6) '해'는 하여→해[해 :]로 발음한다. 이 외에는 '보아→봐[봐 :]', '기어→겨[겨 :]', '되어→돼[돼
:]', '두어→둬[둬 :]'가 있다.(표준 발음법 제3장 제6항 [붙임])

7) 표준 발음법 제4장 제12항 (1) 참조.

8) 제9항에서와 같이 ㅆ은 자음 앞에서 대표음 [ㄷ]으로 발음한다. 그리고 제18항에서와 같이 받침 ㄷ
은 'ㄴ' 앞에서 [ㄴ]으로 바뀌어 [인는]이라고 발음한다.(표준 발음법 제5장 제18항)

9) 한자어에서, 'ㄹ' 받침 뒤에 결합되는 'ㄷ, ㅅ, ㅈ'은 된소리로 발음한다.(표준 발음법 제6장 제26항)

10) 한자어에서, 'ㄹ' 받침 뒤에 결합되는 'ㄷ, ㅅ, ㅈ'은 된소리로 발음한다.(표준 발음법 제6장 제26항)

11) 받침 'ㄱ(ㄲ, ㅋ, ㄳ, ㄺ), ㄷ(ㅅ, ㅆ, ㅈ, ㅊ, ㅌ), ㅂ(ㅍ, ㄼ, ㄿ, ㅄ)' 뒤에 연결되는 'ㄱ, ㄷ, ㅂ,
ㅅ, ㅈ'은 된소리로 발음한다. '쉽지만', '있다', '없다', '있고', '축구', '습관', '각기'도 여기에 포
함된다.(표준 발음법 제6장 제23항)

12) 받침 'ㄱ(ㄲ, ㅋ, ㄳ, ㄺ), ㄷ(ㅅ, ㅆ, ㅈ, ㅊ, ㅌ), ㅂ(ㅍ, ㄼ, ㄿ, ㅄ)' 뒤에 연결되는 'ㄱ, ㄷ, ㅂ,
ㅅ, ㅈ'은 된소리로 발음한다. '쉽지만', '있다', '없다', '있고', '축구', '습관', '각기'도 여기에 포
함된다.(표준 발음법 제6장 제23항)

13) 'ㅍ'이 받침자리에 가면, 무릎은 [무릅]이 되고 앞은 [압], 짚[집], 옆[엽], 숲[숩], 오지랖[오지랍]이
된다. 모두 'ㅂ' 소리가 된다. 하지만, 표준발음법 제4장 제13항에 의해 '무릎을'은 [무르플]로, '숲
을'은 [수플]로 '앞을'은 [아플]로 발음해야 한다 제13항의 규정은 의존 형태소인 조사나 어미, 접
미사와 그것이 결합되는 어휘소 사이에는 낱말의 경계가 인식되지 않으므로, 발음에서 앞 뒤 형태소
사이의 형태적 구분이나 휴지(맞춤법에서는 띄어쓰기)가 필요하지 않다. 따라서 제 음가를 살려 뒤
음절 첫소리로 옮겨 발음하는, 이른바 연음법칙에 해당하는 규정이다.(표준 발음법 제4장 제13항)

14) '의사'의 '의'는 'ㅡ'+'ㅣ'이므로 발음도 [의사]로 한다. 다만, 첫음절 이외의 자리에서 '의'는
[이], 조사 '의'는 [에] 발음도 허용한다. '주의[주의/주이]', '우리의[우리의/우리에]'.

15) 받침 'ㄱ(ㄲ, ㅋ, ㄳ, ㄺ), ㄷ(ㅅ, ㅆ, ㅈ, ㅊ, ㅌ), ㅂ(ㅍ, ㄼ, ㄿ, ㅄ)' 뒤에 연결되는 'ㄱ, ㄷ, ㅂ,
ㅅ, ㅈ'은 된소리로 발음한다. '쉽지만', '있다', '없다', '있고', '축구', '습관', '각기'도 여기에 포
함된다.(표준 발음법 제6장 제23항)

16) 표기상으로는 사이시옷이 없더라도, 관형격 기능을 지니는 사이시옷이 있어야 할(휴지가 성립되는)
합성어의 경우에는, 뒤 단어의 첫소리 'ㄱ, ㄷ, ㅂ, ㅅ, ㅈ'을 된소리로 발음한다. '맞춤법', '발음
법' 또한 [마춤뻡], [바름뻡]으로 발음된다.(표준 발음법 제6장 제28항)

고려한다.

(3) 맑고[말꼬]18) 따뜻한 날의 끝을[끄틀]19) 알렸다.

(4) 두 가지가 같이[가치]20) 관련[괄련]21)되어[되어/되여]22) 있는[인는]23) 것이 정답[정 : 답]24)이라고 나와 있다[읻따]25).

---

17) 표기상으로는 사이시옷이 없더라도, 관형격 기능을 지니는 사이시옷이 있어야 할(휴지가 성립되는) 합성어의 경우에는, 뒤 단어의 첫소리 'ㄱ, ㄷ, ㅂ, ㅅ, ㅈ'을 된소리로 발음한다. '맞춤법', '발음법' 또한 [마춤뻡], [바름뻡]으로 발음된다.(표준 발음법 제6장 제28항)

18) '맑게'로 어미가 바뀌면 받침소리도 덩달아 바뀐다. 겹받침의 어미가 바뀌면 대표 받침소리도 함께 바뀌기 때문이다. 이때는 대표 받침이 'ㄹ'이 된다. [막께]가 아닌 [말께]로 소리 나는 것이다.(표준 발음법 제4장 제11항 1절)
제12항은 받침 'ㅎ'에 대한 규정이다. 'ㅎ'은 예사소리이면서 목청소리이다. 가만히 입을 벌리고 '흐' 할 때 나는 소리이다. '학' 또는 '해'처럼 음절의 첫소리에서 'ㅎ'은 자신의 음가를 갖는다. '하하' 하고 웃을 때나 '호들갑'을 떨 때도 마찬가지로 'ㅎ'은 일정하게 자신의 소리를 유지한다. 그런데 이 'ㅎ'이 두 번째 음절의 첫소리가 되면 '국화[구콰]', '숱하다[수타다]', '입학[이팍]', '밟히다[발피다]'처럼 앞글자의 받침과 결합해서 거친 소리를 만든다. 그뿐만 아니라 'ㅎ'이 받침이 되면 사정은 더욱 복잡해진다. 먼저, '놓고[노코]', '많고[만코]', '앓지[알치]', '쌓지[싸치]'처럼 뒤에 오는 소리를 거칠게 만들기도 하고, '닿소[다쏘]', '많소[만 : 쏘]' '싫소[실쏘]'처럼 뒤에 오는 'ㅅ'을 된소리로 변신시키는가 하면, '놓는[논는]', '쌓네[싼네]'처럼 자기 자신이 'ㄴ' 발음으로 변신하기도 한다. '끊는[끈는]', '끓는[끌른]', '낳은[나은]', '쌓이다[싸이다]', '많아[마 : 나]', '닳아[다라]'처럼 아예 'ㅎ'이 사라지는 경우도 있다.

19) [끄츨]로 발음하는 경우가 있지만, 이는 '굳이'가 [구지]로, '굳히다'가 [구치다]로 소리 나는 구개음화(입천장소리되기)에 대한 오해 때문이다. 구개음화란 끝소리가 [ㄷ, ㅌ]인 형태소가 모음 'ㅣ'나 반모음 'ㅣ[j]'로 시작되는 조사, 어미 등의 형식 형태소를 만나면 [ㅈ, ㅊ]으로 발음되는 현상이다. 또 'ㄷ' 뒤에 형식 형태소 '히'가 올 때 'ㅎ'과 결합하여 이루어진 'ㅌ'이 'ㅊ'이 되는 것도 구개음화 현상이다.(표준 발음법 제4장 제13항)

20) '같이'의 받침 ㅌ이 모음 'ㅣ'와 결합되어 [ㅊ]으로 바뀌어서 뒤 음절 첫소리로 옮겨 [가치]라고 발음한다.(표준 발음법 제5장 제17항)

21) 'ㄴ'은 'ㄹ'의 앞이나 뒤에서 [ㄹ]로 발음한다. 지하철 '선릉'역이 있다. 대부분의 사람들이 [설릉]이라고 하지 않고 [선능]이라고 발음한다. '선릉'이라고 쓰지만 [설릉]이라고 발음해야 한다.(표준 발음법 제5장 제20항) 난로[날 : 로], 신라[실라], 천리[철리], 광한루[광 : 할루], 대관령[대 : 괄령] 등도 마찬가지다.
그러면 '영릉'은 왜 [설릉]과 달리 [영능]이라고 발음하는 것일까? 이는 앞뒤 조건이 다르기 때문이다. 영릉은 '영릉'이라고 쓰고 [영능]이라고 발음한다. 이것은 표준발음법 19항에 따라 받침 'ㅁ, ㅇ' 뒤에 연결되는 'ㄹ'은 [ㄴ]으로 발음하기 때문이다. 그러니까 선릉은 첫음절의 받침이 달리 발음되지만, 영릉은 두 번째 음절의 첫소리가 바뀌는 것이다. 담력[담 : 녁], 침략[침냑], 강릉[강능], 항로[항 : 노], 대통령[대 : 통녕]도 이와 같은 경우다.

22) '피어'와 '되어' 등의 어미는 [어]로 발음함을 원칙으로 하되, [여]로 발음함도 허용한다. 따라서 [되어]로 발음하는 것을 원칙으로 하되, [되여]로 발음하는 것도 허용한다.(표준 발음법 제5장 제22항)

23) 제9항에서와 같이 쓰은 자음 앞에서 대표음 [ㄷ]으로 발음한다. 그리고 제18항에서와 같이 받침 ㄷ은 'ㄴ' 앞에서 [ㄴ]으로 바뀌어 [인는]이라고 발음한다.(표준 발음법 제5장 제18항)

24) '정답'의 발음은 [정 : 답]이다. 여기서 주의할 것, [ㅓ]와 [ㅓ :]는 길이의 차이뿐만 아니라 혀의 높이에도 차이가 있다. [ㅓ :]는 혀를 더 올려서 단음 [ㅓ]와 [ㅡ]의 사이인 올린 'ㅓ'로 발음하는 것이 표준 발음이다. [ㅕ :]도 마찬가지이다.(표준 발음법 제3장 제6항)

25) 표준 발음법 제4장 제9항 참조.

(5) 닭이[달기]26) 힘이 없다[업 : 따].27) 하지만 하늘은 맑다[막따]28).

학생들: 선생님, 대체로 익숙한 발음들이니까 크게 어렵지는 않아요.

8.6 연습 문제

1. 다음 중 발음이 옳지 않은 것은?29)
① 읊어[을퍼]　　　　　② 닭이[다기]
③ 놓고[노코]　　　　　④ 축구[축꾸]

2. 다음 중 발음이 옳은 것끼리 짝지은 것은?30)
① 선릉[설릉]/영릉[영능]　　　② 선릉[설릉]/영릉[영릉]
③ 선릉[선능]/영릉[영능]　　　④ 선릉[선능]/영릉[영릉]

3. 다음에서 발음이 잘못 표기된 것은?31)
① 무릎[무릅]　　　　　② 짚[집]
③ 무릎을[무르플]　　　④ 짚을[지블]

4. 다음 중 발음이 옳지 않게 표기된 것은?32)
① 맑다[막따]　　　　　② 맑고[말꼬]
③ 여덟 명[여덥명]　　　④ 여덟이[여덜비]

---

26) '닭'은 혼자 있을 때는 [닥]이지만 뒤에 '이'나 '을' 같은 토씨가 오면 'ㄹ'은 남고 'ㄱ'이 넘어가 [달기], [달글]이 된다.(표준 발음법 제4장 제11항)

27) '밟다[밥 : 따], 밟소[밥 : 쏘], 밟지[밥 : 찌], 밟는[밥 : 는→밤 : 는], 밟게[밥 : 께], 밟고[밥 : 꼬], 넓 －죽하다[넙쭈카다], 넓－둥글다[넙뚱글다]'와 같이 발음한다.(표준 발음법 제4장 제10항 1절)

28) '맑다'는 [막따]로 소리 난다. 이때 대표 받침이 'ㄱ'이기 때문이다. 다른 예로는 닭[닥], 삶[삼 :], 읊다[읍따] 등이 있다.(표준 발음법 제4장 제11항)

29) ②. [달기]로 발음한다.

30) ①.

31) ④. [지플]로 발음한다.

32) ③. [여덜명]으로 발음한다.

5. 다음 발음된 것 중 옳지 않은 것은?[33]

① 껴안다[껴안따]　　　② 더듬지[더듬찌]

③ 안기다[안끼다]　　　④ 밭이[바치]

6. 다음 발음된 것 중 옳지 않은 것은?[34]

① 밟다[밥따]　　　② 밟고[발꼬]

③ 밟지[밥찌]　　　④ 넓다[널따]

---

33) ③. [안기다]로 발음한다.
34) ②. [밥꼬]로 발음한다.

09. 외래어 표기법*

　　외래어는 외국에서 들여온 말이라 토박이말과 음운 체계와 발음에 차이가 있기 마련이다. 다른 나라와 경제와 문화 및 인적 교류가 확대되면서 세계 여러 나라 언어의 어휘가 국어로 편입되는 것이 늘어나게 되었다. 외래어 표기의 혼란을 방지하고 줄이기 위해 외래어 표기를 위한 규칙을 필요로 하게 되었다. 외래어의 표기에서 원어의 발음을 존중하되 국어의 일반적인 특성에도 부합해야 하는 것이 현실이다.

9.1 진단평가

* 다음에서 표기가 옳은 것을 고르시오

1. 피아노 (①콘테스트/②컨테스트)가 대구시민회관에서 열렸다.[1]
2. 문현이는 (①리더쉽/②리더십)이 뛰어난 학생이다.[2]
3. 현주의 생일 선물로 (①케이크/②케잌/③케익)을 사주었다.[3]
4. 베트남의 옛 수도는 (①호찌민/②호치민)이다.[4]

---

* 자료 조사: 박창미, 김미화, 김현주, 이재휘.

1) ① 콘테스트. [ɔ], [o]는 모두 '오'로 적는다.

2) ② 리더십. 영어의 경우 [ʃ]는 자음 앞에서는 '슈'로 어말에서는 '시'로 적는다. 모음 앞에서는 뒤따르는 모음에 따라 '샤, 섀, 쇼, 슈, 시'로 적는다.

3) ① 케이크. 어말과 자음 앞의 무성파열음은 '으'를 붙여 적는다.

4) ① 호찌민. 베트남어는 국어와 마찬가지로 '평음·격음－경음'의 3항 대립을 보이기 때문에 된소리 표기를 허용한다. 따라서 원어의 발음과 비슷하게 적도록 한다.

9.2 예문제시

가: 어제 텔레비전 뉴스 봤니?

나: 아니, 왜?

가: 국내에서 해저탐사를 컨셉트로 로보트를 연구했는데, 연구원 중 한
명이 정보를 유출했대. 그 사람은 책임 연구원이었는데, 리더쉽도 있
고, 연구원들도 모두 잘 따라서 완전 훼밀리 같았다고 하더군.

나: 그런데 왜 정보를 유출한 거야?

가: 국가지원금이 줄어서 연구를 거의 할 수 없었는데, 해외에서 스카우트
제의를 했대. 그래서 기밀정보를 디스켙에 담아 갔는데 평소와 다른
액션을 취하는 모습이 경비용 카메라 테입에 찍혀서 발각된 것이지.

나: 지원만 계속됐어도 그렇게 하지 않았을 텐데.

가: 연구가 완성되었다면 우리나라는 해저강국이 될 수 있는 챤스가 생겼
을 거야.

나: 우리나라는 너무 과학 연구에 대한 지원이 적은 것 같아. 이래서야 아
인스타인 같은 과학자가 우리나라에서 나올 수 있겠니?

9.3 원리 정리

1. 외래어와 외래어 표기법

외래어란 외국에서 들여와 국어에 동화되어 국어로 사용되는 어휘를 말한
다. 외국에서 들여온 말이지만 국어에 속하기 때문에 외래어에 대해서도 일
정한 표기규정인 「외래어 표기법」에 따라 적기로 한다.

국어의 단어 표기는 다양하게 나타나지 않지만 외국어는 발음을 우리말로
표기하는 방법이 사람마다 다르고, 어느 정도 적당히 적어도 될 것이라는
막연한 생각 때문에 표기에서 많은 혼란이 있다. 외래어라고 해서 적당히

아무렇게나 썼을 때 생기는 혼란을 방지하기 위해서「외래어 표기법」이 제정되었다. 외래어 표기법의 대상이 되는 말은 어느 정도 국어화한 것들뿐만 아니라 비교적 낯선 단어들과 외국어 지명, 인명등도 포함한다.[5]

2. 외래어 표기법의 원리

(1) 외래어는 가능하면 본래 언어의 발음에 가깝게 적어야 한다.

• 두음법칙이 적용되지 않는다.

rhythm	이듬(X)	리듬(O)
news	유스(X)	뉴스(O)

• 원어의 발음에 가깝게 표기하고자 고유어나 한자어에서는 쓰이지 않는 음절을 외래어 표기에 사용한다.

예) '튜브'의 '튜', '블라우스'의 '블', '뷔페'의 '뷔' 등

(2) 외래어라고 하더라도 국어 어휘의 일부이기 때문에 국어의 일반적인 특성에 크게 벗어나서는 안 된다.

• 국어의 음절 구조 제약을 따라야 한다.

예) 'strike, film'을 표기할 때 'ㅡ'모음을 적절히 첨가하여 '스트라이크, 필름'으로 적는다.

• 파찰음 'ㅈ, ㅊ' 다음에 이중 모음을 적지 않도록 한다.[6]

juice	쥬스(X)	주스(O)
chance	챤스(X)	찬스(O)

---

5) 이호권・고성환 (2007), 맞춤법과 표준어, 한국방송통신대학교 출판부, pp.101 - 102
  국립국어원, http://www.korean.go.kr/ 자료마당 외래어 표기법

6) 국립국어원, http://www.korean.go.kr/ 자료마당 외래어 표기법

3. 외래어 표기법의 기본 원칙

(1) 제1항 외래어는 국어의 현용 24자모만으로 적는다.

  • 외래어를 표기하기 위해 한글 맞춤법에서 정한 24자모 이외의 특수한 기호나 문자를 만들어서는 안 된다.

예) 영어의 [f]나 [θ]의 표기를 위해 국어에서 쓰지 않는 문자를 새로이 만들 수 없다.

(2) 제2항 외래어의 1음운은 원칙적으로 1기호로 적는다.

  • 이 규정은 일반 사람들이 기억하고 사용하는 데 편리하게 하려는 것이다.

  • 외국어에서 하나의 음운이라고 하더라도 그것이 음성적인 환경에 따라 여러 가지 다른 소리로 실현될 때에는 두 가지 이상의 기호로 적어야 하는 상황이 있다. 이것이 '원칙적으로'라는 단서가 붙은 이유이다.

(3) 제3항 받침에는 'ㄱ, ㄴ, ㄹ, ㅁ, ㅂ, ㅅ, ㅇ'만을 쓴다.

  • 외래어에만 있는 규정이다. 받침에서의 소리가 외래어와 고유어 및 한자어 사이에 차이가 있기 때문이다.

| coffee shop | 커피 (X) | 커피숍(O) |
| diskette | 디스 (X) | 디스켓(O) |

(4) 제4항 파열음 표기에는 된소리를 쓰지 않는 것을 원칙으로 한다.

  • 유성·무성의 대립이 있는 외래어의 파열음을 한글로 표기할 때 유성파열음은 평음으로, 무성파열음은 격음으로 적도록 한다.

예) 유성파열음 [b]는 'ㅂ'으로, [d]는 'ㄷ'으로, [g]는 'ㄱ'으로 적도록 한다.

* 예외 - 경음으로 쓰는 것이 이미 굳어져 있는 경우, 예를 들어 '빵, 껌, 삐라, 빨치산, 히로뽕'은 예외로 인정한다. 또한 타이어와 베트남어는 국어와 마찬가지로 '평음 - 격음 - 경음'의 3항 대립을 보이기 때문에 된소리 표기를 허용한다.

(5) 제5항 이미 굳어진 외래어는 관용을 존중하되, 그 범위와 용례는 따로
정한다.

• 오랫동안 쓰여서 아주 굳어진 관용어는 관용대로 적도록 한다.

| radio | 레이디오(X) | 라디오(O) |
| camera | 캐머러(X) | 카메라(O) [7] |

• 관용을 인정하는 범위는 필요할 때마다 하나하나 사정하여 정한다.

4. 외래어 표기법의 실제

외래어를 표기할 때에는 자음과 모음 두 가지로 나누어 생각할 수 있다.

(1) 자음의 표기

① 파열음의 표기

(외래어 표기법 제3장 표기세칙-제1절 영어의 표기, 제1항 무성 파열음)

자음들이 모음 앞에 오는 경우 무성파열음 [p, t, k]는 격음 '프, 트, ㅋ'
으로, 유성파열음 [b, d, g]는 평음 'ㅂ, ㄷ, ㄱ'으로 적는다. 자음들이 어말
에 올 때에는 무성 파열음을 받침으로 적는 것과 '으'를 받쳐서 적는 두 가
지 방법으로 표기한다.

영어 중 받침으로 적는 것은 두 가지로 제한되어 있다.

(가) 짧은 모음 다음의 어말 무성파열음은 받침으로 적는다.

| snap[snæp] | 스내프(X) | 스냅(O) |
| robot[rɔbɔt] | 로보트(X) | 로봇(O) |

(나) 짧은 모음과 유음[l, r], 비음[m, n, ŋ] 이외의 자음 사이에 오는 무성
파열음은 받침으로 적는다.

7) 국립국어원, http://www.korean.go.kr/ 자료마당 외래어 표기법

| action[ǽkʃən] | 액크션(X) | 액션(O) |
| lipstick[lipstik] | 리프스틱(X) | 립스틱(O) |

위의 두 가지 경우를 제외하고 어말과 자음 앞의 무성파열음은 '으'를 붙여 적는다.

| tape[teip] | 테입(X) | 테이프(O) |
| cake[keik] | 케익(X) | 케이크(O) |

하지만 관용을 인정하여 받침으로 적는 것과 '으'자를 받쳐서 적는 경우 두 가지를 다 인정하는 경우도 있다.

cut[kʌt]	커트	머리를 자르거나 탁구 등의 운동에서 공을 깎아 치는 것.
	컷	영화 등의 장면이나 작은 삽화를 뜻할 때.
type[taip]	타입	어떤 형태나 유형을 뜻하는 말.
	타이프	타자기.

유성 파열음(b, d, g)의 경우 어말이나 자음 앞에서 항상 '으'를 붙여 적는 것이 원칙이다.

(외래어 표기법 제3장 표기세칙 − 제1절 영어의 표기, 제2항 유성 파열음)

| herb[həːb] | 헙(X) | 허브(O) |
| bug[bʌg] | 벅(X) | 버그(O) |

하지만 'bag, lab, web' 등은 관용을 존중하여 '백, 랩, 웹'으로 표기하는 것을 인정한다.

② 마찰음과 파찰음의 표기

(외래어 표기법 제3장 표기세칙 − 제1절 영어의 표기, 제3항 마찰음, 제4항 파찰음)

외국어에는 우리말과 다르게 마찰음이 잘 발달되어 있어서 마찰음이 많이 쓰이는데, [f]는 'ㅍ'으로 [v]는 'ㅂ'으로 적는다.

family	훼밀리(X)	패밀리(O)
frying pan	후라이팬(X)	프라이팬(O)

영어의 경우 [ʃ]는 자음 앞에서는 '슈'로 어말에서는 '시'로 적는다. 모음 앞에서는 뒤따르는 모음에 따라 '샤, 섀, 쇼, 슈, 시'로 적는다.

English[iŋgliʃ]	잉글리쉬(X)	잉글리시(O)
leadership[liːdərʃip]	리더쉽(X)	리더십(O)

대신 영어가 아닌 다른 나라 언어에서 온 말은 [ʃ]를 항상 '슈'로 적는다.

Einstein	아인스타인(X)	아인슈타인(O)
Tashkent	타쉬켄트(X)	타슈켄트(O)

된소리는 쓰지 않기 때문에 'ㅆ'이나 'ㅉ' 표기를 쓰지 않는다. [s]는 'ㅅ'으로, [ts]는 'ㅊ'으로 쓴다.

service	써비스(X)	서비스(O)
Mozart	모짜르트(X)	모차르트(O)

파찰음 'ㅈ, ㅊ' 다음에 이중 모음 'ㅑ, ㅕ, ㅛ, ㅠ'를 쓰지 않고, 단모음인 'ㅏ, ㅓ, ㅗ, ㅜ'를 써야 한다.

juice	쥬스(X)	주스(O)
television	텔레비젼(X)	텔레비전(O)

③ 유음과 비음의 표기
(외래어 표기법 제3장 표기세칙－제1절 영어의 표기, 제5항 비음, 제6항 유음)
비음 [m]은 'ㅁ'으로, [n]은 'ㄴ', [ŋ]은 'ㅇ'으로, 유음 [l]과 [r]은 모드

‘ㄹ’에 대응시킨다. 대신 [l]의 경우 어중의 [l]이 모음 앞에 오거나 모음이
따르지 않는 비음 앞에 올 때에는 ‘ㄹ’을 겹쳐 ‘ㄹㄹ’로 적는다.

slide	스라이드(X)	슬라이드(O)
Clinton	크린턴(X)	클린턴(O)

(2) 모음의 표기

(외래어 표기법 제3장 표기세칙－제1절 영어의 표기, 제7항 장모음, 제8
항 중모음(重母音), 제9항 반모음)

영어의 모음은 하나의 글자로 고정되어 소리 나지 않고 여러 가지로 발음되
기 때문에 철자를 기준으로 표기해서는 안 되고 발음에 따라 표기해야 한다.

[ə], [ʌ]는 ‘어’로 적는다.

digital [didʒitəl]	디지탈(X)	디지털(O)
honey [hʌni]	호니(X)	허니(O)

[ɔ], [o]는 모두 ‘오’로 적는다.

concert[kɔnsəːrt]	컨서트(X)	콘서트(O)
concept[kɔnsept]	컨셉트(X)	콘셉트(O)

중모음은 각각의 단모음의 음가를 살려 [ai], [au], [ei], [ɔi]는 각각 ‘아이’,
‘아우’, ‘에이’, ‘오이’로 적는다.

time[taim]		타임(O)
skate[skeit]		스케이트(O)

다만 [ou]는 ‘오’로, [auə]는 ‘아워’로 적는다.

window	윈도우(X)	윈도(O)
snow	스노우(X)	스노(O)

하지만 모음 표기를 할 때 장모음은 따로 표시하지 않는다. '터어키', '오
오사카'라 표기하지 않고, '터키', '오사카'라 표기한다.[8)]

(3) 복합어

(외래어 표기법 제3장 표기세칙 - 제 절 영어의 표기, 제10항 복합어)

따로 설 수 있는 말의 합성으로 이루어진 복합어는 그것을 구성하고 있는
말이 단독으로 쓰일 때의 표기대로 적는다.

| cuplike[kʌplaik] | | 컵라이크 |
| headlight[hedlait] | | 헤드라이트 |

원어에서 띄어 쓴 말은 띄어 쓴 대로 한글 표기를 하되, 붙여 쓸 수도 있다.

| top class[tɔpclæs] | | 톱클래스/톱 클래스 |

5. 외래어 표기법에서 인명, 지명의 표기

(외래어 표기법 제4장 인명, 지명 표기의 원칙)

(1) 표기 원칙

외국의 인명, 지명의 표기는 제1장, 제2장, 제3장의 규정을 따르는 것을
원칙으로 하되 제3장에 포함되어 있지 않은 언어권의 인명, 지명은 원지음
을 따르는 것을 원칙으로 한다. 원지음이 아닌 제3국의 발음으로 통용되고
있는 것은 관용을 따른다. 고유 명사의 번역명이 통용되는 경우에도 관용을
따른다.

(2) 동양의 인명, 지명 표기

중국 인명은 과거인과 현대인을 구분하여 과거인은 종전의 한자음대로 표
기하고, 현대인은 원칙적으로 중국어 표기법에 따라 표기하되, 필요한 경우
한자를 병기한다. 중국의 역사 지명으로서 현재 쓰이지 않는 것은 우리 한

자음대로 하고, 현재 지명과 동일한 것은 중국어 표기법에 따라 표기하되, 필요한 경우 한자를 병기한다. 일본의 인명과 지명은 과거와 현대의 구분 없이 일본어 표기법에 따라 표기하는 것을 원칙으로 하되, 필요한 경우 한자를 병기한다. 중국 및 일본의 지명 가운데 한국 한자음으로 읽는 관용이 있는 것은 이를 허용한다.

東京 도쿄, 동경　　　　京都 교토, 경도　　　　上海 상하이, 상해
臺灣 타이완, 대만　　　　黃河 황허, 황하

(3) 바다, 섬, 강, 산 등의 표기 세칙

'카리브 해', '발리 섬', '북해', '목요섬'처럼 '해', '섬', '강', '산' 등이 외래어에 붙을 때에는 띄어 쓰고, 우리말에 붙을 때에는 붙여 쓴다. 바다는 '홍해', '발트해', '아라비아해'처럼 '해(海)'로 통일한다. 섬의 경우 제주도, 울릉도 등 우리나라를 제외하고 섬은 모두 '섬'으로 통일한다. '타이완 섬', '코르시카 섬'이 그 예이다. 한자 사용 지역(일본, 중국)의 지명이 하나의 한자로 되어 있을 경우, '온타케 산(御岳)', '주장 강(珠江)', '도시마 섬(利島)', '하야카와 강(早川)', '위산 산(玉山)'처럼 '강', '산', '호', '섬' 등은 겹쳐 적는다. 지명이 산맥, 산, 강 등의 뜻이 들어 있는 것은 '산맥', '산', '강' 등을 겹쳐 적는다.

Rio Grande 리오그란데 강　　　　Monte Rosa 몬테로사 산
Mont Blanc 몽블랑 산　　　　Sierra Madre 시에라마드레 산맥[9]

9.4 어휘 확장

제1장 표기의 기본 원칙

① 제3항 받침에는 'ㄱ, ㄴ, ㄹ, ㅁ, ㅂ, ㅅ, ㅇ'만을 쓴다.

---

9) 국립국어원, http://www.korean.go.kr/ 자료마당 외래어 표기법

헤어샾→헤어숍　　　　　　　　　　　　　　　마켙→마켓

② 제4항 파열음 표기에는 된소리를 쓰지 않는 것을 원칙으로 한다.

까페→카페

③ 제4항 파열음 표기에는 된소리를 쓰지 않는 것을 원칙으로 한다. 그러나 경음으로 쓰는 것이 이미 굳어져 있는 경우는 예외로 인정한다. 또한 타이어와 베트남어는 국어와 마찬가지로 '평음－격음－경음'의 3항 대립을 보이기 때문에 된소리 표기를 허용한다.

껌

---

10) 대구 남구 봉덕 3동 '새아름 헤어샾' 간판

11) 대구 수성구 상동 '우리 수퍼마켙' 간판

12) 대구 수성구 상동 '까페&호프' 간판

13) 국민일보 쿠키뉴스, http://www.kukinews.com/ 20080404 22: 07

14) 빨치산

15) 빵

16) 삐라

17) 히로뽕

18) 호찌민

19) 푸켓

---

14) 네이버 책, http://book.naver.com/bookdb/book_detail.php?bid＝4629984

15) 네이버 책, http://book.naver.com/bookdb/book_detail.php?bid＝167902

16) 조선닷컴, http://www.chosun.com/ 20081018일 15:45

17) 연합뉴스, http://www.yonhapnews.co.kr/ 20081014 19:19

④ [ə], [ʌ]는 '어'로 적는다.

20) 센타→Center[sentər]센터

21) 로얄→Royal[Rɔiəl]로열

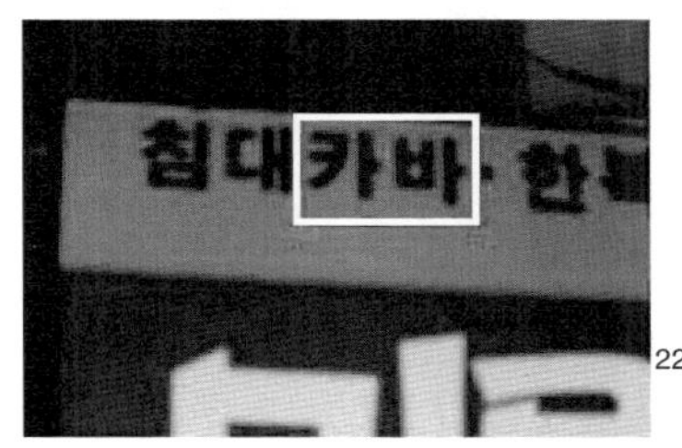

22) 카바→Cover[kʌvər]커버

23) 샷시→Sash[sæʃ]새시,
샷다→shutter[ʃʌtər]셔터

---

18) 네이버 책, http://book.naver.com/bookdb/book_detail.php?bid=2635066

19) 국민일보 쿠키뉴스, http://www.kukinews.com/20050822 19:07

20) 대구 수성구 신매동 '홍삼 센터' 간판

21) 대구 남구 봉덕 2동 '로얄 하우징' 간판

22) 대구 남구 봉덕 2동 '미림 커텐' 간판

23) 대구 남구 대명2동 '태양건업' 간판

⑤ 제1항 무성 파열음([p], [t], [k])

1. 짧은 모음 다음의 어말 무성 파열음([p], [t], [k])은 받침으로 적는다.

24)

로보트→로봇

⑥ 제1항 무성 파열음([p], [t], [k])

3. 위 경우 이외의 어말과 자음 앞의 [p], [t], [k]는 '으'를 붙여 적는다.

25)

플롯→플루트

26)

컨셉→콘셉트

27)

콘텍트→콘택트

---

24) 네이버 영화 http://movie.naver.com/movie/bi/mi/photo.nhn?code＝10153#ps

25) 피아노 악기 사랑 http://cafe.naver.com/pianomaster/56

26) 생활 광고지 생활마당 2008년 7월호 8페이지

⑦ 제3항 마찰음([s], [z], [f], [v], [θ], [ð], [ʃ], [ʒ])

2. 어말의 [ʃ]는 '시'로 적고, 자음 앞의 [ʃ]는 '슈'로, 모음 앞의 [ʃ]는 뒤따르는 모음에 따라 '샤', '섀', '셔', '셰', '쇼', '슈', '시'로 적는다.

28) 쉬림프→슈림프[ʃrimp]

29) 샷슈→새시Sash[sæʃ]

30)

휘트니스→피트니스

31)

훼미리→패밀리

---

27) 대구 남구 봉덕 3동 안경원 간판

28) 미스터 피자 http://www.mrpizza.co.kr/

29) 대구 남구 대명2동 '대경 스탠, 샷슈, 용접' 간판

30) 대구 남구 봉덕 2동 '헬스 휘트니스' 간판

31) 대구 남구 대명2동 'Family Mart' 간판. [f]는 'ㄷ'으로, [v]는 'ㅂ'으로 적는다.

⑧ 제6항 유음([l])

2. 어중의 [l]이 모음 앞에 오거나, 모음이 따르지 않는 비음([m], [n]) 앞
   에 올 때에는 '근근'로 적는다. 다만, 비음([m], [n]) 뒤의 [l]은 모음 앞
   에 오더라도 '근'로 적는다.

32) 크리닉→클리닉

⑨ 제8항 중모음

중모음은 각 단모음의 음가를 살려서 적되 [ou]는 '오'로, [auə]는 '아
워'로 적는다.

33) 원도우→Window[windou]윈도

⑩ 파찰음 'ㅈ, ㅊ' 다음에 이중 모음 'ㅑ, ㅕ, ㅛ, ㅠ'를 쓰지 않고, 단모
   음인 'ㅏ, ㅓ, ㅗ, ㅜ'를 써야 한다.

34)

35)

쥬얼리→주얼리   쥬스→주스

---

⑪ 외래어는 가능하면 본래 언어의 발음에 가깝게 적어야 한다.

원어의 발음에 가깝게 표기하고자 고유어나 한자어에서는 쓰이지 않는 음절을 외래어 표기에 사용한다.

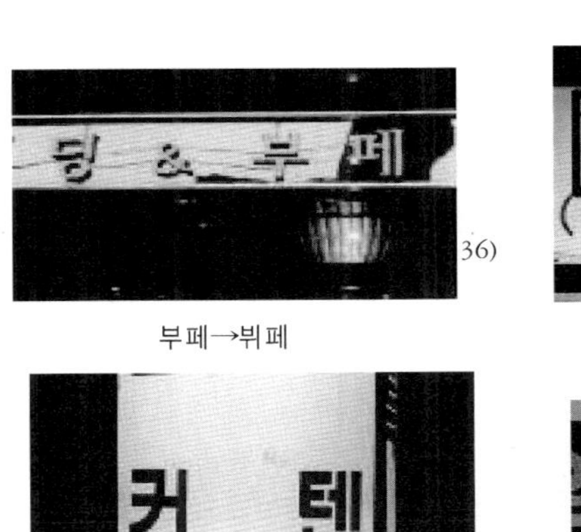

부페→뷔페

디지탈→디지털

커텐→커튼

타올→타월

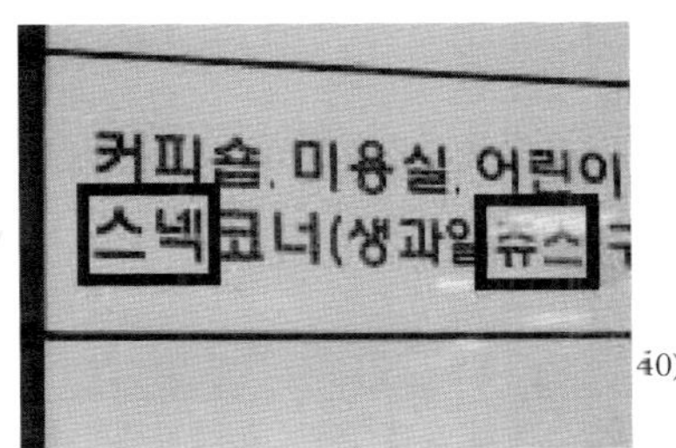

스넥, 쥬스→스낵, 주스

---

35) 대구 북구 칠성동 '스펙트럼 시티' 간판

36) 네이버 뉴스, http://news.naver.com/main/read.nhn?mode＝LSD&mid＝sec&sid1＝001& oid＝078&aid ＝0000018660

37) 대구 남구 봉덕 1동 '컴퓨터 센터' 간판

38) 대구 남구 봉덕 3동 '황실 커텐' 간판

39) 대구 남구 대명2동 '송월 타올' 간판

40) 대구 북구 칠성동 '스펙트럼 시티' 간판

9.5 예문 교정

가: 어제 텔레비전[41] 뉴스[42] 봤니?

나: 아니, 왜?

가: 국내에서 해저탐사를 콘셉트[43]로 로봇[44]을 연구했는데, 연구원 중 한 명이 정보를 유출했대. 그 사람은 책임 연구원이었는데, 리더십[45]도 있고, 연구원들도 모두 잘 따라서 완전 패밀리[46] 같았다고 하더군.

나: 그런데 왜 정보를 유출한 거야?

가: 국가지원금이 줄어서 연구를 거의 할 수 없었는데, 해외에서 스카우트[47] 제의를 했대. 그래서 기밀정보를 디스켓[48]에 담아 갔는데 평소와 다른 액션[49]을 취하는 모습이 경비용 카메라[50] 테이프[51]에 찍혀서 발각된 것이지.

나: 지원만 계속됐어도 그렇게 하지 않았을 텐데.

가: 연구가 완성되었다면 우리나라는 해저강국이 될 수 있는 찬스[52]가 생겼을 거야.

---

41) 파찰음 'ㅈ, ㅊ' 다음에 이중 모음 'ㅑ, ㅕ, ㅛ, ㅠ'를 쓰지 않고, 단모음인 'ㅏ, ㅓ, ㅗ, ㅜ'를 써야 한다.

42) 두음법칙이 적용되지 않는다. 따라서 '유스'가 아니라 '뉴스'가 옳은 표기법이다.

43) [ɔ], [o]는 모두 '오'로 적는다.

44) 짧은 모음 다음의 어말 무성파열음은 받침으로 적는다.

45) 영어의 경우 [ʃ]는 자음 앞에서는 '슈'로 어말에서는 '시'로 적는다. 모음 앞에서는 뒤따르는 모음에 따라 '샤, 섀, 쇼, 슈, 시'로 적는다.

46) 외국어에는 우리말과 다르게 마찰음이 잘 발달되어 있어서 마찰음이 많이 쓰이는데, [f]는 'ㅍ'으로 [v]는 'ㅂ'으로 적는다.

47) 무성 파열음([p], [t], [k])은 짧은 모음 다음의 어말 무성 파열음과 짧은 모음과 유음([l], [r]), 비음([m], [n], [ŋ]) 이외의 자음 사이에 오는 무성파열음을 제외한 경우에 어말과 자음 앞의 [p], [t], [k]는 '으'를 붙여 적는다.

48) 받침에는 'ㄱ, ㄴ, ㄹ, ㅁ, ㅂ, ㅅ, ㅇ'만을 쓴다.

49) 짧은 모음과 유음 [l, r], 비음 [m, n, ŋ] 이외의 자음 사이에 오는 무성파열음은 받침으로 적는다. 따라서 '액크션'이 아니라 '액션'이 옳은 표기법이다.

50) 오랫동안 쓰여서 아주 굳어진 관용어는 관용대로 적도록 한다는 규정에 따라, '캐머러' 대신 '카메라'라고 쓰도록 한다.

51) 어말과 자음 앞의 무성파열음은 '으'를 붙여 적는다.

52) 파찰음 'ㅈ, ㅊ' 다음에 이중 모음을 적지 않도록 한다.

나: 우리나라는 너무 과학 연구에 대한 지원이 적은 것 같아. 이래서야 아인슈타인[53] 같은 과학자가 우리나라에서 나올 수 있겠니?

9.6 연습 문제

* 다음에서 표기가 옳은 것을 고르시오.

1. 사라장의 (①바이올린/②바이얼린) 연주가 끝난 후에도 관객들은 (③앙코르/④앵콜)을/를 외쳤다.[54]

2. (①미스터리/②미스테리) 영화 'M'이 높은 (③로얄티/④로열티)를 받고 해외로 수출되었다.[55]

3. (①아이스타인/②아인슈타인)은 생전에 (③쉬림프/④슈림프) 요리를 좋아했다.[56]

4. (①바비큐/②바베큐) 파티를 하며 (③랑데부/④랑데뷰)를 즐기던 인기 연예인 A양이 (⑤프러포즈/⑥프로포즈)를 받았다는 기사가 신문에 났다.[57]

5. UN 사무국장 후보인 J의원에게 있어서 (①코즈모폴리턴/②코스모폴리탄) (③콘셉트/④컨셉/⑤컨셉트)을/를 버리는 것은 한마디로 (⑥난센스/⑦넌센스)이다.[58]

6. 민지는 어제 산 (①데스크톱/②데스크탑) 컴퓨터를 이용해 과제를 하려

---

53) 영어의 경우 [ʃ]는 자음 앞에서는 '슈'로 어말에서는 '시'로 적는다. 모음 앞에서는 뒤따르는 모음에 따라 '샤, 섀, 쇼, 슈, 시'로 적지만, 영어가 아닌 다른 나라 언어에서 온 말은 [ʃ]를 항상 '슈'로 적는다. 따라서 독일어에서 온 아인슈타인은 '슈'로 표기해야 한다.

54) ①, ③. '바이올린'. [ɔ], [o]는 모두 '오'로 적는다. '앙코르'. 본래 언어의 발음에 가깝게 적어야 한다.

55) ① 미스터리, ④ 로열티. 본래 언어의 발음에 가깝게 적어야 한다.

56) ②, ④. '아인슈타인'. 독일어에서 [ʃ]는 어말 또는 자음 앞에서는 '슈'로 적는다. '슈림프'. 영어의 경우 [ʃ]는 자음 앞에서는 '슈'로 어말에서는 '시'로 적는다. 모음 앞에서는 뒤따르는 모음에 따라 '샤, 섀, 쇼, 슈, 시'로 적는다.

57) ①, ③, ⑤. '바비큐', '랑데부'. 본래 언어의 발음에 가깝게 적어야 한다. '프러포즈'. 외래어의 1음운은 원칙적으로 1기호로 적어야 하지만 하나의 음운이라고 하더라도 그것이 음성적인 환경에 따라 여러 가지 다른 소리로 실현될 때에는 두 가지 이상의 기호로 적는 것을 허용한다.

58) ①, ③, ⑥. '코즈모폴리턴'. 본래 언어의 발음이 가깝게 적어야 한다. '콘셉트'. [ɔ], [o]는 모두 '오'로 적는다. '난센스'. 본래 언어의 발음에 가깝게 적어야 한다.

고 했지만 컴퓨터에 설치된 (③윈도/④윈도우) 2008의 (⑤메뉴얼/⑥매뉴얼)이 없어서 사용할 수가 없었다.[59]

---

59) ①, ③, ⑥. '데스크톱'. [ɔ], [o]는 모두 '오'로 적는다. '윈도'. [ou]는 '오'로, [auə]는 '아워'로 적는다. '매뉴얼'. [æ]는 '애'로 적는다.

10. 로마자 표기법*

로마자 표기법이란 우리말을 그 발음을 기준(전사법)으로 규정에 따라 표기하는 방법이며, 현행 표기법은 2000년 7월에 문화 관광부에서 고시한 것을 따른다. 외국인이 한국어 발음에 가깝게 소리 낼 수 있게 하기 위함이다. 한국어를 모르는 외국인에게 '경주'나 '서울' 혹은 '춘향'을 알려야 하거나, 외국인이 그것을 발음해야 할 때가 있다. 또한 외국인이 '청주'나 '충주'를 구별할 수 있게 적는 방법이 필요하고, 같은 성씨를 'Yi, Lee', 'Jung, Jeong', 'Yoon, Yun' 등으로 적는 데서 오는 혼란도 가능한 줄일 필요가 있다.

10.1 진단 평가

1. 다음 표기 중 로마자 표기법에 맞는 것은?[1]

① 구미: Kumi

② 백암: Baekam

③ 청주: Chungju

④ 수원: Soowon

⑤ 호법: Hobeop

2. 다음 중 로마자 표기법에 어긋나는 것은?[2]

① 백마: Baengma

---

* 자료 조사: 조은아, 최효진, 최진숙.

1) ⑤. 구미(Gumi), 백암(Baegam): 'ㄱ, ㄷ, ㅂ'은 모음 앞에서는 'g, d, b'로, 자음 앞이나 어말에서는 'k, t, p'로 적는다. 청주(Cheongju), 수원(Suwon): 단모음 'ㅓ'와 'ㅜ'는 각각 'eo'와 'u'로 표기한다.

2) ④. 음운 변화가 일어날 때에는 변화의 결과에 따라 적는다.(자음 사이에 동화 작용이 일어나는 경우) 백마[뱅마]: Baengma, 신문로[신문노]: Sinmunno, 종로[종노]: Jongno, 왕십리[왕심니]: Wangsimni, 별내[별래]: Byeollae.

② 신문로: Sinmunno

③ 종로: Jongno

④ 왕십리: Wangsipri

⑤ 별내: Byeollae

3. 다음에서 로마자 표기법에 어긋나는 것은?[3]
① 대명동: Daemyeong−dong

② 삼죽면: Samjuk−myeon

③ 도봉구: Dobong−gu

④ 경상북도: Gyeongsangbuk−do

⑤ 동성로: Dongseongro

4. 다음에서 로마자 표기법에 어긋나는 것은?[4]
① 압구정: Apgujeong

② 낙동강: Nakddonggang

③ 죽변: Jukbyeon

④ 팔당: Paldang

⑤ 울산: Ulsan

10.2 예문 제시

한복남: 미국에 있는 제니한테 메일 써야지!

　　　　음, 우선 간단하게 오늘 울릉도와 독도에 갔었던 일을 제니한테
　　　　이야기해 줘야겠다.

---

3) ⑤. '도, 시, 군, 구, 읍, 면, 리, 동'의 행정 구역 단위와 '가'는 각각 'do, si, gun, gu, eup, myeon, ri, dong, ga'로 적고, 그 앞에는 붙임표(−)를 넣는다. 붙임표 앞뒤에서 일어나는 음운 변화는 표기에 반영하지 않는다. '동성로'는 자음 사이에서 동화작용이 일어나므로 이에 따라 표기해야 한다. 동성로[동성노]: Dongseongno.

4) ②. 된소리되기는 표기에 반영하지 않는다. 낙동강: Nakdonggang.

> Hello, Jenny!
> I'm Bongnam!
> I visited Uleung Island and Dogdo today!

아참! 내일은 종로에 독립문 보러 간다고 자랑해야지!

> Oh, and I will visit Jongro and see Doknipmun.

마지막으로 제니에게 사진을 보내 달라고 해야겠다.

> Jenny, I want your photo. Please send me one.

아참! 내 주소를 적어야지!

> Here's my address
> Bongnam Han
> Bukmunro 3ga Sangdanggu Churgjusi Chungcheongpukdo, Korea

어머니: 음, 복남아. 복남이는 로마자 표기법에 대해 공부 좀 해야겠구나.
　　　　낙동강을 한번 로마자 표기법에 맞게 써 볼래?

한복남: Nakddong – gang 아닌가요?

어머니: 흠, 엄마랑 로마자 표기법에 대해서 공부해 볼까?

10.3 원리 정리[5)]

제1장 표기의 기본 원칙

제1항 국어의 로마자 표기는 국어의 표준 발음법에 따라 적는 것을 원칙
　　　으로 한다.

 • 한라: Hanra(×)/Halla(○), 종로: Jongro(×)/Jongno(○)

제2항 로마자 이외의 부호는 되도록 사용하지 않는다.

제2장 표기 일람

---

5) 국어의 로마자 표기법, http://www.woorimal.net/language/Romaja/romaja.htm

제1항 모음은 다음 각 호와 같이 적는다.

① 단모음

ㅏ	ㅓ	ㅗ	ㅜ	ㅡ	ㅣ	ㅐ	ㅔ	ㅚ	ㅟ
a	eo	o	u	eu	i	ae	e	oe	wi

- Chungju(×)/Cheongju(○)

② 이중 모음

ㅑ	ㅕ	ㅛ	ㅠ	ㅒ	ㅖ	ㅘ	ㅙ	ㅝ	ㅞ	ㅢ
ya	yeo	yo	yu	yae	ye	wa	wae	wo	we	ui

[붙임 1] 'ㅢ'는 'ㅣ'로 소리 나더라도 'ui'로 적는다.

- 광희문: Gwanghimun(×)/Gwanghuimun(○)

[붙임 2] 장모음의 표기는 따로 하지 않는다.

제2항 자음은 다음 각 호와 같이 적는다.

① 파열음

ㄱ	ㄲ	ㅋ	ㄷ	ㄸ	ㅌ	ㅂ	ㅃ	ㅍ
g, k	kk	k	d, t	tt	t	b, p	pp	p

② 파찰음

ㅈ	ㅉ	ㅊ
j	jj	ch

③ 마찰음

ㅅ	ㅆ	ㅎ
s	ss	h

④ 비음

ㄴ	ㅁ	ㅇ
n	m	ng

⑤ 유음

ㄹ	r, l

[붙임 1] 'ㄱ, ㄷ, ㅂ'은 모음 앞에서는 'g, d, b'로, 자음 앞이나 어말에서는 'k, t, p'로 적는다.

• Chungcheongpukdo→Chungcheongbuk-do
• Dogdo→Dokdo

[붙임 2] 'ㄹ'은 모음 앞에서는 'r'로, 자음 앞이나 어말에서는 'l'로 적는다. 단, 'ㄹㄹ'은 'll'로 적는다.

• Uleung→Ulleung

제3장 표기상의 유의점

제1항 음운 변화가 일어날 때에는 변화의 결과에 따라 적는다.

• 종로 Jongro→Jongno   독립문 Doknipmun→Dongnimmun
• 북문로 Bukmunro→Bungmunno

[붙임] 다만 된소리되기는 표기에 반영하지 않는다.

• Nakddong-gang→Nakdonggang

제2항 발음상 혼동의 우려가 있을 때에는 음절 사이에 붙임표(-)를 쓸 수 있다.
- 중앙 Jung-ang   해운대 Hae-undae

제3항 고유 명사는 첫 글자를 대문자로 적는다.
- 낙동강 Nakdonggang   종로 Jongno

제4항 인명은 성과 이름의 순서로 띄어 쓴다. 이름은 붙여 쓰는 것을 원칙으로 하여 음절 사이에 붙임표(-)를 쓰는 것을 허용한다.
- Bongnam Han→Han Boknam

[붙임 1] 이름에서 일어나는 음운 변화는 표기에 반영하지 않는다.
- Bongnam→Boknam

[붙임 2] 성의 표기는 따로 정한다.

제5항 '도, 시, 군, 구, 읍, 면, 리, 동'의 행정 구역 단위와 '가'는 각각 'do, si, gun, gu, eup, myeon, ri, dong, ga'로 적고, 그 앞에는 붙임표(-)를 넣는다. 붙임표(-) 앞뒤에서 일어나는 음운 변화는 표기에 반영하지 않는다.
- 3ga→3-ga   Sangdanggu→Sangdang-gu
- Chungcheongbukdo→Chungcheongbuk-do
- Cheongjusi→Cheongju-si

[붙임] '시, 군, 읍'의 행정 구역 단위는 생략할 수 있다.
- Cheongju-si/Cheongju

제6항 자연 지물명, 문화재명, 인공 축조물명은 붙임표(-) 없이 붙여 쓴다.
- 낙동강 Nakdong-gang→Nakdonggang

- 독도 Dok－do→Dokdo
- 독립문 Dongnip－mun→Dongnimmun

제7항 인명, 회사명, 단체명 등은 그동안 써 온 표기를 쓸 수 있다.
- Samsung(Samseong이 맞는 표기이지만 허용한다.)
- KIA(GIA가 맞는 표기이지만 허용한다.)
- Daewoo(Daeu가 맞는 표기이지만 허용한다.)

　제8항 학술 연구 논문 등 특수 분야에서 한글 복원을 전제로 표기할 경우에는 한글 표기를 대상으로 적는다. 이때 글자 대응은 제2장을 따르되 'ㄱ, ㄷ, ㅂ, ㄹ'은 'g, d, b, l'로만 적는다. 음가 없는 'ㅇ'은 붙임표(－)로 표기하되 어두에서는 생략하는 것을 원칙으로 한다. 기타 분절의 필요가 있을 때에도 붙임표(－)를 쓴다.
- 집 jib　　　　　먹는 meogneun　　　　　좋다 johda

10.4 어휘 확장

1) 모음과 자음을 표기 일람과 같이 적지 않은 예

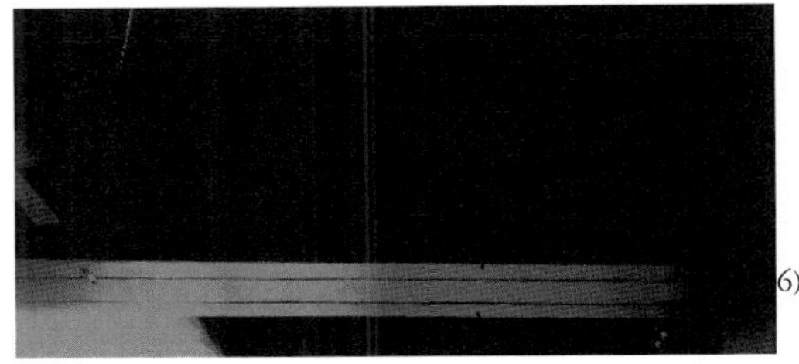

가능: Ganeyng→Ganeung
동두천: Dongduchon→Dongducheon

---

6) http://cafe.naver.com/metropolitansubway.cafe?iframe_url＝/ArticleRead. nhn%3Farticleid＝4337

사진 2. 경기도 고양시 문촌로의 도로 표지판. '주엽동'과 '대화동'의 로마자 지명이 잘못 표기돼 있

주엽동: Chuyob-dong→Juyeop-dong
대화동: Taehwa-dong→Daehwa-dong

사진 1. 경기도 고양시 호수공원 주변의 도로 표지판. '백석동', '백마역', '정발산역'의 로마자 지명
표기돼 있다.

백석동: Paeksok-dong→Baekseok-dong
백마역: Paekma Sta.→Baengma Sta.
정발산역: Chongbalsan Sta.→Jeongbalsan Sta.

사진 3. 경기도 고양시 화중로의 도로 표지판. '성라공원'의 로마자 지명이 잘못 표기돼 있다.

성라공원: Songla park→Seongla park

---

7) 개정안이 반영되기 전에 제작된 표지판에서 보이는 오류는 재정비 과정에서 개선될 예정이거나 이미 개
   선된 것도 있다. 이하 도로표지판 출처: http://blog.naver.com/jsbogota?Redirect=Log&logNo=50000278434

경기: Gyounggi→Gyeonggi

양재천: Yangjae choen→Yangjae cheon[9]

근린공원: Guenlin Park→Geullin Park

대도초등학교: Daido elementery school→Daedo elementary school[10]

2) 인명, 회사명, 단체명 등이 그동안 써 온 표기를 쓰는 예

삼성: Samsung/Samseong 둘 다 허용한다.

기아: Kia/Gia 둘 다 허용한다.

대우: Daewoo/Daeu/Dae−u 모두 허용한다.[11]

10.5 예문 교정

한복남: 미국에 있는 제니한테 메일 써야지!

　　　음, 우선 간단하게 오늘 울릉도와 독도에 갔었던 일을 제니한테

---

8) http://news.naver.com/main/read.nhn?mode＝LSD&mid＝sec&sid1＝001&oid＝078&aid＝0000006724

9) http://news.naver.com/main/read.nhn?mode＝LSD&mid＝sec&sid1＝001 &oid＝078&aid＝0000006724

10) 학교 이름이 고유명사로 굳어진 경우 그동안 써 온 표기를 쓸 수 있다.

11) 'Daeu'를 '다으'라고 읽을 가능성이 있기 때문에 'Dae−u'라고 쓸 수 있다.

이야기해 줘야겠다.

Hello, Jenny!
I'm Boknam![12)]
I visited Ulleungdo[13)] and Dokdo[14)] today!

아참! 내일은 종로에 독립문 보러 간다고 자랑해야지!

Oh, and I will visit Jongno[15)] and see Dongnimmun[16)].

마지막으로 제니에게 사진을 보내 달라고 해야겠다.

Jenny, I want your photo. Please send me one.

아 참! 내 주소를 적어야지!

Here's my address
Han Boknam[17)]
Bungmunno[18)] 3 − ga[19)] Sangdang − gu[20)] Cheongju − si[21)]
Chungcheongbuk − do[22)], Korea

---

12) 제3장) 제3항 고유 명사는 첫 글자를 대문자로 적는다.
제4항 [붙임 1] 이름에서 일어나는 음운변화는 표기에 반영하지 않으므로, Boknam이 옳다.

13) 제2장) 제2항 [붙임 2] 'ㄹ'은 모음 앞에서는 'r'로, 자음 앞이나 어말에서는 'l'로 적는다. 단, 'ㄹㄹ'은 'll'로 적는다.
제3장) 제6항 자연 지물명, 문화재명, 인공 축조물명은 붙임표(−) 없이 붙여 쓴다. 제3항 고유 명사는 첫 글자를 대문자로 적는다.
→울릉도는 'ㄹㄹ'이므로 Ulleung이며, 고유명사이므로 Island를 붙이지 않고 Ulleungdo라고 적는다.

14) 제2장) 제2항 [붙임 1] 'ㄱ, ㄷ, ㅂ'은 모음 앞에서는 'g, d, b'로, 자음 앞이나 어말에서는 'k, t, p'로 적는다.
제3장) 제3항 고유 명사는 첫 글자를 대문자로 적는다. 제6항 자연 지물명, 문화재명, 인공 축조물명은 붙임표(−) 없이 붙여 쓴다.
→'ㄱ, ㄷ, ㅂ'은 자음 앞이나 어말에서 'k, t, p'로 적기 때문에 Dokdo로 적는다.

15) 제3장) 제1항 음운 변화가 일어날 때에는 변화의 결과에 따라 적는다. 제3항 고유 명사는 첫 글자를 대문자로 적는다.
→종로는 자음 사이에서 동화 작용이 일어나 [종노]로 발음되므로 Jongno로 적는다.

16) 제3장) 제1항 음운 변화가 일어날 때에는 변화의 결과에 따라 적는다. 제3항 고유 명사는 첫 글자를 대문자로 적는다. 제6항 자연 지물명, 문화재명, 인공 축조물명은 붙임표(−) 없이 붙여 쓴다.
→독립문은 [동님문]으로 발음되므로 Dongnimmun으로 적는다.

17) 제3장) 제4항 인명은 성과 이름의 순서로 띄어 쓴다. 이름은 붙여 쓰는 것을 원칙으로 하여 음절 사이에 붙임표(−)를 쓰는 것을 허용한다. 제3항 고유 명사는 첫 글자를 대문자로 적는다.
→인명은 성과 이름의 순서로 쓰므로 Han Boknam이라고 쓴다.

18) 제3장) 제1항 음운 변화가 일어날 때에는 변화의 결과에 따라 적는다. 제3항 고유 명사는 첫 글자를 대문자로 적는다.
→북문로는 자음 사이에서 동화 작용이 일어나 [붕문노]로 발음되므로 Bungmunno가 옳다.

어머니: 음, 복남아. 복남이는 로마자 표기법에 대해 공부 좀 했겠구나.

　　　　낙동강을 한번 로마자 표기법에 맞게 써 볼래?

한복남: Nakdonggang[23] 아닌가요?

어머니: 흠, 복남이가 로마자 표기법을 잘 알고 있구나.

10.6 연습 문제

1. 다음 중 '불국사'를 로마자 표기법에 맞게 쓴 것은?[24]

① Pulkuk temple

② Pulguksa

③ Bulkuksa

④ Bulguksa

⑤ Bulguk temple

---

19) 제3장) 제5항 '도, 시, 군, 구, 읍, 면, 리, 동'의 행정 구역 단위와 '가'는 각각 'do, si, gun, gu, eup, myeon, ri, dong, ga'로 적고, 그 앞에는 붙임표(−)를 넣는다. 붙임표(−) 앞뒤에서 일어나는 음운 변화는 표기에 반영하지 않으므로, 3−ga라고 적는다.

20) 제3장) 제3항 고유 명사는 첫 글자를 대문자로 적는다. 제5항 '도, 시, 군, 구, 읍, 면, 리, 동'의 행정 구역 단위와 '가'는 각각 'do, si, gun, gu, eup, myeon, ri, dong, ga'로 적고, 그 앞에는 붙임표(−)를 넣으므로, Sangdang−gu라고 적는다.

21) 제2장) 제1항 모음은 다음 각 호와 같이 적는다

ㅏ	ㅓ	ㅗ	ㅜ	ㅡ	ㅣ	ㅐ	ㅔ	ㅚ	ㅟ
a	eo	o	u	eu	i	ae	e	oe	wi

→ 'ㅓ'는 'eo'로 적어야 하기 때문에 청주는 Cheongju라고 적는다.
제3장) 제3항과 5항에 의해, '시'는 'si'라고 적고 그 앞에 붙임표(−)를 넣으므로 Cheongju−si라고 적는다.
[붙임] '시, 군, 읍'의 행정 구역 단위는 생략할 수 있다.(Cheongju ○)

22) 제2장) 제2항 [붙임 1] 'ㄱ, ㄷ, ㅂ'은 모음 앞에서는 'g, d, b'로, 자음 앞이나 어말에서는 'k, t, p'로 적으므로 Chungcheongbuk−do가 옳은 표기다.

23) 제3장) 제1항 [붙임] 다만 된소리되기는 표기에 반영하지 않는다. 제3항 고유 명사는 첫 글자를 대문자로 적는다. 제6항 자연 지물명, 문화재명, 인공 축조물명은 붙임표(−) 없이 붙여 쓴다.
→낙동강은 [낙똥강]이라고 발음되지만 된소리되기는 표기에 반영하지 않기 때문에 그대로 Nakdonggang이라고 써야 한다.

24) ④. 'ㄱ, ㄷ, ㅂ'은 모음 앞에서는 'g, d, b'로, 자음 앞이나 어말에서는 'k, t, p'로 적는다. 고유 명사는 첫 글자를 대문자로 적는다. 자연 지물명, 문화재명, 인공 축조물명은 붙임표(−) 없이 붙여 쓴다. 출처: 이동욱・김지운(2008), 2009 국어능력 인증시험, 시대고시기획, p.47.

2. 다음 중 두 개의 로마자가 다르게 대응되는 것이 아닌 자음은?[25)]

① ㅂ   ② ㄱ   ③ ㅅ   ④ ㄷ

3. 국어의 로마자 표기로 바른 것은?[26)]

① 해돋이: haedodi

② 경희궁: Gyeonghigung

③ 영동: Youngdong

④ 칠곡: Chilgok

⑤ 합천: Habcheon

4. 다음 중 국어의 로마자 표기법에 대한 설명으로 바르지 못한 것은?[27)]

① 인명은 성과 이름의 순서로 띄어 쓴다.

② '북문'은 [붕문]으로 소리 나기 때문에 Bungmun으로 적어야 한다.

③ 국어의 로마자 표기는 표준 발음법에 따라 적는 것을 원칙으로 한다.

④ 된소리 발음을 구별해서 표기해야 하므로 낙동강은 'Nakttonggang'으로 적어야 한다.

⑤ 'ㄱ, ㄷ, ㅂ'은 모음 앞에서는 'g, d, b'로 자음 앞이나 어말에서는 'k, t, p'로 적는다. 따라서 '북악'은 'Bugak'으로 적어야 하고 '북부'는 'Bukbu'로 적어야 한다.

5. 다음의 로마자 표기가 옳은 것을 잘 고른 것은?[28)]

① 신라ー Sinla(o)/Silla(x)

---

② 속리산 — Soglisan(o)/Songnisan(x)

③ 일산 — Ilssan(o)/Ilsan(x)

④ 여의도동 — Yeoido — dong(o)/Yeouido — dong(x)

⑤ 집현전 — Jiphyeonjeon(o)/Jipyeonjeon(x)

6. 아래는 한 회사원의 명함이다. 국어의 로마자 표기법과 관련하여 밑줄
   친 ㉠~㉤에 대한 설명 중 바르지 않은 것은?[29]

<table>
<tr><td>
대 표 이 사
정 두 환
(주) 한남여행사
서울시 관악구 봉천동 234
전화: 02 — 875 — 1234
전송: 02 — 875 — 1235
</td><td>
Cheif Executive Officer
㉠Jung ㉡Tu ㉢Han
Hannam Travel Co.
234 ㉣Pongchun — dong
㉤Gwanak — gu, Seoul, Korea
T.02 — 875 — 1234/F.02 — 875 — 1235
</td></tr>
</table>

① ㉠과 같이 표기하면 '융' 또는 '중'으로 읽힐 가능성도 있으므로
   'Jeong'으로 적는 것이 좋다.

② ㉠, ㉡과 같이 다른 모음인데도 모두 'u'로 적으면 혼동되므로 다르게
   표기하는 것이 좋다.

③ ㉡, ㉢과 같이 띄어 쓰면 '두'와 '한'을 떼어 읽을 가능성이 있으므로
   붙여 쓰는 것이 좋다.

④ ㉣과 같이 표기하면 'ㅍ'과 'ㅂ'이 구별되지 않을 수도 있으므로 'ㅂ'
   은 'b'로 적는 것이 좋다.

⑤ ㉤과 같이 초성과 받침의 'ㄱ'은 본래 같은 글자이므로 'Gwanag — gu'
   로 고치는 것이 좋다.

---

28) ⑤. 신라[실라] — Silla, 속리산[송니산] — Songnisan: 음운 변화가 일어날 때에는 변화의 결과에 따라
    적는다. 일산[일싼] — Ilsan: 된소리되기는 표기에 반영하지 않는다. 여의도동 — Yeouido — dong:
    '도, 시, 군, 구, 읍, 면, 리, 동'의 행정 구역 단위와 '가'는 각각 'do, si, gun, gu, eup, myeon, ri,
    dong, ga'로 적고, 그 앞에는 붙임표(—)를 넣는다. 붙임표(—) 앞뒤에서 일어나는 음운 변화는 표
    기에 반영하지 않는다. 집현전 — Jiphyeonjeon: 체언에서 자음 'ㅎ'이 따를 때에는 'h'로 표기한다.

29) ⑤. ㉤—'ㄱ, ㄷ, ㅂ'은 모음 앞에서는 'g, d, b'로, 자음 앞이나 어말에서는 'k, t, p'로 적는
    다. 출처: 국어능력 인증시험 연구교실(2008), 국어능력 인증시험 기본교재, 박문각, pp.244—247.

참고문헌

국립국어원(2001), 한국어문규정집, 국립국어연구원.

국어능력 인증시험 연구교실(2008), 국어능력 인증시험 기본교재, 박문각.

김상준(2005), 표준한국어 발음과 낭독, 한국방송출판.

모파상(2001) 모파상 단편집, 청목사.

심재기 외 3명(2006), 고등학교 국어생활, 지학사.

이동욱·김지운(2008), 2009 국어능력 인증시험, 시대고시 기획.

이진석 외 11명(2002), 중학교 사회2, 지학사.

이현복(2002), 한국어 표준발음사전, 서울대학교출판부.

이호권·고성환(2008), 맞춤법과 표준어, 한국방송통신대학교출판부.

임성규(2008), 교사를 위한 국어 맞춤법 길라잡이, 교육과학사.

자이스토리(2007). 수능문제은행 자이스토리. 언어 어휘 어법, 수경.

정춘숙(2003), 초등학생의 한글표기 실태에 대한 연구, 한국교원대 교육대학원 석
    사학위논문.

KBS 한국어연구회(2008), KBS 한국어 능력시험2, 넥서스.

한용운·정상훈(2004), 한글 맞춤법의 이해와 실제, 한국문화사.

국립국어원, http://www.korean.go.kr/

국어의 로마자 표기법, http://www.woorimal.net/language/Romaja/romaja.htm

국정넷포터, http://news.naver.com/

김형배의 한말글사랑, http://cafe.naver.com/hanmal/

꿈을 향하여 돌진, http://blog.naver.com/nadada80/

네이버 국어사전, http://krdic.naver.com/

네이버 지식인, http://kin.naver.com/

네이버뉴스, http://news.naver.com/

Daum Season2, http://imagesearch.naver.com/

박동근의 한국어 그리고 한국어, http://www.hangeul.pe.kr/

서울 지하철&수도권 광역전철 동호회, http://cafe.naver.com/metropolitansubway/

서울특별시 한글사랑 서울사랑, http://hangeul.seoul.go.kr/

세상 풍경, http://blog.naver.com/
소년한국일보, http://kids.hankooki.com/
안형근의 훈민정음, http://ahg21.com.ne.kr/
영상편집소프트웨어, http://imagesearch.naver.com/
우리말 123, http://hanmal.pe.kr/
우리말 다듬기, http://www.hangeul.pe.kr/
우리말 배움터, http://urimal.cs.pusan.ac.kr/urimal_new/
인터넷위키백과, http://ko.wikipedia.org/
착한 맞춤법, http://blog.naver.com/cozoo/
KBS 한국어 상담소, http://korean.kbs.co.kr/main.php/
한글학회, http://www.hangeul.or.kr/

2 부

어휘와 **문장** 연습

한글 맞춤법의 부록으로 문장부호와 혼돈하기 쉬운 어휘의 쓰임이 정리되어 있다. 11장에서 그것을 개괄적으로 살펴본다. 12장은 실제 문서에서 잘못 사용된 용례를 통해서 바른 표현을 위한 종합 연습의 기회를 갖기로 한다. 그리고 13장은 12장까지의 공부를 바탕으로 하는 시험문항이다. 공부의 성취도를 점검하고 부족한 부분을 보완할 자료로 활용할 수 있다.

11. 어휘와 문장부호

    문장부호의 종류와 쓰임을 정확히 알고 그것을 바르게 사용하는 것도 중요하다. 어원이 전혀 다르지만, 형태나 발음이 비슷한 어휘는 그것의 의미에 따라 구별해서 쓸 수 있어야 한다. 문장부호와 어휘의 쓰임에 관한 내용은 '국립국어원' 사이트의 [어문규정>한글 맞춤법>부록(http://www.korean.go.kr/08_new/index.jsp)] 을 참고할 수 있다.

11.1 진단평가

1. 다음에서 어휘의 쓰임이 잘못된 것은?[1]
① 어서오십시요
② 어서오세요
③ 안녕하세요
④ 이리오셔요

2. 다음에서 어휘의 쓰임이 잘못된 것은?[2]
① 손발을 깨끗이 씻어요.
② 사실을 낱낱이 밝혀요.
③ 낙엽을 쓸쓸이 밟아요.
④ 용건을 일일이 적어요.

---

1) ① 어서오십시요→어서오십시오.
2) ③ 쓸쓸이→쓸쓸히.

3. 다음에서 문장 부호의 쓰임이 잘못된 것은?[3]

① 1919. 3. 1.

② 서. 1987. 6. 10.

③ 가. 마침표

④ 8.15 광복절

4. 다음에서 문장 부호의 쓰임이 잘못된 것은?[4]

① 문장부호: 마침표, 쉼표, 따옴표, 묶음표

② 염화 : 칼륨, 나일론 : 실

③ 일시: 2007년 5월 5일

④ 오전 10:20

11.2 어휘 정리

1. 지난 일을 나타내는 어미 '─더라, ─던'

• 지난 겨울은 춥더라.

• 깊던 물이 얕아졌다.

• 순자가 제일 잘 하던데!

• 얼마나 놀랐던지 몰라.

• 그렇게 좋던가?

2. '가리지 아니하는' 뜻의 조사와 어미 '─든지'

• 배든지 사과든지 마음대로 먹어라.

• 가든지 오든지 마음대로 해라.

• 하든지 말든지 결정은 스스로 해라.

---

3) ④ 8.15 광복절→8 · 15 광복절.

4) ② 염화 : 칼륨, 나일론 : 실→염화─칼륨, 나일론─실.

• 봄이든 겨울이든 다 좋아.

3. 다음의 어미들은 된소리로 적는다.
• 아무도 안 가면 내가 갈까?
• 자네가 가면 나는 어찌할꼬?
• 방금 뭐라고 했습니까?
• 다시 한번 말 하오리까?
• 그렇다고 할쏘냐?

4. 다음의 접사들은 된소리로 적는다.
• 심부름꾼, 익살꾼, 일꾼, 장꾼, 자지꾼
• 때깔, 빛깔, 성깔
• 귀때기, 볼때기, 판자때기, 뒤꿈치, 팔꿈치
• 이마빼기, 코빼기, 객쩍다, 겸연쩍다

5. 다음 말들은 한 가지로 적는다.
• 맞추다(마추다X)
• 입을 맞춘다, 양복을 맞춘다.
• 뻗치다(뼈치다X)
• 다리를 뻗친다, 멀리 뻗친다.

6. 뜻에 따라 구별해서 적는다.(거치다/걷히다)
• 포항에서 경주를 거쳐 대구에 왔다.
• 경기가 회복되니 외상값이 잘 걷힌다.

7. 의미에 따라 구별해서 적는다.(느리다/늘이다/늘리다)
• 거북이가 토끼보다 느리다.
• 진도가 느리다.

• 고무줄을 늘이다.

• 수출량을 더 늘린다.

• 아파트 평수를 조금 늘렸다.

8. 의미에 따라 구별해서 적는다.(다리다/달이다)

• 옷을 다린다.

• 약을 달인다.

9. 의미에 따라 구별해서 적는다.(마치다/맏히다)

• 벌써 일을 마쳤다.

• 회의를 좀 일찍 마쳤다.

• 세 문제를 더 맏혔다.

• 로또의 당첨 번호를 세 개 맏혔다.

10. 의미에 따라 구별해서 적는다.(바치다/받치다/받히다/밭치다)

• 자식을 위해 정성을 다 바쳤다.

• 비가 와서 우산을 받쳤다.

• 책받침을 받치고 글씨를 썼다.

• 마차가 자동차에 받혔다.

• 술을 체에 밭친다.

11. 의미에 따라 구별해서 적는다.(반드시/반듯이)

• 약속은 반드시 지켜라.

• 반드시 살아 돌아오라.

• 고개를 반듯이 들어라.

• 그릇을 반듯이 놓아라.

• 인생을 반듯이 살아라.

12. '부치다'의 용례는 아래와 같다.('붙이다'와 구별)

- 힘이 부치는 일이다.

- 편지를 부친다.

- 논밭을 부친다.

- 삼일절에 부치는 글

- 회의에 부치는 안건

13 '붙이다'의 용례는 아래와 같다.('부치다'와 구별)

- 우표를 붙이다.

- 책상을 벽에 붙이다.

- 흥정을 붙이다.

- 불을 붙이다.

- 조건을 붙이다.

- 취미를 붙이다.

13. 의미에 따라 구별해서 적는다.(이따가/있다가)

- 좀 이따가 오너라.

- 돈은 있다가도 없다.

14. 의미에 따라 구별해서 적는다.(조리다/졸이다)

- 고등어를 조리다.

- 꽁치 통조림

- 밤새 마음을 졸였다.

15. '로서'는 자격, '로써'는 수단을 나타낸다.

- 딸로서 아버지의 빚을 갚은 이

- 딸로써 아버지의 빚을 갚은 이

- 오랑캐로써 오랑캐를 물리치다.(以夷制夷)

• 오랑캐로서 오랑캐를 물리치다.

11.3 연습문제

1. 아래 상자에 표현된 문장의 의미대로 문장 부호가 제대로 쓰인 것은?

> 청팀(철수와 영이)과 백팀(영수와 순이)이 공놀이를 하였다.

㉠ 철수, 영이, 영수, 순이가 서로 짝이 되어 공놀이를 하였다.
㉡ 철수·영이·영수·순이가 서로 짝이 되어 공놀이를 하였다.
㉢ 철수, 영이·영수, 순이가 서로 짝이 되어 공놀이를 하였다.
㉣ 철수·영이, 영수·순이가 서로 짝이 되어 공놀이를 하였다.

2. 아래 상자에 표현된 문장을 풀어쓸 때 사용하는 문장 부호가 제대로 쓰인 것은?

> 이번 행사 참석자의 年齡을 고려하여 Coffee를 준비하세요.

㉠ 이번 행사 참석자의 나이(年齡)을 고려하여 커피[Coffee]를 준비하세요.
㉡ 이번 행사 참석자의 나이(年齡)을 고려하여 커피(Coffee)를 준비하세요.
㉢ 이번 행사 참석자의 나이[年齡]을 고려하여 커피[Coffee]를 준비하세요.
㉣ 이번 행사 참석자의 나이[年齡]을 고려하여 커피(Coffee)를 준비하세요.

3. 아래에서 성격이 다른 하나는?

> ㉠ 숨김표(○○)　　㉡ 빠짐표(□□)　　㉢ 줄임표(……)　　㉣ 물결표(～～)

4. 다음 박스에서 문장 부호가 잘못 사용된 것을 고르면?

> ⓐ 애야, 이리 오너라.　　　　　ⓒ 빵, 이것이 인생의 전부이더냐?
> ⓑ 8, 15 광복절　　　　　　　　ⓓ 5, 6 세기

㉠ ⓐ－ⓒ　　　　㉡ ⓑ－ⓓ　　　　㉢ ⓐ　　　　㉣ ⓑ

5. 아래 밑줄 친 부호 중에서 쓰임의 성격이 다른 것은?

㉠ 너는 시험을 잘 치고 있느냐?	㉢ 나는 시험공부를 많이 했다.
㉡ 일시 : 2007년 6월 9일 14시	㉣ 이게 무슨 꼴이란 말인가!

6. 아래 박스의 밑줄 친 부분에 들어갈 어휘가 같은 것끼리 짝지어진 것은?

ⓐ 편지를 ______.	ⓒ 우표를 ______.
ⓑ 빈대떡을 ______.	ⓓ 논밭을 ______.

    ㉠ ⓐ－ⓑ   ㉡ ⓐ－ⓒ   ㉢ ⓑ－ⓒ   ㉣ ⓒ－ⓓ

7. 아래에서 바르게 표기된 것에 O표 하시오.

㉠ 진도가 너무 느리다.	㉣ 친구로써 그렇게 할 수는 없다.
㉡ 올해는 수출량을 더 늘인다.	㉤ 지난 겨울은 몹시 춥드라.
㉢ 그가 나를 믿으므로 나도 그를 믿는다.	

8. 아래에서 잘못 표기된 것에 X표 하시오.

㉠ 나라를 위해 목숨을 바쳤다.	㉣ 공부하느라고 밤을 새웠다.
㉡ 자신과의 약속도 반드시 지켜야 한다.	㉤ 생선 졸이는 냄새가 좋다.
㉢ 철수에게는 하기 힘든 일만 시킨다.	

정답

1. ㉣, 2. ㉣, 3. ㉣, 4. ㉣, 5. ㉡, 6. ㉠, 7. ㉡－㉣－㉤, 8. ㉤.

12. 문장 연습

출판물이나 웹사이트 등에서 실제 쓰인 글을 통해서 바른 문장을 쓰는 연습의 기회를 제공하는 장이다. 규범을 익히는 것은 바른 문장을 쓰기 위함이라는 점에서 문장 연습은 종합 연습장이다. 글감에서 '바로잡아야 할 표현'을 찾아 고치고, 원문을 바르게 '수정한 글'을 제시한다. 그리고 혼동하기 쉽거나 꼭 기억해야 될 내용을 중심으로 '참고' 사항을 첨부하는 것으로 구성된다.

글감 1. 대성전은 정면 3칸

대성전은 정면 3칸, 측면 2.5칸의 맞배지붕이고 오량구조에 무출목 이익공 결구를 하고 귀포까지 만들어졌다. 2.5칸 깊이의 구성이지만 퇴간을 만들지 않았고 지붕 4귀에 활주를 받쳐 팔작지붕의 구성방법을 맞배지붕에 사용한 특이한 형식이다. 동무와 서무는 정면 3칸, 측면 1.5칸의 맞배지붕으로 3량구조에 민도리집이며 활주를 받쳤고 전.퇴를 개방하였다.[1]

바로잡아야 할 표현

① 퇴간: 한자어끼리 결합한 합성어이지만, 사이시옷을 적용하는 예외 중 하나이므로, <u>툇간</u>

② 3량구조에: 명사와 명사이므로, <u>3량 구조에</u>

③ 전.퇴: 같은 자격의 어구가 열거 되었으므로, <u>전, 퇴</u>

④ 민도리집: 비표준어이므로, <u>납도리 집</u>

---

1) 통영민박넷, http://www.tyminbak.net/culture_show_detail.php?code＝2320090419 23:11(자료 정리: 최상식)

대성전은 정면 3칸, 측면 2.5칸의 맞배지붕이고 오량구조에 무출목 이익공 결구를 하고 귀포까지 만들어졌다. 2.5칸 깊이의 구성이지만 툇간을 만들지 않았고 지붕 4귀에 활주를 받쳐 팔작지붕의 구성방법을 맞배지붕에 사용한 특이한 형식이다. 동무와 서무는 정면 3칸, 측면 1.5칸의 맞배지붕으로 3량 구조에 납도리집이며 활주를 받쳤고 전, 퇴를 개방하였다.

참고

【사이시옷】 : 합성어에서 없던 시옷이 받침으로 들어가는 것

1. 고유어끼리 결합한 합성어 또는 고유어와 한자어가 결합한 합성어 중에서, 앞말이 모음으로 끝나고 아래 세 가지 조건 중 하나에 해당할 때, 사이시옷을 쓴다.

1) 된소리가 생겨날 때

* 기(旗)＋발→깃발[기빨/긷빨], 바다＋가→바닷가[바다까/바닫까]

2) ㄴ 발음이 생겨날 때

* 수도(水道)＋물→수돗물[수돈물], 이＋몸→잇몸[인몸]

3) ㄴㄴ 발음이 생겨날 때

* 예사(例事)＋일→예삿일[예 : 산닐], 나무＋잎→나뭇잎[나문닙]

2. 예외

1) 원칙은 고유어끼리 또는 고유어와 한자어가 결합한 한자어에서만 인정하지만, 한자어끼리 결합한 합성어 중에서 여섯 개 낱말은 예외로 인정.

* 찻간(車間), 툇간(退間), 횟수(回數), 셋방(貰房), 숫자(數字), 곳간(庫間)

2) 초점, 대구법: 각각 ㅈ과 ㄱ이 된소리로 소리가 나더라도 한자어끼리 결합한 것으로 사이시옷을 인정하지 않는다.

글감 2. 가수로 변신한 이준기

(서울=스포츠코리아) 가수로 변신한 이준기가 18일 오후 서울 송파구 올림픽 파크텔에서 글로벌 팬미팅 `에피소드2`의 기자간담회를 갖었다. 기자 간담회도중 이준기가 다양한 표정을 짓고 있다. (조미예/news@photoro.com)

바로잡아야 할 표현

① 갖었다: 'ㅣ' 뒤에 'ㅡ어'가 와서 'ㅕ'로 줄 적에는 준 대로 적으므로, <u>가졌다</u>.

② 간담회도중: 명사와 명사이므로, <u>간담회 도중</u>

③ 기자간담회: 명사와 명사이므로, <u>기자 간담회</u>

수정한 글

가수로 변신한 이준기가 18일 오후 서울 송파구 올림픽 파크텔에서 글로벌 팬미팅 '에피소드2'의 기자 간담회를 가졌다. 기자 간담회 도중 이준기가 다양한 표정을 짓고 있다.

참고

'ㅣ' 뒤에 'ㅡ어'가 와서 'ㅕ'로 줄 적에는 준 대로 적는다.

본말	준말	본말	준말
가지어	가져	가지었다	가졌다

---

2) 조미예, http://news.cyworld.com/view/20090418n03885 20090419 00:12(자료 정리: 신수지)

견디어 견뎌 견디었다 견뎠다
다니어 다녀 다니었다 다녔다
막히어 막혀 막히었다 막혔다
버티어 버텨 버티었다 버텼다
치이어 치여 치이었다 치였다

※ 접미사 '-이, -히, -기, -리, -으키, -이키' 뒤에 '-어'가 붙은 경우도 이에 포함된다.
* 녹이어→녹여/먹이어서→먹여서/숙이었다→숙였다
* 업히어→업혀/입히어서→입혀서/잡히었다→잡혔다
* 굶기어→굶겨/남기어야→남겨야/옮기었다→옮겼다
* 굴리어→굴려/날리어야→날려야/돌리었다→돌렸다
* 일으키어→일으켜
* 돌이키어→돌이켜

글감 3. 또한 전라남도

또한 전라남도 체육회 야구, 수영, 궁도 협회장을 엮임 하는 등 남도 약 업계의 대표적인 기업인, 육영사업가, 산사랑 나라사랑을 몸소 살아온 독림가, 청소년 지도자, 그리고 정성으로 자라나는 우리 후세의 새싹들을 가꾸기 위한 교육자로서 평생을 받쳤다.[3]

바로잡아야 할 표현

① 평생을 받쳤다: '마음과 몸을 내놓다'의 의미이므로, <u>평생을 바쳤다</u>.
② 육영사업가: 명사와 명사이므로, <u>육영 사업가</u>
③ 산사랑: 명사와 명사이므로, <u>산 사랑</u>
④ 나라사랑: 명사와 명사이므로, <u>나라 사랑</u>

---

3) 홍갑의, http://www.dailian.co.kr/news/n_view.html?id=71253 20090418 14:39(자료 정리: 박아름)

수정한 글

또한 전라남도 체육회 야구, 수영, 궁도 협회장을 엮임 하는 등 남도 약 업계의 대표적인 기업인, 육영 사업가, 산 사랑 나라 사랑을 몸소 살아온 독림가, 청소년 지도자, 그리고 정성으로 자라나는 우리 후세의 새싹들을 가꾸기 위한 교육자로서 평생을 바쳤다.

참고

바치다/받치다/받히다
1. 바치다: '웃어른(신)에게 ～을 드리다(주다)/마음과 몸을 내놓다/세금 등을 내다'의 의미를 갖는 동사
* 신에게 제물을 바치다. 나라를 위해 목숨을 바치다. 세금을 바치다.
2. 받치다: '다른 물건으로 괴다/속에서 어떤 기운이 치밀다' 등의 의미 갖는 동사
* 우산을 받치다. 분이 받치다. 기둥을 받치다.
3. 받히다: 동사 '받다'에 피동 접미사 '－히－'가 결합되어, 다른 대상으로 인해 피해를 당하는 동작을 나타냄. 즉 '떠받음을 당하다'라는 뜻.
* 쇠뿔에 받히다.

글감 4. 수업이 끝난 뒤

수업이 끝난 뒤 교문 앞 떡볶이 집으로 몰려가 입주변이 빨게질 때까지 넘치는 식욕을 해소하며 한창 수다를 떨어야 할 나이지만, 주중에는 학교 밖으로 나갈 수 없는 이 학교 학생들과는 거리가 먼 얘기다. 이지혜 양은 "영양사 언니들이 '분식 데이' 때 순대나 라볶이를 해 주는 것으로 위안을 삼는다"고 한다. '셀프메이드 데이'는 집에서 음식 해먹는 재미를 충족시켜준다. 학생들이 위생장갑을 끼고, 미리 준비되어진 재료로 김밥을 말거나 햄버거를 만들어 먹기도 한다는 것이다.4)

바로잡아야 할 표현

① 입주변: 명사와 명사이므로, <u>입 주변</u>
② 빨게질: 기본형 '빨갛다'에 어미 '－아'가 결합하면 어간의 'ㅎ'이 탈락하고 'ㅣ'로 바뀌어 합쳐지므로, <u>빨개질</u>

---

4) 유성호, NWS_Web/view/at_pg.aspx?CNTN_CD＝A000111097120090418 14:47(자료 정리: 박아름)

③ 삼는다”: 서술을 나타내는 문장의 끝이므로, <u>삼는다.</u>”5)

수정한 글

수업이 끝난 뒤 교문 앞 떡볶이 집으로 몰려가 입 주변이 빨개질 때까지 넘치는 식욕을 해소하며 한창 수다를 떨어야 할 나이지만, 주중에는 학교 밖으로 나갈 수 없는 이 학교 학생들과는 거리가 먼 얘기다. 이지혜 양은 “영양사 언니들이 ‘분식 데이’ 때 순대나 라볶이를 해주는 것으로 위안을 삼는다.”고 한다. ‘셀프메이드 데이’는 집에서 음식 해먹는 재미를 충족시켜준다. 학생들이 위생장갑을 끼고, 미리 준비되어진 재료로 김밥을 말거나 햄버거를 만들어 먹기도 한다는 것이다.

참고

1. 빨갛다
【형용사】 피나 익은 고추와 같이 밝고 짙게 붉다.
2. 【‘ㅎ’불규칙 용언】
히읗 불규칙 활용은 일부 형용사에서 어간 끝 ‘ㅎ’이 어미 ‘ㅡㄴ’이나 ‘ㅡㅁ’ 앞에서 사라지고, 어미 ‘ㅡ아/ㅡ어’ 앞에서 ㅣ로 바뀌어 합쳐지는 활용 형식을 말한다. ‘ㅡㅎ다’ 꼴의 형용사는 거의 예외 없이 이런 불규칙 활용을 한다. 히읗 불규칙 활용을 하는 용언은 다음과 같은 것들이 있다.

* 가맣다→가매, 가만, 가마니, 가마면, 가맸다
* 노랗다→노래, 노란, 노라니, 노라면, 노랬다
* 빨갛다→빨개, 빨간, 빨가니, 빨가면, 빨갰다
* 파랗다→파래, 파란, 파라니, 파라면, 파랬다
* 하얗다→하얘, 하얀, 하야니, 하야면, 하얬다

---

5) 한 문장의 끝에 마침표가 온다. 문장이 끝났음을 의미하는 것이다. 그런 점에서 마침표는 한 문장에 여러 개가 올 수 없다. 이 원칙을 적용하면, 문장 속의 괄호나 큰 따옴표 속의 문장에도 마침표를 쓰지 않아야 한다. 그러나, 큰 따옴표 속에 두 개 이상의 문장이 인용될 수 있다. 이 경우에는 마침표를 쓰지 않을 수 없다. 괄호의 경우에도 마찬가지이다. 이런 이유로, 이 책에서는 괄호 속이나 큰 따옴표로 인용된 경우에도 마침표(온점 등)를 쓰는 것으로 통일 하였다. 글감 15, 16, 17, 20, 21, 26, 31 등의 경우다. 다만, 글감 10에서처럼 제목으로 쓰인 경우는 예외로 했다. 일간지 등에서도 제목에는 쓰지 않는 것이 일반적이기 때문이다. 엮은이의 견해는 ‘한 문장에 마침표 하나’라는 원칙과 상충되는 문제이므로, 재론의 여지가 있다.

글감 5. 〈혼불〉의 창작혼

〈혼불〉의 창작혼이 스며있는 최명희문학관은 2006년 4월 문을 열었다. 전시관은 녹록치 않았던 작가의 삶의 흔적이 담겨 있다. 작가의 원고, 지인들에게 보낸 엽서·편지, 생전의 인터뷰·문학강연 등에서 추려낸 동영상 등을 감상할 수 있다.[6]

바로잡아야 할 표현

① 창작혼: 명사와 명사이므로, <u>창작 혼</u>

② 문학강연: 명사와 명사이므로, <u>문학 강연</u>

③ 녹록치: '녹록하지'의 준말로 '하' 앞의 말이 무성자음 'ㄱ'이므로 어간의 끝 음절 '하'가 아주 줄게 되므로, <u>녹록지</u>

수정한 글

〈혼불〉의 창작 혼이 스며있는 최명희문학관은 2006년 4월 문을 열었다. 전시관은 녹록지 않았던 작가의 삶의 흔적이 담겨 있다. 작가의 원그, 지인들에게 보낸 엽서·편지, 생전의 인터뷰·문학 강연 등에서 추려낸 동영상 등을 감상할 수 있다.

참고

1-1 녹록하다

【형용사】

1. 평범하고 보잘것없다.

* 준구의 방에서는 누구나 그림 얘기를 하는 게 상례였다. 화우들은 물론이고 녹록한 사람들도 동양화, 서양화, 풍경화, 인물화. 정물화 등으로 서두를 꺼내어……≪이영치, 흐린 날 황야에서≫

2. {주로 뒤에 부정어와 함께 쓰여}만만하고 호락호락하다.

* 녹록하지 않은 사람

* 나도 이제 녹록하게 당하고만 있지는 않겠다.

* 교주는 여전히 침착하고 꿋꿋하게 응대했다. 그제서야 녹록지 않은 상대를 만났다는

---

6) 박임근, http://www.hani.co.kr/arti/society/area/299600.html 20090419 17:30(자료 정리: 권평화)

걸 알아차린 황제는 애써 분기를 억제하며 말했다.≪이문열, 황제를 위하여≫

1－2 녹록하다

'녹록지 않다'에서 '녹록지'는 접미사 '－하다'가 줄어든 꼴이다.

'하' 앞 음절의 끝소리가 무성음 [ㅂ, ㅍ, ㅃ, ㄷ, ㅌ, ㄸ, ㅅ, ㅆ, ㅈ, ㅉ, ㅊ, ㄱ, ㅋ, ㄲ, ㅎ]이면 '－하'가 줄고, 앞 음절의 끝소리가 유성음 [ㄴ, ㄹ, ㅁ, ㅇ]이면 '－ㅏ'가 줄어 다음 소릿값에 [ㅎ]이 이어져 소리 나게 된다. '녹록'에서 '록'의 받침소리 'ㄱ'은 무성음이므로 '녹록치'가 아니라 '녹록지'가 된다.

* 깨끗치(×)→깨끗지(○), 생각치 말고(×)→생각지 말고(○)

* 흔지(×)→흔치(○)

글감 6. 2002년 미군 장갑차

2002년 미군 장갑차에 희생된 효순·미선이 사건이나 파병 반대 같은 사회적인 이슈에 대해서 그녀가 누구보다 슬퍼하고 안타까와했던 이유도 남의 슬픔을 공감할 수 있고 남의 아픔에 팔 걷을 줄 아는 그 마음 때문이었구나 싶었다. 그래서 우린 방송을 만들면서도 항상 당당할 수 있었고 그래서 선거 때만 되면 김미화란 이름이 오르내리는 것에 대해 그냥 때마다 나오는 타령이려니 생각했다.[7]

바로잡아야 할 표현

① 안타까와: ㅂ 불규칙용언의 경우 1음절 어간의 경우(고와, 도와)는 모음 조화를 인정하고 있지만 2음절 이상 어간의 경우는 현실 발음을 고려하여 '와'가 아닌 '워'를 표준으로 인정하고 있으므로, <u>안타까워</u>

② 있었고: 문맥상 끊어 읽어야 하므로, <u>있었고,</u>

---

7) 최현정, http://www.ohmynews.com/NWS_Web/view/at_pg.aspx?CNTN_CD＝A0001106779 20090419 21:18(자료 정리: 김선경)

수정한 글

> 2002년 미군 장갑차에 희생된 효순·미선이 사건이나 파병 반대 같은 사회적인 이슈에 대해서 그녀가 누구보다 슬퍼하고 안타까워했던 이유도 남의 슬픔을 공감할 수 있고 남의 아픔에 팔 걷을 줄 아는 그 마음 때문이었구나 싶었다. 그래서 우린 방송을 만들면서도 항상 당당할 수 있었고, 그래서 선거 때만 되면 김미화란 이름이 오르내리는 것에 대해 그냥 때마다 나오는 타령이려니 생각했다.

참고

1. 안타까워하다

【동사】『……을』 뜻대로 되지 아니하거나 보기에 딱하여 애타고 답답하게 여기다.

* 이별을 안타까워하다
* 아버지는 집안 형편으로 똑똑한 형이 대학에 못 가는 것을 안타까워하셨다.
* 그는……할 말이 많으나 할 수 없는 것을 안타까워하는 표정이었다.≪이기영, 봄≫

2. 모음조화란 양성모음(ㅏ, ㅑ, ㅗ, ㅛ)은 양성모음끼리 음성모음(ㅓ, ㅕ, ㅜ, ㅠ, ㅡ)은 음성모음끼리 어울리는 현상을 말한다. ㅂ 불규칙 용언의 경우 1음절 어간의 경우(고와, 도와)는 모음조화를 인정하지만 2음절 이상 어간의 경우(아름다워, 안타까워, 고마워)는 현실발음을 고려하여 '와'가 아닌 '워'를 표준어로 삼는다.

글감 7. 작년 6월 이후

> 작년 6월이후 6번째인 미 연준의 이번 금리 인상은 최근 실업율의 하락과 임금 상승 등에 따른 인플레 압력을 가라앉히기 위한 것으로 풀이되고 있다. 최근 미국 실업율은 4월 중 3.9%로 하락, 지난 1970년 1월 이후 최저를 기록했으며, 이에따라 올 1분기 인건비 상승율이 4.3%에 달했다. 전문가들은 FRB가 최근 3분기 연속 5% 이상의 경제 팽창에 제동을 걸기 위해 오는 6월과 8월 회의에서도 금리를 각각 0.25% 인상할 것으로 내다봤다.[8]

바로잡아야 할 표현

① 6월이후: 명사와 명사이므로, <u>6월 이후</u>

---

8) 강효상, http://srchdb1.chosun.com/pdf/i_service/read_body.jsp?ID＝0005170105 20090417 01:03(자료 정리: 김지윤)

② 이에따라: 조사 '에'와 동사 '따르다'의 활용형 '따라' 결합한 것이므로, <u>의에 따라</u>

③ 실업율: 모음이나 [ㄴ] 받침 뒤에 '률'과 '렬'이 오는 경우에만 '율'과 '열'로 적으므로, <u>실업률</u>

④ 상승율: 모음이나 [ㄴ] 받침 뒤에 '률'과 '렬'이 오는 경우에만 '율'과 '열'로 적으므로, <u>상승률</u>

수정한 글

작년 6월 이후 6번째인 미 연준의 이번 금리 인상은 최근 실업률의 하락과 임금 상승 등에 따른 인플레 압력을 가라앉히기 위한 것으로 풀이되고 있다. 최근 미국 실업률은 4월 중 3.9%로 하락, 지난 1970년 1월 이후 최저를 기록했으며, 이에 따라 올 1분기 인건비 상승률이 4.3%에 달했다. 전문가들은 FRB가 최근 3분기 연속 5% 이상의 경제 팽창에 제동을 걸기위해 오는 6월과 8월 회의에서도 금리를 각각 0.25% 인상할 것으로 내다봤다.

참고

율
　【접사】 {모음으로 끝나거나 'ㄴ' 받침을 가진 일부 명사 뒤에 붙어} '비율'의 뜻을 더하는 접미사.
* 감소율/소화율/할인율.
률1
　【접사】 {'ㄴ' 받침을 제외한 받침 있는 일부 명사 뒤에 붙어} '비율'의 뜻을 더하는 접미사.
* 경쟁률/사망률/입학률/출생률/취업률.
률2
　【접사】 {'ㄴ' 받침을 제외한 받침 있는 일부 명사 뒤에 붙어} '법칙'의 뜻을 더하는 접미사.
* 결합률/도덕률/희석률.

글감 8. 10여 년 동안

10여년동안 변함 없는 수익률로 인정받고 있는 곳을 수소문 끝에 찾아가 보았다. 그 곳은 가까운 동료나 가족들의 입소문을 통해 잘 알려진 '증권사관학교'다. 증권사관학교 장진영 소장은 '종목 선정에 있어서 가장 중요시한 핵심 부분' 이러한 요구조건을 충족하면 반듯이 주가는 크게 상승한다는 설명이다.[9]

바로잡아야 할 표현

① 10여년동안: '여'는 접미사로서 앞말과 붙여 씀. '년'은 단위를 나타내는 명사이므로 띄어 씀. '동안'은 명사이기 때문에 띄어 쓰므로, <u>10여 년 동안</u>

② 변함 없는: '없다'는 형용사로 띄어 씀이 원칙이지만 '－없다'에 부사화 접미사 '－이'가 결합하면 부사가 되고, 이 경우는 하나의 단어로 취급해 붙여 쓰므로, <u>변함없는</u>

③ 증권사관학교: 성명 이외의 고유 명사는 단어별로 띄어 씀을 원칙으로 하되, 단위별로 붙여 쓸 수 있으므로, <u>증권 사관학교</u>

④ 반듯이: '틀림없이'의 뜻이므로, <u>반드시</u>

수정한 글

10여 년 동안 변함없는 수익률로 인정받고 있는 곳을 수소문 끝에 찾아가 보았다. 그 곳은 가까운 동료나 가족들의 입소문을 통해 잘 알려진 '증권 사관학교'다. 증권 사관학교 장진영 소장은 '종목 선정에 있어서 가장 중요시한 핵심 부분' 이러한 요구조건을 충족하면 반드시 주가는 크게 상승한다는 설명이다.

---

9) 뉴스핌, http://www.newspim.com/sub_view.php?cate1＝8&cate2＝3&news_id＝225956 20090421 15:36
　　(자료 정리: 노란)

반드시

【부사】

틀림없이 꼭.≒기필코·필위(必爲).

* 반드시 시간에 맞추어 오너라.

* 언행은 반드시 일치해야 한다.

* 인간은 반드시 죽는다.

* 비가 오는 날이면 반드시 허리가 쑤신다.

* 지진이 일어난 뒤에는 반드시 해일이 일어난다.

반듯이

【부사】

⇒반듯하다.

* 관물을 반듯이 정리해라.

* 원주댁은 반듯이 몸을 누이고 천장을 향해 누워 있었다.≪한수산, 유민≫

* 머리단장을 곱게 하여 옥비녀를 반듯이 찌르고 새 옷으로 치레한 화계댁이…….
  ≪김원일, 불의 제전≫

글감 9. 병 치료를 위해

병 치료를 위해 머리 일부분을 떼어낸 어린 아이의 사진이 중국을 눈물짓게 하고 있다. 13일 홍콩상보는 후야오펑이라는 30대 남자가 베이징의 뒷골목을 떠돌며 난치병에 걸린 여덟살짜리 아들 궈주와 살고 있다고 보도했다. 산둥성의 한 시골에 살던 후씨 가족은 2001년 궈량 ―궈주 쌍둥이 형제를 낳았지만 동생 궈주는 희귀한 간질병에 걸려 버렸다. 결국 2006년 4월 후씨는 막내아들을 데리고 베이징의 뇌 전문병원을 찾았다.10)

바로잡아야 할 표현

① 여덟살짜리: 단위를 나타내는 명사는 띄어 씀. 특히 수관형사와 함께 사용하는 경우를 흔히 보는데 이때 뒤에 오는 의존명사와 띄어 쓰므로, <u>여덟 살짜리</u>

---

10) 조선닷컴. http://news.chosun.com/site/data/html_dir/2009/03/13/2009031301434.html 20090313 19:00(자료 정리: 도경환)

② 쌍동이: '－동이'가 변한 '－둥이'가 하나의 접미사로 굳어져 널리 쓰이고 있으므로, <u>쌍둥이</u>

③ 결국 2006년: 문장 첫머리의 접속이나 연결을 나타내는 말 다음에는 반점을 사용하므로, <u>결국, 2006년</u>

수정한 글

병 치료를 위해 머리 일부분을 떼어낸 어린 아이의 사진이 중국을 눈물짓게 하고 있다. 13일 홍콩상보는 후야오펑이라는 30대 남자가 베이징의 뒷골목을 떠돌며 난치병에 걸린 여덟 살짜리 아들 궈주와 살고 있다고 보도했다. 산둥성의 한 시골에 살던 후씨 가족은 2001년 궈량－궈주 쌍둥이 형제를 낳았지만 동생 궈주는 희귀한 간질병에 걸려 버렸다. 결국, 2006년 4월 후씨는 막내아들을 데리고 베이징의 뇌 전문병원을 찾았다.

참고

쌍동이 [雙童－]
【명사】
1. '쌍둥이'의 잘못.
2. [북한어] '쌍둥이'의 북한어.

글감 10. 이명방 대통령

"이명박 대통령, 장애인을 위로하지 말라"(중략)
모든 사람은 지역사회 안에서 공부하고 일하고 함께 살아가야 한다. 장애인이라고 예외일수는 없다. 이제라도 정부는 이에 맞는 장애인 정책이 되도록 패러다임을 전환하고 장애인 자립생활을 위한 사회적 환경과 체계를 마련해야 한다.[11]

바로잡아야 할 표현

① 말라: 기본형 '말다'의 활용에서 명령형으로 쓰일 때이므로, <u>마라</u>

---

11) 에이블뉴스, http://www.ablenews.co.kr/News/NewsContent.aspx?CategoryCode＝0011&NewsCode＝0 0112009042020470851562 5 20090420 20:45(자료 정리: 박정아)

② 예외일수는: '수'는 의존명사 이므로, <u>예외일 수는</u>

수정한 글

"이명박 대통령, 장애인을 위로하지 마라"(중략)
모든 사람은 지역사회 안에서 공부하고 일하고 함께 살아가야 한다. 장애인이라고 예외일 수는 없다. 이제라도 정부는 이에 맞는 장애인 정책이 되도록 패러다임을 전환하고 장애인 자립생활을 위한 사회적 환경과 체계를 마련해야 한다.

참고

수1 【명사】 일을 처리하는 방법이나 수완.

* 좋은 수가 생각나다.

* 뾰족한 수가 없다.

* 일찌감치 수를 쓰다.

* 그런 수에는 이제 안 넘어간다.

* 그 녀석을 골탕 먹일 무슨 좋은 수가 없을까?

* 그녀를 꾀려고 수를 부려 보았으나 소용없는 일이었다.

* 털보 영감 당했다는 소리 들어 보니까 놈들이 수 썼습니다그려. 수를 쓰는 데야 별수 없지요.≪송기숙, 암태도≫

수2 【명사】 【의존명사】 {어미 '-은', '-는', '-을' 뒤에 쓰여}{주로 '있다', '없다' 따위와 함께 쓰여} 어떤 일을 할 만한 힘이나 가능성.

* 모험을 하다 보면 죽는 수도 있다.

* 살다 보면 그럴 수도 있지.

* 지금은 때를 기다리는 수밖에 없다.

* 잡혀 온 짐승처럼 을생을 쳐다보는 여자의 눈에는 말할 수 없는 * 애처로움과 공포가 외롭게 가라앉아 있었다.≪한수산, 유민≫

* 늦가을의 태양은 지리산을 한눈에 내려다볼 수 있는 곳에 떠 있었다.≪문순태, 피아골≫

【관용구】 수(가) 익다 * 일 따위가 손에 익거나 익숙하여지다.

【관용구】 수(를) 튕겨 내다.

【북한어】 상대편의 수를 알아내다.

* 그런 자에게서 무슨 수를 튕겨 낼까 싶어 불러들여서 호랑이 잡을 것을 의논해 보았다.≪림꺽정, 선대≫

글감 11. 물론 부시 전 정권

물론 부시 전 정권 8년에 대한 비판적 시각을 갖고 있는 오바마 대통령이 한미동맹에 있어서도 자신만의 색채를 가미할 가능성은 있지만 큰 틀은 변함이 없을 것이라는게 외교 당국자들의 설명이다. 이번 회담에서 세부적인 동맹 이슈는 구체적으로 다뤄지지는 않은 것으로 알려졌다. 첫 정상간 만남인데다 시간도 넉넉치 않았기 때문이다. 오바마 정부가 큰 관심을 갖고 있는 아프간 재건 지원 문제도 원론적 수준에서 언급된 것으로 알려졌다.[12]

바로잡아야 할 표현

① 것이라는게: 의존 명사는 앞의 어미와 띄어 써야 하므로, <u>것이라는 게</u>

② 정상간: 의존 명사는 앞에 오는 단어와 띄어 써야 하므로, <u>정상 간</u>

③ 넉넉치 않았기: '넉넉하지'에서 'ㄱ' 받침 아래에서 '하'가 탈락하므로,
<u>넉넉지 않았기</u>

수정한 글

물론 부시 전 정권 8년에 대한 비판적 시각을 갖고 있는 오바마 대통령이 한미동맹에 있어서도 자신만의 색채를 가미할 가능성은 있지만 큰 틀은 변함이 없을 것이라는 게 외교 당국자들의 설명이다. 이번 회담에서 세부적인 동맹 이슈는 구체적으로 다뤄지지는 않은 것으로 알려졌다. 첫 정상 간 만남인데다 시간도 넉넉지 않았기 때문이다. 오바마 정부가 큰 관심을 갖고 있는 아프간 재건 지원 문제도 원론적 수준에서 언급된 것으로 알려졌다.

참고

간 【명사】 【의존명사】
1 한 대상에서 다른 대상까지의 사이.
* 서울과 부산 간 야간열차.
2 {일부 명사 뒤에 쓰여} '관계'의 뜻을 나타내는 말.
* 부모와 자식 간에도 예의를 지켜야 한다.
3 {'-고 -고 간에', '-거나 -거나 간에'. '-든지 -든지 간에' 구성으로 쓰여} 앞

---

12) 네이버, http://news.naver.com/main/read.nhn?mode=LSD&mid=sec&sid1=100&oid=001&aid=0002586888
20090402 16:00(자료 정리: 박지영)

에 나열된 말 가운데 어느 쪽인지를 가리지 않는다는 뜻을 나타내는 말.
* 공부를 하든지 운동을 하든지 간에 열심히만 해라.

글감 12. 강씨는 남편

강씨는 남편 정원실(62)씨와 함께 녹산삼거리에서 식당 '다래원'을 운영하고 있다. 여기서 녹산동동주 1되를 5천원에 팔고 있다. 다래원의 메뉴로는 정식(쇠고기국, 선지국, 시락국) 5천원, 추어탕 6천원, 추어국수 4천원, 파전 5천원, 두루치기 등 각종 안주 1만원 등이 있다. 오전 9시30분~오후 10시 영업. 녹산삼거리에서 녹산공단 쪽 길가에 바로 있다.[13]

바로잡아야 할 표현

① 강씨, 정원실(62)씨와: 이름 뒤에 붙는 호칭어는 띄어 쓰므로, <u>강 씨, 정원실(62) 씨와</u>

② 5천원에: 단위를 나타내는 명사이므로, <u>5천 원에</u>

③ 쇠고기국, 선지국: 뒷말의 첫소리가 된소리로 나므로, <u>쇠고깃국, 선짓국</u>

④ 시락국: 많이 쓰이지만 옳은 표현이 아니므로, <u>시래깃국</u>

⑤ 5천원, 6천원, 4천원, 1만원: 단위를 나타내는 명사이므로, <u>5천 원, 6천 원, 4천원, 1만 원</u>

⑥ 9시30분: 단위를 나타내는 명사이므로, <u>9시 30분</u>

수정한 글

강 씨는 남편 정원실(62) 씨와 함께 녹산삼거리에서 식당 '다래원'을 운영하고 있다. 여기서 녹산동동주 1되를 5천 원에 팔고 있다. 다래원의 메뉴로는 정식(쇠고깃국, 선짓국, 시래깃국) 5천 원, 추어탕 6천 원, 추어국수 4천 원, 파전 5천 원, 두루치기 등 각종 안주 1만 원 등이 있다. 오전 9시 30분~오후 10시 영업. 녹산삼거리에서 녹산공단 쪽 길가에 바로 있다.

---

13) 부산일보, http://news20.busan.com/news/newsController.jsp?subSectionId=1010120000&newsId=20090408000165 20090409 15:29(자료 정리: 백승필)

씨1

【명사】 (주로 문집이나 비문 따위의 문어에 쓰여) 같은 성(姓)의 계통을 표시하는 말.
* 씨는 김이고, 본관은 김해이다.

씨2

【명사】【의존명사】 (성년이 된 사람의 성이나 성명, 이름 아래에 쓰여) 그 사람을 높이거나 대접하여 부르거나 이르는 말. 공식적·사무적인 자리나 다수의 독자를 대상으로 하는 글에서가 아닌 한 윗사람에게는 쓰기 어려운 말로, 대체로 동료나 아랫사람에게 쓴다.
* 김 씨
* 길동 씨
* 홍길동 씨
* 희빈 장 씨

씨3

【대명사】 '그 사람'을 높여 이르는 삼인칭 대명사. 주로 글에서 쓰는데, 앞에서 성명을 이미 밝힌 경우에 쓸 수 있다.
* 씨는 문단의 권위자이다.

글감 13. 한국은행과 기획재정부

> 한국은행과 기획재정부가 올해 경제성장률을 −2% 안팎으로 비슷하게 전망했지만 고용전망에 대해서는 큰 시각 차이를 드러내면서 그 배경에 관심이 모아지고 있다. 한국은행은 올해 경제성장율이 −2.4%일 것으로 예상하면서 취업자 수가 전년보다 13만 명 줄어들 것으로 내다봤다. 물론 추경효과를 감안한 수치다. 반면, 기획재정부는 올해 경제성장률 −1.9%에 신규취업자수가 오히려 8만 명 늘어날 것으로 내다봤다.[14]

바로잡아야 할 표현

① 경제성장율: 전문용어는 단어별로 띄어 쓰되 붙여 쓸 수 있으므로 '경제 성장률'과 '경제성장률' 모두로 표기가 가능함. 단어의 첫머리 이외의 경우에는 본음대로 적고, 모음이나 'ㄴ' 받침 뒤에 이어지는 '렬,

---

14) 네이버뉴스, http://news.naver.com/main/read.nhn?mode=LSD&mid=sec&sid1=101&oid=018&aid=0002094853 20090410 16:52(자료 정리: 서지원)

률’은 ‘열, 율’로 적으므로, <u>경제성장률</u>

② 반면,: ‘, ’는 문장 첫머리의 접속이나 연결을 나타내는 말 다음에 쓰고 문맥상 끊어 읽어야 할 곳에 사용함. 다만, 일반적으로 쓰이는 접속어(그러나, 그러므로, 그리고, 그런데 등) 뒤에는 쓰지 않음을 원칙으로 하므로, <u>반면</u>

수정한 글

한국은행과 기획재정부가 올해 경제성장률을 －2% 안팎으로 비슷하게 전망했지만 고용전망에 대해서는 큰 시각 차이를 드러내면서 그 배경에 관심이 모아지고 있다. 한국은행은 올해 경제성장률이 －2.4%일 것으로 예상하면서 취업자 수가 전년보다 13만 명 줄어들 것으로 내다봤다. 물론 추경효과를 감안한 수치다. 반면 기획재정부는 올해 경제성장률 －1.9%에 신규취업자수가 오히려 8만 명 늘어날 것으로 내다봤다.

참고

률
【접사】{‘ㄴ’ 받침을 제외한 받침 있는 일부 명사 뒤에 붙어} ‘비율’의 뜻을 더하는 접미사.
　* 경쟁률
　* 사망률
　* 입학률
　* 출생률
　* 취업률
율
【접사】{모음으로 끝나거나 ‘ㄴ’ 받침을 가진 일부 명사 뒤에 붙어} ‘법칙’의 뜻을 더하는 접미사.
　* 교환율
　* 반사율
　* 인과율

글감 14. 그 주변지역 습지는

그 주변지역 습지는 1970년대 초부터 제방을 쌓아 낙동강 홍수 때 하천의 유입을 막아 대부분 개답후 농지로 바뀌었다. 하지만 우포늪은 4월부터 10월까지 희귀식물인 가시연꽃과 마름, 생이가래, 자라풀 등의 수초가 늪을 덮어 볼거리를 연출한다. 또한 겨울이면 쇠기러기, 고니 등 수천마리의 철새가 아침저녁으로 늪 우를 날아오르는 군무(群舞)를 펼친다.[15]

바로잡아야 할 표현

① 하지만 우포늪은: 접속이나 연결을 나타내는 말 뒤에는 반점이 쓰이므로 <u>하지만, 우포늪은</u>[16]

② 또한 겨울이면: 접속이나 연결을 나타내는 말 뒤에는 반점이 쓰이므로 <u>또한, 겨울이면</u>[17]

③ 수천마리의: 관형사는 뒤의 말과 띄어 써야 하므로 <u>수천 마리의</u>

수정한 글

그 주변지역 습지는 1970년대 초부터 제방을 쌓아 낙동강 홍수 때 하천의 유입을 막아 대부분 개답후 농지로 바뀌었다. 하지만, 우포늪은 4월부터 10월까지 희귀식물인 가시연꽃과 마름, 생이가래, 자라풀 등의 수초가 늪을 덮어 볼거리를 연출한다. 또한, 겨울이면 쇠기러기, 고니 등 수천 마리의 철새가 아침저녁으로 늪 의를 날아오르는 군무(群舞)를 펼친다.

참고

【쉼표】 ,(반점): 의미가 중단되어서 읽을 때에 잠깐 쉬는 것이 좋을 자리에 찍는다. 또 나열항목을 구분할 때나 직접 다음에 오는 말을 수식하지 않을 때, 가벼운 감탄을 나타낼 때, 부르는 말이나 대답하는 말 뒤 또는 제시어(提示語) 아래에 쓰이며, 정수 단위의 숫자를 세 자리마다 구분할 때도 쓰인다(예: 5,000,000원).

---

15) 송동근, http://www.fnnews.com/view?ra＝Sent1301m_View&corp＝fnnews&arcid＝090409162236&cDateYear ＝2009&cDateMonth＝04&cDateDay＝09 20090413 19:10(자료 정리: 심재홍)

16) 문맥에 따라 반점(,)은 생략할 수 있다.

17) 문맥에 따라 반점(,)은 생략할 수 있다.

【따옴표】 ① “ ”(큰따옴표)/『 』(겹낫표): 글 가운데 직접 대화를 보이고자 할 때, 남의 말을 직접 인용할 때 쓴다.

② ‘ ’(작은따옴표)/「 」(낫표): 특별히 쓰이는 말, 특히 강조하여 주의를 돌리려는 말과 신문이름·책이름·제목 등을 두드러지게 보일 때, 또 글월 가운데서 마음속으로 생각하는 것 등을 보일 때와 따온 말 가운데서 다시 따온 말이 들어 있을 때에 쓰인다.

【묶음표】 ( )(소괄호)/{ }(중괄호)/[ ](대괄호): 묶음표는 다른 글과 구별하고자 하는 부분의 앞뒤에 쓰는데, 소괄호는 원어·연대·주석 등을 넣을 때, 기호 또는 기호의 구실을 하는 문자·단어·구에 쓰고, 중괄호는 여러 단위를 동등하게 묶을 때 쓰며, 대괄호는 ‘꺾쇠묶음’이라 하여 수학에서 자주 쓰인다.

글감 15. 지속적인 기준

지속적인 기준 있을때 스스로 잘못했다고 생각

“어머머, 얘 좀 봐. 오늘 학교 가는 날이야. 이제 한 학년이 올라갔는 데도 아직 이러면 어떻해?” 어머니는 재동이를 흔들어 깨우신다. 이리저리 몸을 뒤척이던 재동이는 부스스 눈을 뜨지만 눈이 잘 떨어지지 않는 모양이다.
“어휴, 눈꼽이 돌덩어리네. 얘, 얘, 무거워서 어떻게 눈은 뜰 수 있겠니?”18)

바로잡아야 할 표현

① 있을때: ‘때’ 앞에 관형사형 어미(－ㄹ)가 위치하고 있으므로 이때 ‘때’는 명사이고 명사는 띄어 써야 하므로, <u>있을 때</u>

② 올라갔는 데도: ‘데’가 어미의 일부로 쓰였는데 이를 의존명사로 잘못 생각하여 띄어 쓴 경우. ‘어떠하였지만’의 뜻으로 쓰이는 ‘는데, 은데, ㄴ데’의 일부로 쓰인 ‘데’는 붙여 써야 하므로, <u>올라갔는데도</u>

③ 어떻해: ‘어떻게 해’의 줄인 표현은 ‘어떡해’이므로, <u>어떡해</u>

④ 눈꼽: 눈곱이 표준어이므로, <u>눈곱</u>

---

18) 남미애, http://kids.hankooki.com/lpage/mother/200903/kd20090310120009103520.htm 20090402 21:55
(자료 정리: 이다혜)

수정한 글

지속적인 기준 있을 때 스스로 잘못했다고 생각

"어머머, 얘 좀 봐. 오늘 학교 가는 날이야. 이제 한 학년이 올라갔는데도 아직 이러면 어떡해?"
어머니는 재동이를 흔들어 깨우신다. 이리저리 몸을 뒤척이던 재동이는 부스스 눈을 뜨지만 눈이 잘 떨어지지 않는 모양이다.
"어휴, 눈곱이 돌덩어리네. 얘, 얘, 무거워서 어떻게 눈은 뜰 수 있겠니?"

참고

[명사]

때 1 시간의 어떤 순간이나 부분.

* 때를 알리다/아무 때나 오너라.

때 2 끼니 또는 식사 시간.

* 때를 거르다/놀다가도 때가 되면 들어와 식사를 해야지.

때 3 좋은 기회나 알맞은 시기.

* 때가 아니다/때가 이르다/때를 기다리다/때를 놓치다

때 4 일정한 일이나 현상이 일어나는 시간.

* 가물 때/장마 때/썰물 때가 되다.

때 5 어떤 경우.

* 가끔 현기증이 날 때가 있다.

때 6 일정한 시기 동안.

* 방학 때 아르바이트를 하다.

때 7 = 계절.

* 때는 바야흐로 여름이다.

때 8 {수량을 나타내는 말 뒤에 쓰여} 끼니를 세는 단위.

글감 16. 뉴엔의 교수형이

뉴엔의 교수형이 집행되기 45분 전 미명에 그의 쌍둥이 형제인 코아가 혼자 택시를 타고 교도소에 도착했으며 그의 절친한 두 여자친구 컬리 뉴와 브로닌 류가 변호사 줄리안 맥마흔 씨와 함께 다른 택시를 타고 뒤따라왔다.
(중략)
그는 뉴엔 사건이 호주의 젊은이들에게 강력한 메시지를 전달하기를 바란다며 "마약은 사용도 말고, 만지지도 말고, 소지하지도 말고, 거래하지도 말고, 잠시라도 생각하지 말라."[19]

바로잡아야 할 표현

① 쌍동이: 접미사 ‘－둥이’는 일부 명사나 어근에 붙어 ‘그러한 특징을 가진 어린아이’ 또는 ‘그러한 성질을 지닌 사람이나 동물’의 뜻을 내므로, 쌍둥이

② 말라: ‘르’불규칙용언 ‘말다’의 활용에서 명령형으로 쓰일 때 ‘말아라’와 ‘마라’ 두 가지 형태가 모두 쓰이는 것을 볼 수 있는데 ‘마라’만 올바른 형태이므로, 마라

수정한 글

> 뉴엔의 교수형이 집행되기 45분 전 미명에 그의 쌍둥이 형제인 코아가 혼자 택시를 타고 교도소에 도착했으며 그의 절친한 두 여자친구 켈리 뉴와 브로닌 류가 변호사 줄리안 맥마흔 씨와 함께 다른 택시를 타고 뒤따라왔다.
> (중략)
> 그는 뉴엔 사건이 호주의 젊은이들에게 강력한 메시지를 전달하기를 바란다며 “마약은 사용도 말고, 만지지도 말고, 소지하지도 말고, 거래하지도 말고, 잠시라도 생각하지 마라.”

참고

둥이 1

[접사]{일부 명사 뒤에 붙어} ‘그러한 성질이 있거나 그와 긴밀한 관련이 있는 사람’의 뜻을 더하는 접미사.

　귀염둥이 막내둥이 해방둥이 바람둥이.

라 1

[어미]

{받침 없는 동사 어간, ‘ㄹ’ 받침인 동사 어간 또는 어미 ‘－으시－’ 뒤에 붙어} 해라 할 자리에 쓰여, 구체적으로 정해지지 않은 청자나 독자에게 책 따위의 매체를 통해 명령의 뜻을 나타내는 종결 어미.

　맞는 답을 골라 쓰라.

　너 자신을 알라.

---

19) 네이버뉴스, http://news.naver.com/main/read.nhn?mode＝LSD&mid＝sec&sid1＝104&oid＝143&aid＝0000005090 20090411 23:30(자료 정리: 이승호)

글감 17. 정 전 장관

바로잡아야 할 표현

① 벗겠다: 문장의 끝이므로, <u>벗겠다.</u>

② 살려내겠다: 문장의 끝이므로, <u>살려내겠다.</u>

③ 백짓장: 한자어들로만 이루어진 합성어이므로, <u>백지장</u>

수정한 글

정 전 장관은 여의도 당사에서 가진 기자회견에서 "잠시 민주당의 옷을 벗겠다."며 "그러나 반드시 돌아와 민주당을 살려내겠다."고 밝혔다. 이어 "백지장도 맞들면 가볍다고 손을 내밀었는데 설마 뿌리치겠느냐 했던 것이 현실이 됐다."고 지도부에 불만을 토로했다. 그러면서 "내민 손이 부끄럽고 민망하지만 제가 지은 업보라고 생각한다."고 말했다.

참고

사이시옷이란 합성어에서 원래 없던 시옷이 받침으로 들어가는 것으로 대한민국의 한글 맞춤법 제30항에 규정되어 있다. 귓밥, 나룻배, 아랫니, 냇물, 깻잎, 나뭇잎, 텃세, 핏기, 근삿값 등은 사이시옷이 적용된 예이다.

【조건】

고유어끼리 결합한 합성어 또는 고유어와 한자어가 결합한 합성어 중에서, 앞말이 모음으로 끝나고 아래 세 가지 조건 중 하나에 해당할 때, 사이시옷을 쓴다.

1. 된소리가 생겨날 때: 예) 기(旗)＋발＝깃발[기빨/긴빨], 바다＋가＝바닷가[바다까/바닫까]

2. ㄴ 발음이 생겨날 때: 예) 수도(水道)＋물＝수돗물[수돈물], 이＋몸＝잇몸[인몸]

3. ㄴㄴ 발음이 생겨날 때: 예) 예사(例事)＋일＝예삿일[예 : 산닐], 나무＋잎＝나뭇잎 [나문닙]

---

20) 손병호, http://www.kukinews.com/news2/article/view.asp?page＝1&gCode＝pol&arcid＝0921252759&cp＝nv 20090411 15:20(자료 정리: 전은효)

【예외】

　원칙은 고유어끼리 또는 고유어와 한자어가 결합한 한자어에서만 인정하지만, 한자어끼리 결합한 합성어 중에서 여섯 개 낱말 (찻간(車間), 툇간(退間), 횟수(回數), 셋방(貰房), 숫자(數字), 곳간(庫間))은 예외로 사이시옷을 인정한다. 초점과 대구법은 각각 ㅈ과 ㄱ이 된소리로 소리가 나더라도 한자어끼리 결합한 것으로 사이시옷을 인정하지 않는다.('대구법'은 구를 '꾸'로 발음하는 것과 '구'로 발음하는 것 모두 허용한다. 하지만, 적을 때에는 '구'만을 허용한다.)

글감 18. 결혼식을 치르는

결혼식을 치르는 수원 소속의 국가대표 축구 선수 김남일(30)과 KBS 아나운서 김보민(29) 커플이 웨딩 사진을 공개했다.
3년 간의 열애 끝에 일가를 이루는 김남일－김보민 커플은 오는 12월 8일 오전 11시 서울 한남동 그랜드 하얏트 호텔 그랜드 볼룸에서 엄숙한 식을 치른다. 보름 가까운 신혼 여행에 오르는 커플은 24일 경 국내에 돌아올 예정이다.
한편, 김남일－김보민 커플은 일가 친척, 동료들이 참석한 가운데 차분한 분위기에서 식을 치르기 위해 보도 및 사진 취재진의 식장 내 출입을 일체 금하기로 했다.[21]

바로잡아야 할 표현

① 3년 간의: 기간을 나타내므로, <u>3년간의</u>

② 신혼 여행에: 합성어이므로, <u>신혼여행에</u>

③ 24일 경: 접미사이므로, <u>24일경</u>

④ 일가 친척: 합성어이므로, <u>일가친척</u>

⑤ 일체 금하기로: '일체'는 '모든 것'이라는 뜻이므로, <u>일절 금하기로</u>

---

21) 스포탈코리아, http://news.naver.com/main/read.nhn?mode＝LSD&mid＝sec&sid1＝001&oid＝139&aid
　　＝0000017941& 20090411 19:30(자료 정리: 정다예)

수정한 글

결혼식을 치르는 수원 소속의 국가대표 축구 선수 김남일(30)과 KBS 아나운서 김보민(29) 커플이 웨딩 사진을 공개했다. 3년간의 열애 끝에 일가를 이루는 김남일－김보민 커플은 오는 12월 8일 오전 11시 서울 한남동 그랜드 ㅎ·얏트 호텔 그랜드 볼룸에서 엄숙한 식을 치른다. 보름 가까운 신혼여행에 오르는 커플은 24일경 국내에 돌아올 예정이다.
한편, 김남일－김보민 커플은 일가친척, 동료들이 참석한 가운데 차분한 분위기에서 식을 치르기 위해 보도 및 사진 취재진의 식장 내 출입을 일절 금하기로 했다.

참고

[Ⅰ][명사]
일체 1 모든 것.
* 도난에 대한 일체의 책임을 지다.
* 그는 재산 일체를 학교에 기부하였다.
* 이 가게는 음료 종류의 일체를 갖추고 있다.
일체 2 {'일체로' 꼴로 쓰여} '전부' 또는 '완전히'의 뜻을 나타내는 말.
* 일체로 술을 끊다.
* 오늘부터는 장군한테 병정 단속하는 권한을 일체로 맡길 테니, 장군은 나를 버리지 마시오.≪박종화, 임진왜란≫
[Ⅱ][부사]
일체 1 모든 것을 다.
* 걱정 근심일랑 일체 털어 버리고 자, 즐겁게 술이나 마시자.
일체 2 '일절(一切)'의 잘못.

일절 1
[부사]아주, 전혀, 절대로의 뜻으로, 흔히 사물을 부인하거나 행위를 금지할 때에 쓰는 말.
* 출입을 일절 금하다.
* 일절 간섭하지 마시오.
* 그는 고향을 떠난 후로 연락을 일절 끊었다.

글감 19. 오는 14일 상장

오는 14일 상장을 앞두고 있는 에스엔에스텍(1만1750원)은 11.90% 오르며 최근 5거래일 동안 80%의 상승율을 기록하는등 상장기대감을 반영했다. 5월 추가로 공모일정을 발표한 STX엔파코(3만3500원)와 한국정밀기계도(3만3500원) 각각 17.54%, 9.84%의 상승율을 기록했다. STX엔파코는 거래소시장, 한국정밀기계는 코스닥시장을 대상으로 상장을 준비한다.[22]

바로잡아야 할 표현

① 상승율: 모음이나 'ㄴ' 받침 뒤에 이어지는 '렬, 률'만 '열, 율'로 적으므로, <u>상승률</u>

② 기록하는등: 의존 명사는 앞 단어와 띄어 써야 하므로, <u>기록하는 등</u>

③ 1만1750원 & 3만3500원: 수를 적을 때는 '만(萬)' 단위로 띄어 쓰므로, <u>1만 1750원</u>, <u>3만 3500원</u>

수정한 글

오는 14일 상장을 앞두고 있는 에스엔에스텍(1만 1750원)은 11.90% 오르며 최근 5거래일 동안 80%의 상승률을 기록하는 등 상장기대감을 반영했다. 5월 추가로 공모일정을 발표한 STX엔파코(3만 3500원)와 한국정밀기계도(3만 3500원) 각각 17.54%, 9.84%의 상승률을 기록했다. STX엔파코는 거래소시장, 한국정밀기계는 코스닥시장을 대상으로 상장을 준비한다.

글감 20. 외교부는 아울러

외교부는 아울러 "태국에는 여행자제보다 위험 수준이 높은 '여행제한'지역(태국 남부 나라티왓, 파타니, 얄라 등 3개주와 송크흘라주 일부)이 있다"며 "이 지역에 체류 중인 국민들은 긴급 용무가 아닌한 귀국하고, 여행을 계획중인 국민들은 가급적 여행을 삼가해 달라"고 강조했다.[23]

---

22) 프라임경제, http://www.newsprime.co.kr/news/articleView.html?idxno=82490 20090410 18:24(자료 정리: 정문화)

23) 신정원, http://news.naver.com/main/read.nhn?mode=LSD&mid=sec&sid1=100&oid=003&aid=0002621001

바로잡아야 할 표현

① 아닌한: '한'이 명사, 주로 '－는 한' 구성으로 쓰여 조건의 뜻을 나타
   내는 말이므로, <u>아닌 한</u>
② 계획중: '중'이 의존명사, '－는/－던' 뒤에 쓰여 무엇을 하는 동안이
   라는 뜻이므로, <u>계획 중</u>
③ 삼가해: '삼가하다'는 '삼가다'의 잘못된 표현이므로, <u>삼가 달라</u>
④ "～이 있다", "～달라": 문장 끝에는 마침표를 붙여야 하므로, 평서문
   에 온점을 붙이면, "<u>～이 있다.</u>", "<u>～달라.</u>"
⑤ 여행자제, 여행제한지역: 단어와 단어 사이는 띄우는 것이 원칙이므로,
   <u>여행 자제</u>', '<u>여행 제한 지역</u>

수정한 글

> 외교부는 아울러 "태국에는 여행 자제보다 위험 수준이 높은 '여행 제한' 지역(태국 남부 나라티
> 왓, 파타니, 얄라 등 3개주와 송크흘라주 일부)이 있다."며 "이 지역에 체류 중인 국민들은 긴급
> 용무가 아닌 한 귀국하고, 여행을 계획 중인 국민들은 가급적 여행을 삼가 달라."고 강조했다.

참고

한限
[명사]
{주로 '－는 한' 구성으로 쓰여} 조건의 뜻을 나타내는 말.
특별한 변수가 없는 한 회담은 예정대로 진행될 것이다.
내 힘이 닿는 한 그를 도와주도록 하겠네.
적어도 내가 아는 한에는 그는 그런 짓을 할 사람이 아니다.

중中
[명사][의존명사]
{일부 명사 뒤에 쓰여}{'－는/－던' 뒤에 쓰여} 무엇을 하는 동안.
* 근무 중

20090412 22:39(자료 정리: 이보미)

* 수업 중
* 회의 중
* 식사 중
* 그러던 중
* 여행하던 중에 만난 사람
* 중간고사 기간 중에는 도서관을 12시까지 개방합니다.
* 그를 만나 여러 가지 얘기를 하는 중에 새로운 사실을 알게 되었다.
* 책상 서랍을 정리하던 중 뜯어보지도 않고 넣어 두었던 편지를 발견했다.
* 이규는 ‘삐삐익’ 잡음을 뿜어내고 있는 라디오를 조절하려고 안간힘을 쓰고 있는 중이었다.≪이병주, 지리산≫
* 남편은 월남군 중사였는데 반메뚜오에서 4년 전 월맹군과 싸우다가 후퇴를 하던 중 어느 다리에서 오발한 유탄에 맞아 죽었다.≪안정효, 하얀 전쟁≫

삼가다
활용{삼가, 삼가니}
[동사]『…을』
1 몸가짐이나 언행을 조심하다.
* 말을 삼가다.
* 어른 앞에서는 행동을 삼가야 한다.
* 아직까지는 그런 문제에까지 반감을 노출시키는 만용은 삼가는 게 좋을 것이며…….≪김주영, 마군 우화≫
2 꺼리는 마음으로 양(量)이나 횟수가 지나치지 아니하도록 하다.
* 술을 삼가다.
* 문밖출입을 삼가다.
* 그는 건강을 위하여 담배를 삼가기로 했다.
* 외출을 삼가고 나는 아버지의 귀가를 기다렸는데…….≪이동하, 장난감 도시≫
【삼가다≪월인석보(1459)≫】

글감 21. 이 그룹장

이 그룹장은 3시30분쯤 공장용수가 아닌 일반 빗물이 빠져나가도록 만들어 놓은 우수로의 밸브를 잠궈, 우수로로 물이 새어나가는 것을 막았다. 또 지하에 있는 우수로가 아니라 지상으로 물이 흘러 나갈 수 있기 때문에 물이 내려가는 길목에 방제벽을 쌓아 유출을 막으려 했다. (중략) 화재가 난 김천공장의 직원들은 어느 정도 진화가 된 후 정신을 차리고 돌아보니 낯선 얼굴들이 보였다. 인근 공장 직원들이었다. 한 직원은 "평소 그렇게 생각치 못했는데 이번 사고로 다른 지역 공장 직원들도 한 식구임을 느꼈다"고 말했다. [24]

바로잡아야 할 표현

① 3시30분쯤: 명사와 명사는 띄워야 하므로, <u>3시 30분쯤</u>

② 잠궈: 기본형이 '잠구다'가 아니라 '잠그다'이므로, <u>잠가</u>

③ 생각치: 'ㄱ' 아래에서 어간 끝음절 '하'가 아주 줄 적에는 <u>생각지</u>

④ "평소~느꼈다": 문장이 끝나면 온점을 사용해야 하므로, <u>느꼈다.</u>"

수정한 글

이 그룹장은 3시 30분쯤 공장용수가 아닌 일반 빗물이 빠져나가도록 만들어 놓은 우수로의 밸브를 잠가, 우수로로 물이 새어나가는 것을 막았다. 또 지하에 있는 우수로가 아니라 지상으로 물이 흘러 나갈 수 있기 때문에 물이 내려가는 길목에 방제벽을 쌓아 유출을 막으려 했다. (중략) 화재가 난 김천공장의 직원들은 어느 정도 진화가 된 후 정신을 차리고 돌아보니 낯선 얼굴들이 보였다. 인근 공장 직원들이었다. 한 직원은 "평소 그렇게 생각지 못했는데 이번 사고로 다른 지역 공장 직원들도 한 식구임을 느꼈다."고 말했다.

참고

잠그다

[동사]『……을』

1 여닫는 물건을 열지 못하도록 자물쇠를 채우거나 빗장을 걸거나 하다.

 * 대문을 잠그다.

 * 그는 자물쇠로 책상 서랍을 잠갔다.

2 물, 가스 따위가 흘러나오지 않도록 차단하다.

 * 가스를 잠그다.

 * 물을 잠그다.

 * 그녀는 수도꼭지를 잠그는 것을 깜빡 잊었다.

3 옷을 입고 단추를 끼우다.

 * 바람이 많이 부니 외투의 단추를 단단히 잠그고 가거라.

 * 손이 몹시 떨려 옷에 단추도 잠그기 어렵다.

4 {'입'과 함께 쓰여} 입을 다물고 아무 말도 하지 않다.

 * 아버님은 며느리가 못마땅하신지 요즈음 입을 잠그고 사신다.

---

24) 백진엽, http://news.mt.co.kr/view/mtview.php?no＝20080307145028 11979&type＝2&HEV1 20080307
　　 17:52(자료 정리: 이은영)

잠구다
[동사]'잠그다'의 잘못.

글감 22. 지구상 위도

지구상 위도가 남아와 여아 출생율에 영향을 줄 수 있는 것으로 알려져 온 바 과거 진행된 연구결과에 의하면 남자아이 출산가능성은 유럽에서 가장 낮은 후 남쪽으로 갈 수록 높은 것으로 나타난 바 있다. 그러나 적도 근처 지역의 경우 넘쳐 출생비는 51.1%로 51.3%를 보인 북극지방이나 온대기후지역보다 낮은 것으로 나타났다.[25]
뿐만 아니라 다리 구조의 변화는 필히 척추 및 골반의 변화를 초래하게 되므로 각종 소화기 질환이나 위염, 위하수, 하복 냉증, 생리통, 생리 불순 또는 불임이나 뇨실금, 심장병, 폐 질환, 피부 질환, 두통, 뇌졸중 등을 야기할 수 있다.[26]

바로잡아야 할 표현

① 출생율: 모음이나 [ㄴ] 받침 뒤에 '률/렬'이 오는 경우에만 '율/열'로 표기하므로, <u>출생률</u>

② 온 바: '왔는데'로 바꾸어 쓸 수 있으므로 '오+ㄴ바'의 구성이다. 'ㄴ 바'는 연결어미이므로, <u>온바</u>

③ 갈 수록: 'ㄹ수록/일수록'은 어떤 일이 더하여 감에 따라 다른 일이 더하거나 더하여 감을 나타내는 연결형 서술격 조사이므로, <u>갈수록</u>

④ 뇨실금: 한자음 '뇨'가 단어의 첫머리에 왔기 때문에 두음법칙 적용하여, <u>요실금</u>

---

25) 곽도흔, http://www.mdtoday.co.kr/health/news/index.html?cate＝12&no＝79696(자료 정리: 이재명)

26) 김미경, http://www.consumernews.co.kr/news/view.html?gid＝main&bid＝news&pid＝144502 2009041
    3 19:16(자료 정리: 이재명)

지구상 위도가 남아와 여아 출생률에 영향을 줄 수 있는 것으로 알려져 온바 과거 진행된 연구결과에 의하면 남자아이 출산가능성은 유럽에서 가장 낮은 후 남쪽으로 갈수록 높은 것으로 나타난 바 있다. 그러나 적도 근처 지역의 경우 넘쳐 출생비는 51.1%로 51.3%를 보인 북극지방이나 온대기후지역보다 낮은 것으로 나타났다.
뿐만 아니라 다리 구조의 변화는 필히 척추 및 골반의 변화를 초래하게 되므로 각종 소화기 질환이나 위염, 위하수, 하복 냉증, 생리통, 생리 불순 또는 불임이나 요실금, 심장병, 폐 질환, 피부 질환, 두통, 뇌졸중 등을 야기할 수 있다.

참고

[ㄹ수록]

<'이다'의 어간, 받침 없는 용언의 어간이나 'ㄹ' 받침인 형용사 어간 어미 '-으시-' 뒤에 붙어> 앞 절 일의 어떤 정도가 그렇게 더하여 가는 것이, 뒤 절 일의 어떤 정도가 더하거나 덜하게 되는 조건이 됨을 나타내는 연결형 서술격 조사.
    예1) 어린아이일수록 단백질이 많이 필요하다.
    예2) 높이 올라갈수록 기온은 떨어진다.

글감 23. 이용대, 날으는 새처럼

이용대, '날으는 새처럼'
12일 수원시 수원실내체육관에서 열린 "2009 수원아시아배드민턴 선수권대회" 혼합복식 결승에서 이용대가 강력한 스매싱을 시도하고 있다 이날 이용대－이효정(한국, 세계랭킹2위) 조는 유연성－김민정 조를 2－0(21－12, 21－15)으로 가볍게 제압하고 우승을 차지했다.[27)]

바로잡아야 할 표현

① 날으는: 'ㄹ'불규칙 용언에 따라 '-ㄹ'이나 'ㄴ' 앞에서는 'ㄹ'을 탈락시키므로, <u>나는</u>

② "2009～대회": 큰따옴표는 글 가운데서 직접 대화를 표시할 때나, 남

---

27) 문용준, http://www.eto.co.kr/?Code＝20090412200221753&ts＝112228 20090412 22:44(자료 정리: 조윤영)

의 말을 인용할 경우에 쓰므로, '2009~대회'

③ 한국, 세계랭킹2위: 단어와 단어는 띄어 쓰므로, <u>한국, 세계 랭킹 2위</u>[28]

수정한 글

이용대, '나는 새처럼'
12일 수원시 수원실내체육관에서 열린 '2009 수원아시아배드민턴 선수권대회' 혼합복식 결승에서 이용대가 강력한 스매싱을 시도하고 있다. 이날 이용대－이효정(한국, 세계 랭킹 2위) 조는 유연성－김민정 조를 2－0(21－12, 21－15)으로 가볍게 제압하고 우승을 차지했다.

참고

날다 [동사]

1 『……에』, 『……으로』, 『……을』 공중에 떠서 어떤 위치에서 다른 위치로 움직이다.
하늘에 기러기가 무리를 지어 난다.
2 어떤 물체가 매우 빨리 움직이다.
도둑은 휙 날아서 담장을 넘었다.
3 『……에서』, 『……으로』 '달아나다'를 속되게 이르는 말.
지금 이곳에서 날지 않으면 경찰에게 잡힐 것이다.
【<늘다≪용비어천가(1447)≫】 ☞'날다'에 '－는'이 연결되면 'ㄹ'이 탈락되어 '나는'이 된다. '날으는'은 잘못이다.

글감 24. 애피타이저로 3가지

2. 애피타이저로 3가지가 나온다.
신선한게살, 파마산 치즈와 호박, 구아바잎 향의 사과젤리.송아지 뽀삐에뜨, 전복, 훈제아지, 보라빛올리브, 쉐리와인비네거주스, 키조개, 자몽 마멀레이드와 적파프리카 꽁피, 안동소주샤벳.
3. 수프처럼 보이지만 수프가 아니다. 하지만 수프처럼 숟가락으로 떠 먹어야만 한다. 마니게뜨 송이버섯 호아이알, 크림, 귤, 크레송과 쌀수플레. 샴페인이 가미된 성게주스 소스의 조개살과 꼴뚜기는 비로소 수프 같다. 국물 육수가 있기 때문. 겉으로 보이진 않지만 안에는 건과 토스트, 방어, 멍게, 깻잎이 들어 있다.[29]

---

28) '세계 랭킹'은 '세계랭킹'으로 쓸 수도 있다.

29) 박원식, http://weekly.hankooki.com/lpage/goodlife/200903/wk20090311174616105010.htm 20090311

바로잡아야 할 표현

① 신선한게살: 관형사형 어미 뒤에 오는 말은 띄어 쓰므로, <u>신선한 게살</u>

② 사과젤리.송아지 뽀삐에뜨: 같은 자격의 어구가 열거될 때에 쉼표를 쓰므로, <u>사과젤리, 송아지 뽀삐에뜨</u>

③ 보라빛: 순 우리말로 된 합성어로 앞말이 모음으로 끝난 경우이고, 뒷말의 첫소리가 된소리로 나므로, <u>보랏빛</u>

④ 보라빛올리브: 명사와 명사는 띄어 써야 하므로, <u>보랏빛 올리브</u>

⑤ 떠 먹어야만: '떠먹다'가 하나의 동사로 쓰이므로, <u>떠먹어야만</u>

⑥ 조개살: 순 우리말로 된 합성어도 뒷말의 첫소리가 된소리로 나므로, <u>조갯살</u>

수정한 글

2. 애피타이저로 3가지가 나온다.
신선한 게살, 파마산 치즈와 호박, 구아바잎 향으 사과젤리, 송아지 뽀삐에뜨, 전복, 훈제아지, 보랏빛 올리브, 쉐리와인비네거주스, 키조개, 자몽 마멀레이드와 적파프리카 꽁피, 안동소주사벳.
3. 수프처럼 보이지만 수프가 아니다. 하지만 수프처럼 숟가락으로 떠먹어야만 한다. 마니게뜨 송이버섯 호아이알, 크림, 굴, 크레송과 쌀수플레. 샴페인이 가미된 성게주스 소스의 조갯살과 꼴뚜기는 비로소 수프 같다. 국물 육수가 었기 때문. 겉으로 보이진 않지만 안에는 건과 토스트, 방어, 멍게, 깻잎이 들어 있다.

참고

떠먹다.
【동사】
1. 『……을』 수저 따위로 음식을 퍼서 먹다.
* 식사를 할 때, 김칫국이나 국물을 먼저 떠먹어야 소화가 잘된다.
* 집에 가서 밥 한술 떠먹고 갑시다.

18:33(자료 정리: 김다솜)

글감 25. 고려시대로 접어들면서

> 고려시대로 접어들면서 떡은 한층 더 발달하였고 상류층이나 세시행사 제사음식으로써 만이
> 아닌 하나의 별식으로서 일반에 이르기까지 보급되었음을 볼 수 있다. (중략) 즉 떡을 만들기
> 위한 곡물을 찔 때 꿀물을 내려서 공기가 고르게 들어가게 하므로서 떡이 고르게 잘 익고 탄
> 력성이 커지며 또한 쉽게 굳지 않는다는 사실을 이미 터득했음을 알려주고 있다.[30]

바로잡아야 할 표현

① 제사음식으로써: 지위나 자격이므로, <u>제사음식으로서</u>

② 만: 조사로 쓰였으므로, <u>제사음식으로서만이</u>

③ 하므로서: 명사형 ‘－함’＋기구격 ‘－으로써’이므로, <u>함으로써</u>

수정한 글

고려시대로 접어들면서 떡은 한층 더 발달하였고 상류층이나 세시행사 제사음식으로서만이
아닌 하나의 별식으로서 일반에 이르기까지 보급되었음을 볼 수 있다. (중략)즉 떡을 만들기
위한 곡물을 찔 때 꿀물을 내려서 공기가 고르게 들어가게 함으로써 떡이 고르게 잘 익고 탄
력성이 커지며 또한 쉽게 굳지 않는다는 사실을 이미 터득했음을 알려주고 있다.

참고

로써

[조사]{받침 없는 체언이나 ‘ㄹ’ 받침으로 끝나는 체언 뒤에 붙어}

1. 어떤 물건의 재료나 원료를 나타내는 격조사. ‘로’보다 뜻이 분명하다.

콩으로써 메주를 쑤다.

2. 어떤 일의 수단이나 도구를 나타내는 격조사. ‘로’보다 뜻이 분명하다.

말로써 천냥 빚을 갚는다고 한다.

3. 시간을 셈할 때 셈에 넣는 한계를 나타내는 격조사. ‘로’보다 뜻이 분명하다.

고향을 떠난 지 올해로써 20년이 된다.

---

30) 반미영, http://www.imaeil.com/sub_news/sub_news_view.php?news_id＝60&yy＝2009 20090101 03:00
   (자료 정리: 김세림)

로서

[조사]{받침 없는 체언이나 'ㄹ' 받침으로 끝나는 체언 뒤에 붙어}

1. 지위나 신분 또는 자격을 나타내는 격조사.

그것은 교사로서 할 일이 아니다.

그는 친구로서는 좋으나, 남편감으로서는 부족한 점이 많다.

언니는 아버지의 딸로서 부족함이 없다고 생각했었다.

2. (예스러운 표현으로) 어떤 동작이 일어나거나 시작되는 곳을 나타내는 격조사.

이 문제는 너로서 시작되었다.

글감 26. 신해철은 1일

신해철은 1일 자신의 인터넷 공식홈페이지에 '아아 녹슬은 무사의 감각이여'라는 제목의 글을 올려 다이어트 성공기를 팬들에게 전했다. 신해철은 이 글에서 "나의 다이어트에 신경쓰는 팬 여러분께 알린다. 어제(3월31일)부로 6개월 만에 10kg 감량을 돌파했다"고 적었다. 이어 "최종 목적지까지 5kg(감량이)남았다. 바지들은 세번 씩 사이즈를 줄였고 20대에 입던 옷들을 다시 꺼내 입고 있다"고 덧붙였다.[31]

바로잡아야 할 표현

① 녹슬은: '-ㄴ'이나 'ㄴ' 앞에서는 'ㄹ'을 탈락시키므로, 녹슨

② 신경쓰는: 명사와 동사 구조이므로 띄어 쓴다. 이때 생략된 조사를 살려 쓸 수 있으므로, 신경을 쓰는/신경 쓰는

③ 세번 씩: 수관형사 뒤에서 단위를 나타내는 의존 명사는 띄어 쓰므로, 세 번씩

④ -다": 종결형 문장부호를 써야 하므로, -다."

---

31) 양승준, http://news.chosun.com/site/data/html_dir/2009/04/02/2009040200464.html?srchCol=news&srchUrl=news1 20090402 08:36(자료 정리: 박윤정)

수정한 글

> 신해철은 1일 자신의 인터넷 공식홈페이지에 '아아 녹슨 무사의 감각이여'라는 제목의 글을
> 올려 다이어트 성공기를 팬들에게 전했다. 신해철은 이 글에서 "나의 다이어트에 신경 쓰는
> 팬 여러분께 알린다. 어제(3월31일)부로 6개월 만에 10kg 감량을 돌파했다."고 적었다.
> 이어 "최종 목적지까지 5kg(감량이)남았다. 바지들은 세 번씩 사이즈를 줄였고 20대에 입던
> 옷들을 다시 꺼내 입고 있다."고 덧붙였다.

참고

녹슬다 綠－－ [동사]

발음[－쓸－) 활용[－슬어, －스니, －스오]

1. 쇠붙이가 산화하여 빛이 변하다. ≒녹나다.

녹슨 쇠못, 칼이 녹슬다.

2. 오랫동안 쓰지 않고 버려두어 낡거나 무디어지다.

녹슨 생각, 머리가 녹슬다.

신경(을) 쓰다 [관용구]

사소한 일에까지 세심하게 주의를 기울이다.

별일 아니니 너무 신경 쓰지 마세요.

나흘째 되던 날 천일 부부는 몸살이 나고 말았다. 아이들 때문에 지나치게 신경을 써서
탈진한 것이다.≪박경리, 토지≫

번番 [명사, 명사, 의존명사]

[Ⅰ][명사]차례로 숙직이나 당직을 하는 일.

번을 서다.

[Ⅱ][명사][의존명사]

1. 일의 차례를 나타내는 말.

둘째 번, 다음 번 면담은 너이다.

2. 일의 횟수를 세는 단위.

여러 번, 누구나 한 번은 겪는 일.

3. 어떤 범주에 속한 사람이나 사물의 차례를 나타내는 단위.

4번 타자, 1학년 2반 34번, 1번 버스.

글감 27. 버락 오바바

버락 오바마 미 대통령과 15명의 월가 최고경영자(CEO)들과의 첫 간담회가 냉냉한 분위기 속에서 아무 성과없이 끝났다.[32)
사상 최저치인 1분기 33.4보다 상승했지만 여전히 기준점 100을 밑돌았다. 지수가 100 이하면 경기 부진을 예상하는 기업이 더 많다는 의미다. 최대값은 200이고, 최소값은 0이다.[33)

바로잡아야 할 표현

① 냉냉한: '찰 랭(冷)'이고 두음법칙이 적용되므로, <u>냉랭한</u>

② 성과없이: 명사와 부사이므로, <u>성과 없이</u>

③ 최대값: 뒷말의 첫소리가 된소리가 나므로, <u>최댓값</u>

④ 최소값: 뒷말의 첫소리가 된소리가 나므로, <u>최솟값</u>

수정한 글

버락 오바마 미 대통령과 15명의 월가 최고경영자(CEO)들과의 첫 간담회가 냉랭한 분위기 속에서 아무 성과 없이 끝났다.
사상 최저치인 1분기 33.4보다 상승했지만 여전히 기준점 100을 밑돌았다. 지수가 100 이하면 경기 부진을 예상하는 기업이 더 많다는 의미다. 최댓값은 200이고, 최솟값은 0이다.

참고

냉랭－하다(冷冷－－)[냉 : 냉－－]
「형용사」
「1」 온도가 몹시 낮아서 차다.
* 새벽 산중의 한기는 초겨울같이 냉랭했다.≪한무숙, 만남≫
「2」 태도가 정답지 않고 매우 차다.
* 무슨 말을 하려고 잔뜩 벼르고 왔던 모양인데도, 그는 윤 씨의 냉랭하고도 근엄한 태

---

32) 권구찬, http://economy.hankooki.com/lpage/worldecono/200903/e2009032918120569760.htm 20090416 22:00(자료 정리: 신진주)

33) 김국헌, http://news.mk.co.kr/newsRead.php?year＝2009&no＝188002 20090415 21:30(자료 정리: 신진주)

도에 저도 모르게 주눅이 들었는지도 모를 일이었다.≪최일남, 거룩한 응답≫
「비」쌀쌀하다:「2」 냉담하다「1」,「2」 냉심하다(冷心－),「2」 냉정하다01(冷情－).

없－이[업 : 씨]
「부사」
「1」 어떤 일이나 현상이나 증상 따위가 생겨 나타나지 않게.
「2」 어떤 것이 많지 않은 상태로.
「3」 재물이 넉넉하지 못하여 가난하게.
「4」 어떤 일이 가능하지 않게.
「5」 사람이나 사물 또는 어떤 사실이나 현상 따위가 어떤 곳에 자리나 공간을 차지하
    고 존재하지 않게.
    【＜업시＜석상＞←없－＋－이】
「반」「3」 있이.

글감 28. 경기가 끝난 후

경기가 끝난 후 기자회견장에 들어왔던 뤼원셩 감독은 얼굴이 백짓장처럼 하얗게 질린 상태
로 취재진의 질문에 답을 할 정도였다.[34)
‘동일계열 수능성적 상위 백분률 15%(서울시립대)’ 등 학교마다 어학특기자에 대한 최저 학
력기준은 다르다.[35)

바로잡아야 할 표현

① 백짓장: 한자어들로 이루어진 합성어이기 때문에 사이시옷을 쓰지 않
   으므로, <u>백지장</u>

② 백분률: 모음이나 [ㄴ] 받침 뒤에 ‘률’과 ‘렬’이 오는 경우 ‘율’과 ‘열’
   로 적으므로, <u>백분율</u>

---

34) 노경열, http://news.chosun.com/site/data/html_dir 20081113 10:28(자료 정리: 이상현)

35) 박영석, http://news.chosun.com/svc/content_view/content_view.html?contid=2000110170509 20001101
    19:50(자료 정리: 이상현)

수정한 글

경기가 끝난 후 기자회견장에 들어왔던 뤼원성 감독은 얼굴이 백지장처럼 하얗게 질린 상태로 취재진의 질문에 답을 할 정도였다.
‘동일계열 수능성적 상위 백분율 15%(서울시립대)’ 등 학교마다 어학특기자에 대한 최저 학력기준은 다르다.

참고

백지장[白紙張]
[명사]
1. 하얀 종이의 낱장.
2. 핏기가 없이 창백한 얼굴빛을 비유적으로 이르는 말.≒종잇장.
가마에서 내리는데 얼굴은 백지장 같은데 걸음도 제대로 못 걷고…….≪박완서, 미망≫
[속담] 백지장도 맞들면 낫다.
쉬운 일이라도 협력하여 하면 훨씬 쉽다는 말.≒백지 한 장도 맞들면 낫다./종잇장도 네 귀를 들어야 바르다./종잇장도 맞들면 낫다./초지장도 맞들면 낫다.

글감 29. 이동통신 3사

이동통신 3사가 모두 제공하는 ‘휴대전화 십자수‘는 정성이 깃들인 선물이다. 무선인터넷에서 십자수용 프로그램을 내려 받은 뒤 한땀 한땀 십자수를 뜨듯 휴대전화 화면에 한점씩 점을 찍어 그림을 만들어 상대에게 e－메일 등으로 전하는 것이다.[36]
미국 등 영어권 국가나 중국·일본 등으로 몰렸던 대학생들의 해외연수가 베트남, 이스라엘, 몽골 등 익숙치 않은 국가들로 확대되고 있다.[37]

바로잡아야 할 표현

① 깃들인: 비슷한 어휘 ‘깃들이다’가 아닌 ‘깃들다’가 원형이므로, <u>깃든</u>
② 한점씩: 단위를 나타내는 명사는 띄어 쓰므로, <u>한 점씩</u>

---

36) 권혁주, http://article.joins.com/article/article.asp?total_id＝267280090422 11:38(자료 정리: 이신희)

37) 최현준, http://www.hani.co.kr/arti/society/society_general/308171.html20090422 11:40(자료 정리: 이신희)

③ 익숙치: 어간의 끝음절 '하'가 아주 줄 적에는 준 대로 적는다. [한글
　　맞춤법 제40항 붙임2] '하' 앞의 말이 무성자음 'ㄱ, ㅂ, ㅅ'인 경우에
　　해당하므로, <u>익숙지</u>

수정한 글

이동통신 3사가 모두 제공하는 '휴대전화 십자수'는 정성이 깃든 선물이다. 무선인터넷에서
십자수용 프로그램을 내려 받은 뒤 한땀 한땀 십자수를 뜨듯 휴대전화 화면에 한 점씩 점을
찍어 그림을 만들어 상대에게 e－메일 등으로 전하는 것이다.
미국 등 영어권 국가나 중국·일본 등으로 몰렸던 대학생들의 해외연수가 베트남, 이스라엘,
몽골 등 익숙지 않은 국가들로 확대되고 있다.

참고

깃들다
[동사] 『……에』
1. 아늑하게 서려 들다.
거리에는 어느새 황혼이 깃들었다.
꽃이 피어 화단에 봄기운이 깃들어 있었다.
마을에 살며시 깃드는 달큼한 향기가 그리웠다. ≪박목월, 구름의 서정≫
2 감정, 생각, 노력 따위가 어리거나 스며 있다.
노여움이 깃든 얼굴.
건전한 정신은 건전한 육체에 깃든다.
올올이 짠 스웨터에는 어머니의 정성이 깃들었다.
깃들이다
[동사] 『……에』
1. 짐승이 보금자리를 만들어 그 속에 들어 살다.
까마귀가 버드나무에 깃들였다.
여우도 제 굴이 있고 공중에 나는 새도 깃들일 곳이 있다.
2. 사람이나 건물 따위가 어디에 살거나 그곳에 자리 잡다.
이 마을에는 김씨 성의 사람들만 몇 대째 깃들여 산다.
우리 명산에는 곳곳에 사찰이 깃들여 있다.

글감 30. 고대 이집트의 도시

> 고대 이집트의 도시 테베 부근에 '왕들의 계곡'이 있다. 촘촘이 이어진 산봉오리는 피라미드의 형상이면서, 피라미드이기도 하다. 석회 암벽을 파고 들어간 자리에 왕들의 무덤이 있다. 사막의 피라미드가 고왕국시대의 무덤이라면, 은밀함을 풍기는 이 계곡은 신왕국 시대의 것이 된다. 도굴을 피해 숨은 것일까. 지은이는 1922년 카이로 박물관 객원 연구원으로 투탕카멘 무덤 발굴에 직접 참여한 경험을 생동감 있게 전한다.[38]

바로잡아야 할 표현

① 촘촘이: 부사의 끝 음절이 분명히 '이'로만 나는 것은 '-이'로 적고, '히'로만 나거나 '이'나 '히'로 나는 것은 '-히'로 적으므로, <u>촘촘히</u>

② 산봉오리: 산의 꼭대기는 '봉우리'로 쓰므로, <u>산봉우리</u>

수정한 글

> 고대 이집트의 도시 테베 부근에 '왕들의 계곡'이 있다. 촘촘히 이어진 산봉우리는 피라미드의 형상이면서, 피라미드이기도 하다. 석회 암벽을 파고 들어간 자리에 왕들의 무덤이 있다. 사막의 피라미드가 고왕국시대의 무덤이라면, 은밀함을 풍기는 이 계곡은 신왕국 시대의 것이 된다. 도굴을 피해 숨은 것일까. 지은이는 1922년 카이로 박물관 객원 연구원으로 투탕카멘 무덤 발굴에 직접 참여한 경험을 생동감 있게 전한다.

참고

촘촘히
[부사]⇒촘촘하다.
　머리칼은 억새풀같이 헝클어졌고, 살을 가린 옷은 촘촘히 기워 입었으나 여기저기 해어져 누더기 중에 상누더기였다.≪김원일, 불의 제전≫
　찬찬히 보니 병사들이 어깨를 맞대듯이 촘촘히 늘어서서 총을 겨누고 있었다.≪송기숙, 녹두 장군≫
　억센 가시를 가지마다 촘촘히 달고 있는 탱자나무는 그 생김과는 다른 전설을 가지고

---

38) 이지형, http://news.chosun.com/svc/content_view/content_view.html?contid=1999092070366(자료 정리: 최정숙)

있었다.≪조정래, 태백산맥≫

　산봉우리

　[명사] 산에서 뾰족하게 높이 솟은 부분. 늑봉(峯)·봉수(峯岫)·봉우리·산령(山嶺)·산봉
　　(山峯).

　눈이 하얗게 덮인 산봉우리

　달은 벌써 산봉우리 위로 올라앉았다.≪이기영, 고향≫

글감 31. 백수연대에서 운영

백수연대에서 운영하는 인터넷 카페 '백수회관' 회원수는 1만5000명을 넘었다. 주씨는 "지난해부터 회원수가 급증하고 있다"면서 "실업문제가 심화된 이유도 있겠지만 백수에 대한 시선이 달라지고 있기 때문이기도 하다"고 말했다. (중략)
"한 달에 88만원도 벌지 못 하는 사람들이 많아요. 청년실업자라고 해도 그 안에는 다양한 그룹들이 있거든요. 고졸자들, 지방대 졸업자들, 10대 실업자들, 서른이 넘은 취업준비생들. 그런데 인턴제 등 정부가 내놓는 청년실업 대책들이란 게 하나같이 20대 대졸자에게 맞춰져 있으니 문제인 거죠."39)

바로잡아야 할 표현

① 회원수: 명사와 명사이므로, <u>회원 수</u>

② 주씨는: 성이나 이름과 '씨/님' 등은 띄어 쓰므로, <u>주 씨는</u>

③ 1만5000명: 만 단위로 띄어 써야 하므로, <u>1만 5000명</u>

④ －하다": 종결어미 다음에 문장부호를 쓰면, <u>－하다."</u>

⑤ 못 하는: '못'을 붙여 쓰는 경우는 열등하다는 뜻(능력이 없다, 비교
　　대상에 미치지 않다.)을 가질 때이므로, <u>못하는</u>

---

39) 김남중, http://news.kukinews.com/article/view.asp?page＝1&gCode＝＝i&arcid＝0921258800&cp＝nv 20090416
　　22:03(자료 정리: 홍현숙)

수정한 글

백수연대에서 운영하는 인터넷 카페 '백수회관' 회원 수는 1만 5000명을 넘었다. 주 씨는 "지난해부터 회원 수가 급증하고 있다."면서 "실업 문제가 심화된 이유도 있겠지만 백수에 대한 시선이 달라지고 있기 때문이기도 하다."고 말했다. (중략)
"한 달에 88만원도 벌지 못하는 사람들이 많아요. 청년 실업자라고 해도 그 안에는 다양한 그룹이 있거든요. 고졸자들, 지방대 졸업자들, 10대 실업자들, 서른이 넘은 취업 준비생들. 그런데 인턴제 등 정부가 내놓는 청년 실업 대책들이란 게 하나같이 20대 대졸자에게 맞춰져 있으니 문제인 거죠."

참고

수 1

[명사] 셀 수 있는 사물의 크기를 나타내는 값.

* 사람 수가 모자란다./가구별 평균 자녀 수가 점점 줄어들고 있다.

못하다

[동사]『……을』일정한 수준에 못 미치거나 할 능력이 없다.

* 노래를 못하다/물음에 답을 못하다.

[형용사]

1.『……보다』비교 대상에 미치지 아니하다.

* 음식 맛이 예전보다 못하다./건강이 젊은 시절만 못하다.

2. {'못해도' 꼴로 쓰여} 아무리 적게 잡아도.

* 잡은 고기가 못해도 열 마리는 되겠지.

[보조 동사]{동사 뒤에서 '-지 못하다' 구성으로 쓰여} 앞말이 뜻하는 행동에 대하여 그것이 이루어지지 않거나 그것을 이룰 능력이 없음

* 눈물 때문에 말을 잇지 못하다./바빠서 동창회에 가지 못하다.

[보조 형용사]

1. 형용사 뒤에서 '-지 못하다' 구성으로 쓰여} 앞말이 뜻하는 상태에 미치지 아니함을 나타내는 말.

* 편안하지 못하다./아름답지 못하다.

2. 주로 '-다(가) 못하여' 구성으로 쓰여} 앞말이 뜻하는 행동이나 상태가 극에 달해 그것을 더 이상 유지할 수 없음을 나타내는 말.

* 희다 못해 푸른빛이 도는 치아./먹다 못해 음식을 남기다.

글감의 출처

경제투데이, http://www.eto.co.kr

국민일보, http://news.kukinews.com

네이버뉴스, http://news.naver.com

뉴스핌, http://www.newspim.com

뉴시스, http://news.naver.com

데일리안, http://www.dailian.co.kr

매일신문, http://www.imaeil.com

매일일보, http://news.mk.co.kr

머니투데이, http://www.mt.co.kr

메디컬투데이, http://www.mdtoday.co.kr

문화일보, http://www.munhwa.com

부산일보, http://news20.busan.com

소년한국일보, http://kids.hankooki.com

소비자가 만드는 신문, http://www.consumernews.co.kr

싸이월드 뉴스, http://news.cyworld.com

엄지뉴스, http://www.ohmynews.com

에이블뉴스, http://www.ablenews.co.kr

오마이뉴스, bhttp://www.ohmynews.com

조선닷컴, http://news.chosun.com

조선일보, http://srchdb1.chosun.com

주간한국, http://weekly.hankooki.com

중앙일보, http://article.joins.com

쿠키뉴스, http://www.kukinews.com

통영민 박넷, http://www.tyminbak.net

파이낸셜뉴스, http://www.fnnews.com

프라임경제, http://www.newsprime.co.kr

한겨레신문, http://www.hani.co.kr

한국일보, http://economy.hankooki.com

13. 문제 은행

　시험 문제는 어문 규정에 대한 이해를 평가하는 문항과 격식에 맞는 글을 쓰는 능력을 평가하는 문항으로 구성돈다. 아래 배점표에서 번호 1부터 11번까지는 어문 규정에 관한 것으로 40점이 배정되었다. 그리고 로마자 표기법에 관한 것은 자신의 명함 만들기로, 격식에 맞는 글쓰기는 청첩장과 인사장 쓰기로 평가 문항을 구성했다. 고쳐 쓰기는 원고지 쓰기를 포함한 종합적인 평가 문항이다.

13.1 문항 배점표

번호	항 목	객관식			주관식/서술식		계
		난이도 중	난이도 상	배점	문항 수	배점	
1	두음법칙	1	1	2			2
2	모음조화	1	1	2			2
3	불규칙용언	1	1	2			2
4	사이시옷	1	1	2			2
5	준말	1	1	2			2
6	띄어쓰기	1	1	2			2
7	표준어	1	1	2			2
8	표준발음법	1	1	2			2
9	외래어 표기법	1	1	2			2
10	로마자 표기법	1	1	2			2
11	어휘와 문장				10	20	20
12	로마자 명함				1	5	5
13	청첩장/인사장				1	5	5
14	문장 고쳐쓰기				1	10	10
	총점						60

<table>
<tr><td>학과</td><td></td><td>학번</td><td></td><td>조</td><td></td><td>이름</td><td></td><td>점수</td><td>/40</td></tr>
</table>

* 다음 각 문항에 답하시오.

1. 다음 중 표기가 옳지 못한 것은?

① 년놈　　　　　② 희희낙락

③ 백분율　　　　④ 누누이

2. 다음 중 표기가 올바른 것끼리 짝지은 것은?

① 염념불망/백분률/합격율/남·녀

② 염념불망/백분율/합격률/남·여

③ 염념불망/백분율/합격률/남·녀

④ 염렴불망/백분률/합격률/남·여

3. 다음 중 (가)와 (나)의 관계가 나머지와 다른 것은?

	(가)	(나)
①	아름다와	아름다워
②	살랑살랑	설렁설렁
③	방글방글	벙글벙글
④	보드랍다	부드럽다

4. 다음의 예문 중 표기가 올바른 것은?

① 출싹대는 경진이가 오늘은 얌전한 것이 놀라와.

② 저기 풀썩풀썩 거리는 천 귀퉁이를 잡어.

③ 파도가 철썩철썩 위험하게 치는 바다가 가까워.

④ 무늬가 얼룩덜룩한 것이 두려와.

5. 다음 중 잘못 쓰인 것은?

① 선생님께 여쭈어 보아라.　　② 선생님께 여쭤 보아라.

③ 아주 졸린 얼굴인걸.　　④ 아주 졸리운 얼굴인걸.

6. 다음 중 잘못이 없는 것은?

① 연필로 글씨를 씀.

② 강이 매우 아름다와서 눈이 부셨습니다.

③ 두 눈이 빨개졌다.

④ 쓰레기를 주으니 기분이 좋아졌다.

7. 다음 중 잘못 표기된 것은?

① 차가운 만둣국을 맛볼 수 있다.

② 그는 전세방에서 혼자 살고 있다.

③ 기찻간에서 떠들면 안 된다.

④ 기성복은 치수가 다양해서 좋다.

8. 다음 중 사이시옷이 들어가야 하는 것은?

① 귀신 씨나락 까먹는 소리 하고 있군.

② 이 돈을 종자돈 삼아 회사를 운영하렴.

③ 마구간에 말 두 마리가 있다.

④ 오누이는 동아줄을 타고 하늘로 올라갔다.

9. 본말과 준말의 연결이 바르지 않은 것?

① 귀찮다 － 귀치않다

② 똬리 － 또아리

③ 생각하지 － 생각치

④ 찌끼 － 찌꺼기

10. 표기가 맞춤법에 어긋난 것은?

① 소녀는 미소를 띄고 소년에게 다가갔다.

② 우리는 역사적인 사명을 띠고 이 땅에 태어났다.

③ 일이 뜻대로 되다.

④ 그녀가 공주가 됐다.

11. 다음 중 띄어쓰기가 잘못된 것은?

① 철수를 만난지도 3년이 넘었다.

② 이곳에 쓰레기를 버리지 마시오.

③ 콩을 심으면 콩이 나지 팥이 날 수는 없다.

④ 친구가 집에 잘 도착했는지 궁금하다.

12. 다음 중 띄어쓰기가 잘못된 것은?

① 너의 죄가 큰바 응당 벌을 받을 것이다.

② 미장원에는 동생뿐이었다.

③ 방 안은 숨소리가 들릴 만큼 조용했다.

④ 평소에 느낀바를 말해라.

13. 다음 중 올바른 표현은?

① 윗옷   ② 윗층   ③ 웃도리   ④ 윗입술

14. 다음 중 단위성 의존명사와 수관형사와의 연결이 잘못된 것은?

① 세(三) - 그릇   ② 네(四) - 잔   ③ 서(三) - 말   ④ 넉(四) - 푼

15. 다음 중 발음이 잘못된 것은?

① 닭[닥]   ② 맑게[막께]   ③ 맑다[막따]   ④ 읊고[읍꼬]

16. 다음 발음된 것 중 옳지 않은 것은?
① 껴안다[껴안따]   ② 더듬지[더듬찌]
③ 안기다[안끼다]   ④ 밭이[바치]

17. 다음 중 잘못 쓰인 것은?
① 콘테스트   ② 리더십   ③ 케익   ④ 호찌민

18. 다음에서 잘못 쓰인 것은?

민지는 어제 산 ① 데스크톱 컴퓨터를 이용해 과제를 하려고 했지만 컴퓨터에 설치된 프로그램의 ② 매뉴얼이 없었다. 창 밖에는 ③ 바베큐 파티를 하며 ④ 프러포즈를 하는 연인이 노였다.

19. 로마자 표기가 잘못된 것은?
① 압구정 – Apgujeong
② 낙동강 – Nakdonggang
③ 죽변 – Jukbyeon
④ 팔당 – Palddang

20. 국어의 로마자 표기로 바른 것은?
① 해돋이 – haedodi
② 경희궁 – Gyeonghigung
③ 영동 – Youngdong
④ 합천 – Hapcheon

21. 맞춤법이 잘못된 것을 찾아 바로잡으시오.

가수로 변신한 이준기가 18일 오후 서울 송파구 올림픽 파크텔에서 글로벌 팬미팅 '에피소드2'의 기자 간담회를 갖었다. 기자 간담회 도준 이준기가 다양한 표정을 짓고 있다.

22. 맞춤법이 잘못된 것을 찾아 바로잡으시오.

또한 전라남도 체육회 야구, 수영, 궁도 협회장을 엮임 하는 등 남도 약 업계의 대표적인 기업인, 육영 사업가, 산 사랑 나라 사랑을 몸소 살아온 독림가, 청소년 지도자, 그리고 정성으로 자라나는 우리 후세의 새싹들을 가꾸기 위한 교육자로서 평생을 받쳤다.

23. 띄어쓰기가 잘못된 부분을 찾아 바로잡으시오.

병 치료를 위해 머리 일부분을 떼어낸 어린 아이의 사진이 중국을 눈물짓게 하고 있다. 13일 홍콩상보는 후야오펑이라는 30대 남자가 베이징의 뒷골목을 떠돌며 난치병에 걸린 여덟살짜리 아들 궈주와 살고 있다고 보도했다.

24. 띄어쓰기가 잘못된 부분을 찾아 바로잡으시오.

모든 사람은 지역사회 안에서 공부하고 일하고 함께 살아가야 한다. 장애인이라고 예외일수는 없다. 이제라도 정부는 이에 맞는 장애인 정책이 되도록 패러다임을 전환하고 장애인 자립생활을 위한 사회적 환경과 체계를 마련해야 한다.

25. 맞춤법이 잘못된 것을 찾아 바로잡으시오.

정 전 장관은 여의도 당사에서 가진 기자회견에서 "잠시 민주당의 옷을 벗겠다."며 "그러나 반드시 돌아와 민주당을 살려내겠다."고 밝혔다. 이어 "백짓장도 맞들면 가볍다고 손을 내밀었는데 설마 뿌리치겠느냐 했던 것이 현실이 됐다."고 지도부에 불만을 토로했다. 그러면서 "내민 손이 부끄럽고 민망하지만 제가 지은 업보라고 생각한다."고 말했다.

26. 쓰임이 적절하지 않은 어휘를 찾아 바로잡으시오.

한편, 김남일—김보민 커플은 일가친척, 동료들이 참석한 가운데 차분한 분위기에서 식을 치르기 위해 보도 및 사진 취재진의 식장 내 출입을 일체 금하기로 했다.

27. 맞춤법이 잘못된 것을 찾아 바로잡으시오.

외교부는 아울러 "태국에는 여행 자제보다 위험 수준이 높은 '여행 제한' 지역(태국 남부 나라티왓, 파타니, 얄라 등 3개주와 송크흘라주 일부)이 있다."며 "이 지역에 체류 중인 국민들은 긴급 용무가 아닌 한 귀국하고, 여행을 계획 중인 국민들은 가급적 여행을 삼가해 달라."고 강조했다.

28. 표기가 잘못된 어휘를 찾아 바로잡으시오.

> 이 그룹장은 3시 30분쯤 공장용수가 아닌 일반· 빗물이 빠져나가도록 만들어 놓은 우수로의 밸브를 잠궈, 우수로로 물이 새어나가는 것을 막았다. 또 지하에 있는 우수로가 아니라 지상으로 물이 흘러 나갈 수 있기 때문에 물이 내려가는 길목에 방제벽을 쌓아 유출을 막으려 했다.

29. 표기나 띄어쓰기가 잘못된 부분을 모두 찾아 바로잡으시오.

> 고려시대로 접어들면서 떡은 한층 더 발달하였그 상류층이나 세시행사 제사음식으로써 만이 아닌 하나의 별식으로서 일반에 이르기까지 보급되었음을 볼 수 있다. (중략)즉 떡을 만들기 위한 곡물을 찔 때 꿀물을 내려서 공기가 고르게 들어가게 하므로서 떡이 고르게 잘 익고 탄력성이 커지며 또한 쉽게 굳지 않는다는 사실을 이미 터득했음을 알려주고 있다.

30. 표기나 띄어쓰기가 잘못된 부분을 모두 찾아 바로잡으시오.

> 이동통신 3사가 모두 제공하는 '휴대전화 십자수'는 정성이 깃들인 선물이다. 무선 인터넷에서 십자수용 프로그램을 내려 받은 뒤 한 땀 현 땀 십자수를 뜨듯 휴대전화 화면에 한점씩 점을 찍어 그림을 만들어 상대에게 e-메일 등으로 전하는 것이다.

13.3 정답

1. ① 년놈. '연놈'은 토박이말에서 두음법칙이 적용되는 유일한 예외다.
2. ② 염념불망/백분율/합격률/남·여
3. ① 아름다와/아름다워. 다른 예는 느낌이 '작은말/큰말'이다.
4. ③ 파도가 철썩철썩 위험하게 치는 바다가 가까워.
5. ④ 아주 졸리운 얼굴인걸.
6. ③ 두 눈이 빨개졌다.
7. ③ 기찻간에서 떠들면 안 된다. '찻간'과 구별해야 된다.
8. ① 귀신 씨나락 까먹는 소리 하고 있군.
9. ③ 생각하지-생각치. '생각지'가 옳은 표기다.
10. ① 소녀는 미소를 띄고 소년에게 다가갔다. '띠고'.
11. ① 철수를 만난지도 3년이 넘었다. 의존명사는 띄어 쓴다.

12. ④ 평소에 느낀바를 말해라. 의존명사는 띄어 쓴다.

13. ④ 윗입술.

14. ④ 넉(四)－푼. '돈, 말, 발, 푼'에는 '서/너'를 쓴다.

15. ② 맑게[막께].

16. ③ 안기다[안끼다].

17. ③ 케익. '케이크'로 쓴다.

18. ③ 바베큐. '바비큐'로 쓴다.

19. ④ 팔당－Palddang. 된소리되기는 표기에 반영하지 않는다.

20. ④ 합천－Hapcheon.

21. 갖었다.→가졌다.

22. 받쳤다.→바쳤다.

23. 여덟살짜리→여덟 살짜리.

24. 예외일수는→예외일 수는.

25. 백짓장→백지장.

26. 일체→일절.

27. 삼가해→삼가.

28. 잠궈→잠가.

29. 제사음식으로써 만이→제사음식으로서만이, 하므로서→함으로써.

30. 깃들인→깃든, 한점씩→한 점씩.

문제 A. 답안지 양식

[객관식 답안 표기 요령]

번호	㉠	㉡	㉢	㉣	채점란
1	▨				**바른 예**
2		■			**바른 예**
3			√		잘못된 예
4				●	잘못된 예

[유의할 점]

* **학번**과 **이름**을 적지 않을 경우 감점 2점
* 답안지 **표기 요령**을 어길 경우 감점 2점
* 마감시간 이후 제출시 1분당 감점 1점(최대 5점)

번호	㉠	㉡	㉢	㉣	채점란	번호	㉠	㉡	㉢	㉣	채점란
1						11					
2						12					
3						13					
4						14					
5						15					
6						16					
7						17					
8						18					
9						19					
10						20					
소계									1점x( )개=		

번호	채점란
21	
22	
23	
24	
25	
26	
27	
28	
29	
30	
소계/10	2점x( )개=

점수	/40

학과		학번		조		이름	

13.4 청첩장 쓰기 문제

| 학과 | | 학번 | | 조 | | 이름 | | 점수 | | /5 |

* 아래 A, B 중 <u>하나</u>를 선택하여 쓰시오.

A. 다음 조건을 이용하여 모범적 '청첩장'을 쓰시오.

> 혼주: 김민수, 이순이　　　장남: 김어진
> 혼주: 박길동, 최지은　　　장녀: 박슬기
> 친족대표: 김문선, 박선종
> 혼인일시: 2009년 6월 12일 금요일 오후 7시
> 장소: 대구교육대학교 1강의동 앞

B. 본인의 결혼식에 친구들에게 보낼 청첩장을 쓰시오.(일시와 장소를 포함한 내용은 자유롭게 선택할 수 있음.)

13.5 명함 만들기 문제

학과		학번		조		이름		점수	/5

* 아래 A, B 중 <u>하나</u>를 선택하여 로마자 표기법에 맞게 자신의 명함을 작성하시오.

A.

1 대구교육대학교
2 OOO
3
4 주소 705−715 대구시 남구 명서1길 64
5 전화 053−620−1114
6 휴대전화 010−2620−1114
7 전자우편 본인 것

B.

1 대구교육대학교
2 OOO
3
4 주소 705−715 대구시 남구 대명2동 1797−6
5 전화 053−620−1114
6 휴대전화 010−2620−1114
7 전자우편 본인 것

1
2
3
4
5
6
7

13.6 고쳐 쓰기 문제

<소 도적>

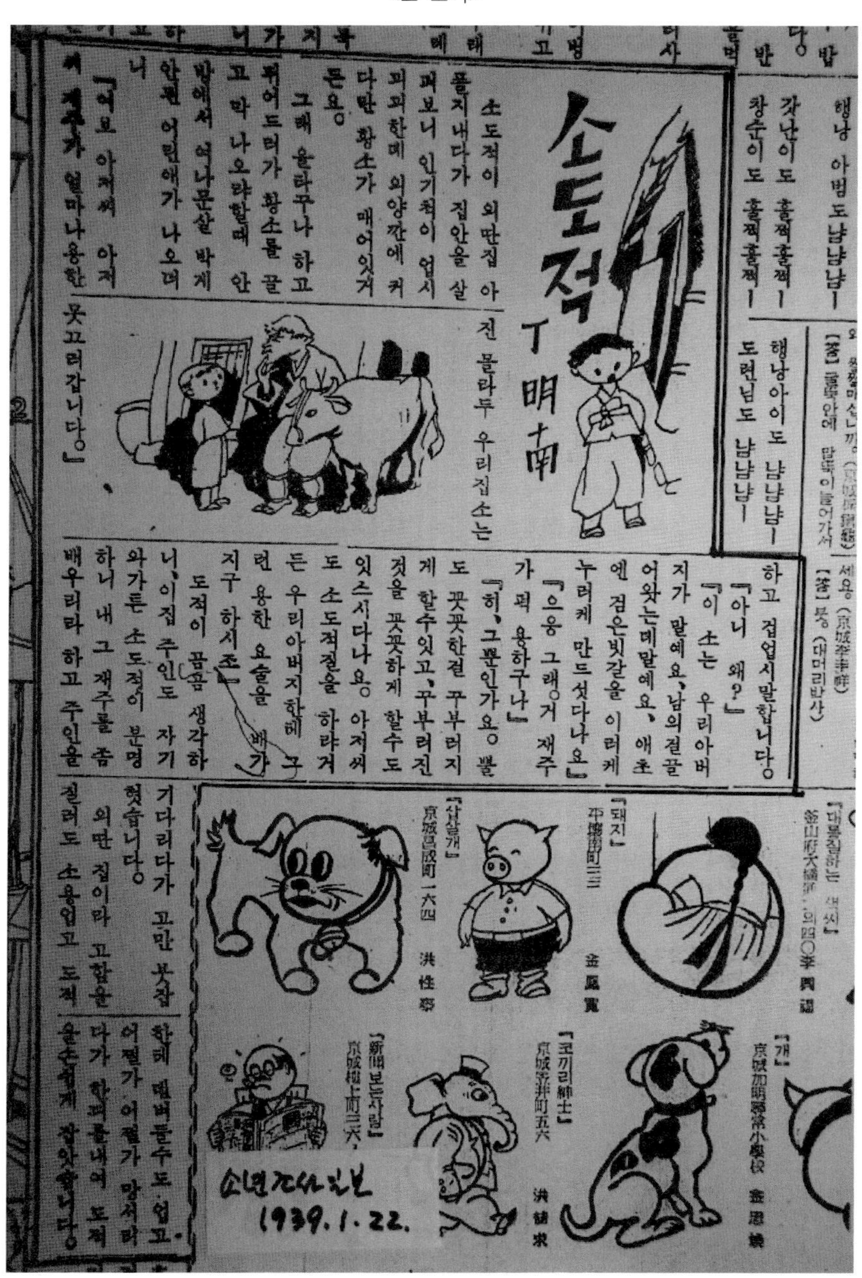

<table>
<tr><td>학과</td><td></td><td>학번</td><td></td><td>조</td><td></td><td>이름</td><td></td><td>◀ 2부</td><td>점수</td><td>/10</td></tr>
</table>

앞의 원고에서 굵은 실선 안의 <소도적>을 ○ 문규정에 맞게 아래 원고지에 고쳐 쓰시오.

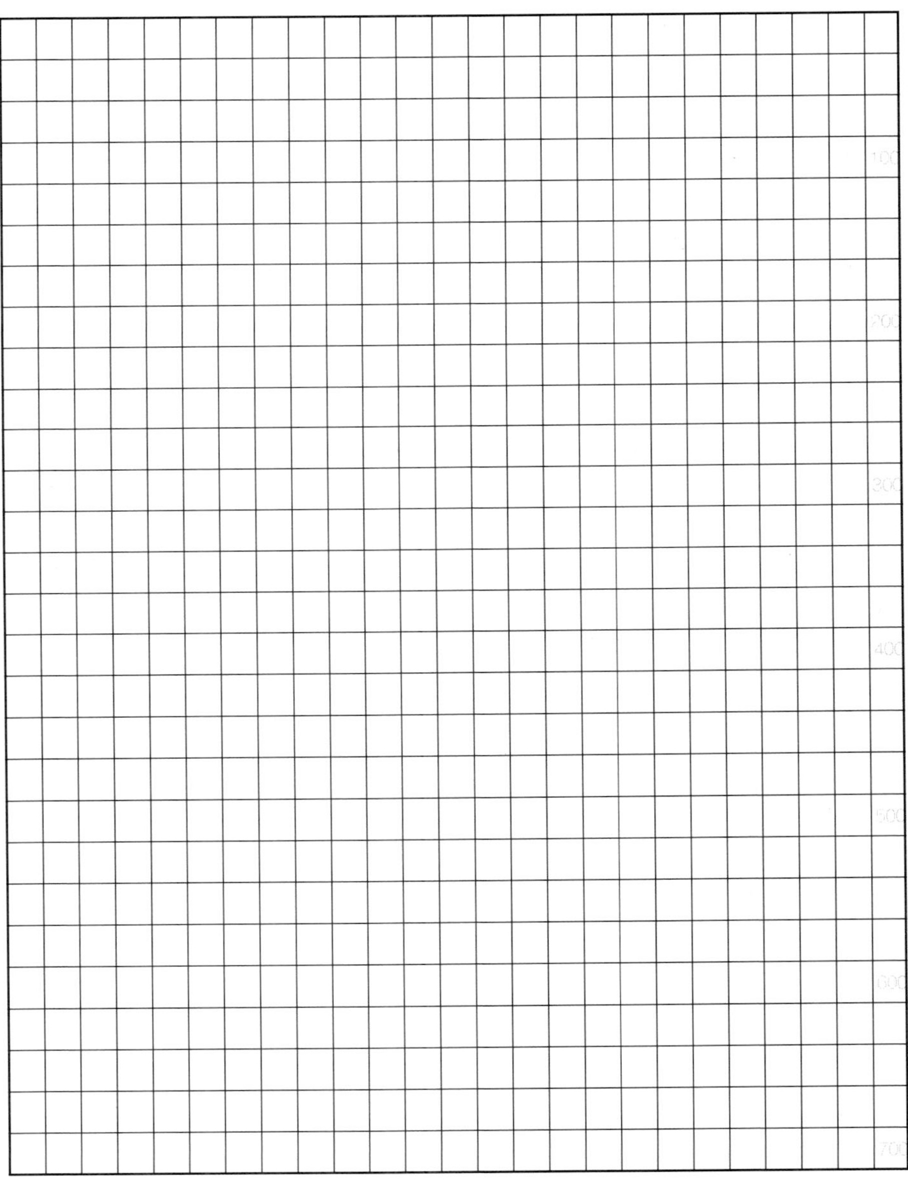

지현배

▍약 력

경남 마산에서 태어나 마산고등학교에서 공부했다. 경북대학교 사범대학 국어교육과를 졸업하고 같은 학교 대학원에서 "윤동주 시의 의식현상학적 연구"로 박사학위를 취득하였다. 시 전문지 『문학예술』을 통해 시인으로 등단했다. 한국 현대시와 대구경북 지역문학, 독서와 작문, 한국어교육 분야의 강의와 연구를 하고 있다.

▍주요 논문 및 저서

지은 책으로는 『윤동주 시의 세계』, 『시 읽기와 시 교육』, 『삶의 그림으로서의 시 창작 강의』, 『근현대 대구지역 문학의 흐름과 특성』(공저), 『근현대 경북지역 문학의 흐름과 특성』(공저), 『윤동주 시 읽기』 등과 『실용 작문』(공저), 『한국의 언어와 문화』(공저), 『디지털 시대의 독서와 작문』, 『독서와 작문 커뮤니티』 등이 있다.

국어규범과
문장 연습

초판인쇄 | 2009년 9월 18일
초판발행 | 2009년 9월 18일

지은이 | 지현배
펴낸이 | 채종준
펴낸곳 | 한국학술정보㈜
주　소 | 경기도 파주시 교하읍 문발리 파주출판문화정보산업단지 513-5
전　화 | 031) 908-3181(대표)
팩　스 | 031) 908-3189
홈페이지 | http://www.kstudy.com
E-mail | 출판사업부　publish@kstudy.com
등　록 | 제일산-115호(2000. 6. 19)

ISBN　978-89-268-0429-2 03810(Paper Book)
　　　978-89-268-0430-8 08810(e-Book)

이담 Books 는 한국학술정보(주)의 지식실용서 브랜드입니다.